ディケンズの眼

―作家の試行と試練

梅宮　創造　著

早稲田大学出版部

目次

一　作家の誕生——ディケンズ小伝

ともすると、ディケンズはその作風からして生粋のロンドンっ子かと思われがちだが、生誕の地はロンドンでなくて、イングランド南部の港町ポーツマスである。一八一二年二月七日、ポーツマス郊外はランドポート、マイルエンド・テラス一番地（現在コマーシャル・ロード三九三番地）に生れた。生れたのは金曜日の深更であったらしくて、これは『デヴィド・コパフィールド』書出しの一節、「わたしは金曜日の夜十二時に誕生した。柱時計が鳴りだすのと同時に、産声をあげたそうだ」という叙述につながる。デヴィドは、この一事を以って不運な星のもとに生れついたと語るが、作者ディケンズの生涯が果して不運の連続であったかどうか、その判断は難しい。

父のジョン・ディケンズは、海軍経理局の事務官としてポーツマスに配属された。当初の年棒が一〇〇ポンド何がしであったから、社会階級としては、中流のうちの下層である。そのジョンが、マイルエンド・テラスに家賃三五ポンド（年額）の家を借りたのは大胆というべきかもしれない。おまけにこの人物、根が社交好きで、陽気で、大そう金離れがいい。チャールズの生れる一年数ヶ月前に姉のファニーが生れていたから、このとき子供は二人である。一家の生活もそうそう楽ではなかったにちがいない。一八一二年六月にホーク通り十八番地へ移り、翌年暮れにはさらにサウスシーのウィシュ通り三九番地へと引越した。家賃の安い住居をもとめて移転また移転をくり返したようである。

母エリザベスもまた、物事に頓着しない性質《たち》であったらしい。嘘か真か、チャールズの生れる前夜、母は町のどこそこでダンスに打ち興じて、その折に陣痛が来たという話である。家庭や子供のことを気にかけなかったはずはあるまいが、気持の底にはふてぶてしいまでの無頓着が居座っていたようだ。母の面影はニクルビー夫人（『ニコラス・ニクルビー』）に、またミコーバ夫人（『デヴィド・コパフィールド』）の裡に映じているとされる。われわれは作品を通じて、つまりディケンズの描いた父や母の像をたよりに、彼らの素顔をわずかに想像してみるほかないのである。

「……ほんとのところ、税関なんかじゃ、才能なァんていらないみたいね。うちのミコーバの能力を買って、雇おうとの気もないんだから。あたしの実家の顔だってさ、ちっとも利きやしないのよ。そりゃ、ミコーバみたいに力のある人材を採りたくないでしょうね。他の人たちの影が薄れちゃうもの」（『デヴィド・コパフィールド』第十七章）。こうまで女房に買いかぶられているミコーバだから、あれだけ貧乏しながら、どこ吹く風とばかりに呑気でいられるのだともいえよう。まあ、どっちもどっちだ。一般の生活感覚から大きく逸脱しているあたり、二人は似た者夫婦なのかもわからない。亭主のミコーバは、むろん、ディケンズの父親をモデルとしている。

一八一五年一月に、ディケンズ一家はポーツマスを去ってロンドンへ移転した。『ディケンズ伝』の著者ジョン・フォスターに拠れば、後年のディケンズが、この引越しの日の雪の記憶をしみじみ語ってくれたというのである。そればかりか、ウィシュ通りの家の前庭も、練兵場で見た行進なども、みんな憶えているのだそうだ。三歳にも満たぬ幼児の、夢まぼろしの記憶であるにちがいない。

ディケンズが成人してからこの故郷の町を訪れたのは、三度ばかりあったらしい。『ニコラス・ニクルビー』に主人公のポーツマス行の場面（第二三章）を書くときが一度、その後一八五八年十一月と六六年五月に、これは二度とも自作の公開朗読のためにポーツマスを訪れた。同行したジョージ・ドルビーの回想に、ディケンズが道ぎわに住所標示をみつけて、おや、僕の生れた地区じゃないか、と叫んだとある。しかしディケンズは生家そのものを特定できなかったようだ。

マイルエンド・テラスの生家には、現在（一九九七年）ではその一室にディケンズがギャズ・ヒル邸で息を引きとったときの寝椅子が運び込まれて置いてある。作家の誕生と死を一つの環につないでおきたいという、後世の素朴な願いのあらわれに他なるまい。寝椅子は義妹のジョージーナが生家へ寄贈したらしい。

ポーツマスからロンドンへ、そのあとシアネスを経てチャタムのオードナンス・テラス二番地（現在十一番地）に移り住んだのが、一八一七年冬である。実のところ、この間の詳細は不明で、異説もないわけではない。ともあれ、チャールズはまだ六歳にも達していなかった。早くから、よくもあちこち引連れられたものだ。子供は姉のファニーのほかに、前年生れた妹のレティシャが加わって三人となった。先にポーツマスで生れた弟は半年で夭折した。この間、住居の移動のみならず、家族も家庭環境も、とにかく生活の全般が定めなく動いていた。この絶え間ない動き、落着くひまもなく変転また変転にさらされた日々が、のちのディケンズ文学の内襞に深く折りたたまれていることはいうまでもない。

チャタムは、ケント州のメドウェイ河口にひらけた軍港の町である。大そう賑やかな町であったようだ。オードナンス・テラスには四年ほど住んだが、このあたりからディケンズの記憶もさすがに鮮明な像を結び、作品のそこかしこに、幼い日々の断片が懐かしい影を落している。『ボズ・スケッチ集』の「我らが教区」、その第二作目のなかで紹介される老婦人も、退役海軍大佐も、かつて子供ごころに親しみを覚えた近所の人たちである。テラスの隣人ストローヒル家にはジョージという息子がいて、これは『デヴィド・コパフィールド』のスティアフォースとなって復活した。『商用ぬきの旅人』に収められた「乳母の話」なども、乳母のメアリ・ウェラーが実際に語り聞かせてくれた怖い話であり、同じく『商用ぬきの旅人』に収録の「ダルバラ・タウン」だの、「チャタム造船所」だの、古い想い出を呼びおこす小篇は少なくない。

しばしばいわれるように、チャタムの日々は、ディケンズにとって黄金の時代であった。病弱で、とかく引込みがちだった少年も、この地では子供の天真爛漫ぶりを惜しみなく発揮した。テラス前の草はらに戯れ、雨の日には室内で幻燈を楽しんだり、父の来客があれば滑稽歌の余興をふるまったりもした。父に手を引かれて、波止場の潮風に吹かれながら、船大工やロープ職人の忙しく立ち働く姿を眺めたのも、この頃である。

一八一九年秋に妹のハリエットが生れたものの、妹は三つにして亡くなった。一八二〇年の夏には弟フレデリックが生れ、二二年三月に、次の弟のアルフレッド・ラマートが誕生した。これに母方の伯母メアリ・アレンと、二人の使用人（一方は乳母メアリ）が加わったから、ディケンズ一家はすこぶる賑やかであった。

そこへ以て、一八二一年春先には、セント・メアリズ・プレイス（通称ザ・ブルク）十八番地へまたもや転居した。落着かないことかぎりない。しかし、たび重なる環境の変化に伴って、めまぐるしく移りゆくこの世の相貌が、多彩な人生の局面が、少年の目前にありありとその真の姿を見せてくれたともいえる。

ザ・ブルクの情趣は、『商用ぬきの旅人』に収めた「夢の星」にまばたいていよう。チャールズはこの地で、姉のファニーともども、ウィリアム・ジャイルズの私塾に通った。このウィリアム先生というのは、オックスフォード大学を出た優秀な若先生で、チャールズの抜群の能力を早くから認めてくれた。尤も、私塾に通う前から、自宅で母親が読み書きの初歩をみっちり仕込んだわけだから、まずは母の功績を讃えるべきかもしれない。

一日、チャールズは自宅の屋根裏部屋に父の蔵書をみつけて、文字の織りなす何とも眩しく妖しげな世界に引き込まれてしまった。言葉の魅力に目ざめ、ついにとり憑かれてしまったのである。『デヴィド・コパフィールド』の有名な一節――「あの宝の小部屋から、ロデリック・ランダムが、ペリグリン・ピクルが、ハンフリイ・クリンカーや、トム・ジョーンズや、ウェイクフィールドの牧師、ドン・キホーテに、ジル・ブラースに、ロビンソン・クルーソーが、意気揚々と群れをなして、僕に付合おうと躍り出てくるのだ」（『デヴィド・コパフィールド』第四章）――こんなところにも、少年のひとかたならぬ興奮と感動が息づいているではないか。

ほどなく、伯母のメアリは再婚してアイルランドへ去った。さらに一八二二年の夏には、父のロンドン転勤が知らされて、またも引越しの騒ぎとなった。チャールズは学期を全うするために一人チャタムに残り、あとから家族を追って上京すべき段取りである。かねて親しんだ乳母のメアリ・ウェラーは、結婚してチャタムの地に留まった。

オードナンス・テラスに、セント・メアリズ・プレイスにと、このチャタムの町には丸五年滞在して、少年の胸底深く、くさぐさの想い出を刻んだ。「ダルバラ・タウン」、「チャタム造船所」などを読めば、うるわしい懐旧の情に混じって、そこかしこに、掛替えのない過去の結晶が白々と耀いているのを見るだろう。

チャタムの隣町ロチェスターと、その周辺についても一言触れておかねばならない。とにかくこの一帯は、ディケンズの心の古里なのである。最初の小説『ピクウィク・ペイパーズ』の旅がロチェスターに始まり、最後の作品『エドウィン・ドルードの謎』がロチェスターの町なかを舞台に展開するというのも、故なきことではない。

ロチェスターの北西二、三マイルの所にギャズ・ヒル・プレイスの邸があり、ディケンズは晩年の十年余りをここに住んだ。前述の寝椅子なども、ディケンズの死後、ここからわざわざポーツマスまで運ばれて行ったわけである。ギャズ・ヒル・プレイスは緑の森に包まれた古い赤煉瓦の建物で、その昔、父親との散歩の道すがら、チャールズ少年が溜息まじりに眺めた夢の館なのであった。

この頃はまた、ジェイムズ・ラマート（伯母メアリの義子）に連れられて、ロチェスターの「ロイヤル座」で芝居見物に興じたことなども忘れられない。少年時代の想い出は、古町のたたずまい、馬車の往来、芝居小屋、それに麦畑やら青草の匂いやら、『ロデリック・ランダム』、あるいは船、潮風、星空と、さまざまな物象の蔭にいつまでも消えやらぬ夢を結んだ。

チャタムでの五年間は、少年にとって確かに幸福な日々であった。しかし小春日和の平穏も永くはつづかない。

家族のあとを追ってチャールズが一人ロンドンへ向かったのは、一八二二年の秋か冬、あるいは翌年初めかともいわれる。十歳も終りに近い。チャタムを去るにあたっては、ウィリアム・ジャイルズ先生から餞別に『蜜蜂』を贈られたが、これだけはその後、貧苦にさいなまれながらもついに質屋の手に渡ることがなかった。長じて、『ウェイクフィールドの牧師』から「ボズ」なる筆名を引出すことになったわけだが、『蜜蜂』はその同じ作者ゴールドスミスによる文藝誌である。

一つの生活から別の生活へ、田舎から都会へ、と移りゆく展開は、『デヴィド・コパフィールド』にも『大いなる遺産』にもペイソスあふれる叙述をなして印象ぶかいが、チャタムを離れる少年の心境ともなれば、やはり「ダルバラ・タウン」の一節を忘れるわけにいかない。「ダルバラを去ったのはまだ鉄道がなかった頃だから、乗合の馬車に乗った。あれから何年にもなるが、まるで家畜よろしく藁たばといっしょに積まれて、まあ、あの湿った藁の臭いときたら、今も頭から消えない。運賃先払い、ロンドンはチープサイド・ウッド通り、クロス・キーズ亭へと馬車はゆく。旅の道づれとてなく、ただ一人、鬱々とサンドウィッチを食べたっけ。雨はずっと降りどおしで、こりゃ人生なんて、考えていたよりもしみったれたものだぞ、と思ってしまった」。

少年はキャムデン・タウンのベイアム通り十六番地（現在無し）で家族に合流した。その頃のキャムデン・タウンはロンドン北部の新興住宅地で、まわりに点在する草地のむこうに、セント・ポール大聖堂の丸屋根が遠く霞んで見えた。家族は、子供が五人とチャタム救貧院から連れてきたお手伝いの娘、それに親戚のジェイムズ・ラマートまでが加わって大所帯である。人手が足りないために、チャールズは子守やら雑用やらを頻繁にいいつけられた。

春になって、姉のファニーは音楽の才を認められ王立音楽院に入った。けれどもチャールズに、就学の話の一片とてもち出されることはなかった。しかしそれはそれとして、ロンドンの街こそが、少年には何よりも立派な学校であったといえるかもしれない。折あるごとに少年は街の方々を歩いた。林立する建物や、往き交う馬車、呼売りの声、店々に働く人びと、――街の光景の一つ一つを少年は喰い入るように見つめた。

後年の随筆に、小さな男の子がロンドンの街頭で道に迷う話、「迷子になって」がある。その頃のチャールズの実体験を下敷きにした作といわれる。「迷子になってしまったという、どうしていいかわからない子供の恐怖が、今でもそっくり甦る。あの狭い、人ごみの、混雑した通り――それを見おろすようにライオン像が高所に据えてあったっけ――仮にそんな所でなくて、北極あたりで迷子になったとしても、あのときの僕の恐怖には及ぶまい。しかしその恐怖も、泣きながら街路の右へ左へ走ったあとには鎮まって、それから僕は、ゆっくりと歩きだした。路地の石段のふちに腰をおろして、さて、とこれから先の生き方を考えたのだった」。

文中の子供はわずか八つか九つの少年でありながら、同行の大人とはぐれて迷子になり――生き方を考える、という。こんな件りにもディケンズ一流の「人生の闘い」が容赦なくうごめいているようだが、叙述はさらにこうつづく。「帰りの道を他人に訊ねるなんて、これっぽちも考えなかった。そのときの僕は、迷子になったという厳粛な感じを一人愉しんでいたのかもしれない」。

これは意味ぶかい述懐である。経験の表層にひろがる恐怖や孤独、悲しみや絶望のぬかるみに好んで身を置いて、そこから全く別種の感覚をつかむというわけだ。現象の果ての隠れた一面に切り込み、現象の呪縛からついに解き放たれていく、そんな暗示をひそめた一文である。

やはり同じ少年時代に、チャールズはセント・ジャイルズ周辺に群がる貧者の姿を見て、異様なばかりに昂奮したそうだ。それから後もその地区を訪れるたびに、悲惨、不幸、汚臭汚濁が渦をなして幼い心に不思議な幻想をかき立てた。ロンドンの街は、じりじりと少年の感性を鍛えていったのである。

またときに、伯父のトマス・バローをソーホ地区に訪ねて、家主の未亡人から折々本など借りたこともあった。ジェイソン・ポータ作『スコットランドの首領たち』、ホルバインの木版画集、ジョージ・コールマンの『にやにや笑い』などの本である。書物の味は、すでにチャタムの生活において知っていた。

しかし現実の荒波となれば凄まじいものである。一家は相も変らず不如意の生活を強いられた。家財道具が、一つまた一つと消え、その品物を質屋に持ち込むのはチャールズの役割でもあった。

悪足掻きというべきか、母は学校設立に踏切って、ガワー街に家まで借りて看板を出した。だが反響は一つもなく、かえって家計の逼迫に輪をかける結果となった。折しも、靴墨問屋の支配人を任されていたジェイムズ・ラマートが、チャールズ少年に仕事の口を持ってきた。昼食とお茶の時間を除いて朝八時から夜八時までの労働、週給六シリング（のち七シリング）、というものである。十二歳の誕生日を迎えた直後に、少年は図らずも街の労働者らに混じって、三マイルもの道のりを往復する羽目になった。

それればかりではない。ほどなくして父が、四〇ポンドの借金を抱えてマーシャルシー負債者監獄につながれた。父は嘆き悲しむこと頻りではあったが、例の甚だ弾力に富む性格が働いて、獄舎生活もどうして捨てたものじゃない、というような調子であったようだ。この間でさえ、勤務先の経理局からきちんと給料が支払われていたのである。まもなく妻子一同も監獄内へと引越して、いつもの生活が始まった。しかしチャールズだけは（姉ファニーは別個に寄宿舎住まい）、単身で部屋を借りて、テムズ河畔の靴墨問屋へ毎日通わねばならなかった。

フォスターの『ディケンズ伝』に拠れば、少年時代のこのどん底生活についてディケンズが初めて洩らしたのは、一八四七年春先のことであったらしい。それまでは誰一人この事実を知らない。ときにディケンズは『自伝』の執筆に取りかかっていたが、原稿は途中まで書いてフォスターの手に預けられそのまま中絶した。原稿の中身は概ね『デヴィド・コパフィールド』第十一章と、その前の数章に融け込んでしまった、とフォスターは述べている。『自伝』の断片に曰く。――「父は牢番の詰所で僕を待っていた。父の部屋（最上階の下）まで上がって行って、二人で大泣きした。父は僕にむかって、マーシャルシーのことを忘れるな、己の戒めにせよといった。人間は、年収が二十ポンドで支出が十九ポンド十九シリング六ペンスであれば幸せだが、一シリングでも足を出せば身の破滅だと思え、と教えてくれた」。

この話はまさしく、デヴィドに対面したときの、あのミコーバ氏の言動そのものである。虚実相交わるエピソードといえようか。ミコーバ氏の失敗や出鱈目は、その裏面にほのぼのとした愛情の火影を隠していて憎めない。チャールズの父親ジョンもまた、とかくいい加減な性分から不幸を招き、わが子に辛い思いをさせてさぞ胸が痛んだことだろう。後日、少年の切なる願いをのんで、監獄の近くのラント通りに宿を借りてやったりもした。お蔭で孤独の身も少なからず慰められたらしい。少年はこの下宿を「極楽」と呼んで生き返った思いだったが、ここの親切な家主一家は『骨董屋』のガーランド家の人びとのなかに生きている。

ラント通りから裏道に折れてブラックフライアズ橋を渡り、ストランド街を西へ歩いてハンガーフォードの靴墨問屋へ到着するまでには、子供の足で一時間をゆうに超しただろう。けれどもチャールズは方々へ観察の眼を走らせる子であり、歩くこと自体、さほど苦にならなかったのかもしれない。「近代のバビロン」すなわちロンドンの都に、彼は何を見て、どんなふうにこの街に生きる実感とやらを噛みしめていたものか。それについては、『デヴィド・コパフィールド』第十一章の行間から紛れもなく立ち昇ってくる忍び音、主人公のあの抑えに抑えた声が聞えてこよう。少年のあの声は、忘れようにも忘れられない。

父は一八二四年五月の終りに釈放された。これより一ヶ月前に父の母親が亡くなって、四五〇ポンドの遺産が転がり込んできたのだが、釈放につながったのはそのことよりも、早くから請願してあった破産者宣告がいよいよ施行されたためである。結局、三ヶ月余り（異説あり）の獄中生活であったわけだが、それはあくまで結果としての話にすぎない。とりわけ多感なチャールズとしては、この辛い悲しい日々がいつまでつづくか知れない、永久に浮ばれないかも知れぬ、との不安から逃れられなかったのではないか。

家族が出獄しても、悲しいかな、靴墨問屋の仕事から解放される運びにはならなかった。まず母が、それを許さなかった。けれども父は息子の気持を酌んで、ほどなく、その憂鬱な職場を捨てて学校へ通わせる方策をとってくれた。学校こそが、かねてチャールズの憧れていた場であった。

チャールズは一八二四年の夏から二七年三月まで、この二年半ばかり、ジョーンズ氏の経営するウエリントンハウス・アカデミーに通った。その学校生活については、『ハウスホールド・ワーズ』（一八五一年十月十一日号）掲載の「我らが学校」にほのぼのと回想されている。

チャールズはその頃、短い物語を書いたり、互いに廻し読みをしたりという同好の会などに関係していたらしい。また素人芝居の上演に熱中したり、皆で芝居じみた悪ふざけに興じることなどもあったようだ。オーウェン・P・トマス氏やヘンリー・ダンソン医師など、当時の学友が、後日フォスターに在りし日々の様子を手紙で知らせてくれたとのことである。

しかし学校生活が、チャールズにとってどこまで愉しいものであったか判然しない。「我らが学校」を見るに、種々さまざまな教師やら生徒やらが集まって、その全貌はときの移ろいのなかに、どこまでも「ぼんやりとした印象」を留めているばかりだ。

ウェリントンハウス・アカデミーは『デヴィッド・コパフィールド』のセイレム塾に影を落としているといわれる。「我らが学校」に回想される人物もろもろの片鱗が、一方のセイレム塾に登場する校長やトラドルズの姿に生かされているあたり、なるほどと頷けなくもない。但し『デヴィッド・コパフィールド』では、学校生活とテムズ河畔での下働きとが、事実の逆の順序に配してある。

チャールズの学校時代のさ中に、父は海軍経理局を辞職して一四五ポンドの年金を受ける身となった。またしても窮々たる生活である。そこへ以って、チャールズが学校を退めてから半年余り経つと、一番下の弟オーガスタスまでが誕生した。

学校を去って数ヵ月後に就いた働き口は、エリス・アンド・ブラックマー法律事務所の書記職で、週給十シリング（のち十五シリング）というものであった。ここに一年半ほど留まり、次は民法博士会館の速記報道員へと飛躍した。父が高収入を狙って議会報道記者なぞ始めたのに刺激され、チャールズもまた速記術を習い覚えたのであった。

法律事務所の書記にせよ、民法博士会館の報道員にせよ、仕事そのものはすこぶる退屈であったのかもしれない。ディケンズの作品に「書記」はあちこち登場するが、なかでも『ピクウィク・ペイパーズ』の弁護士書記にまつわる記述には、作者自身の当時の面影さもありなんと思わしむるものがある。

とまれ、この数年間はチャールズの自己教育の時期として、非常に重い意味をもつ。法律業務の内側をとくと観察したばかりか、毎晩のように劇場へ通ってその方面の眼を肥やした。また大英博物館の読書室に出入りして、アディソンやシェイクスピア、古代ローマ元老院の解説書などに没頭したのもこの時期である。十代後半におけるこのような独学の積み上げが、やがて時が至り潮も満ちれば、いよいよ効いてくるというわけだ。

一八三一年、チャールズは念願の議会報道記者となった。十九歳の開花である。初めは『ミラー・オブ・パーラメント』紙、次は『トルー・サン』紙、そして『モーニング・クロニクル』紙と、次第に有能なジャーナリストとして頭角をあらわし、ときの新聞界に名を馳せた。むろん、収入も増えた。

しかし見逃してならないのは、これらの日々が、決して順風満帆の勢にのっていたのではなかったということだ。むしろ絶え間ない不安と、失意と、将来への焦りの渦のなかで、青年の努力や試みがさまざまにくり返された。その頃、舞台役者に輝かしい夢をみて、コヴェント・ガーデン劇場のオーディションを受ける手前まですすんだという話などは有名である。そしてさらに若者の心を翻弄したのが、恋の悩みであった。

友人のヘンリー・コールを介してマライア・ビードネルなる女性を識ったのは、一八二九年、チャールズが十七歳のときである。マライアは一つ年上で、シティ地区の裕福な銀行支配人の娘であった。チャールズとしては身分違いの相手ということになる。それにもかかわらず、三〇年五月には明らかに恋の虜となってしまっていたが、その後の成行きについては正確に知られていない。むこう三年間ほど、甘美な夢にひたったかと思えば、地獄の業火に焼かれる苦悶を味わったらしい。二人は手紙だの贈物をさかんに遣り取りしたが、それでいてマライアはどこか冷淡だった。何よりもマライアの両親が、歌や詩句の魅力で一場を盛りたてる青年、この一介のジャーナリストにはあからさまに背を向けた。どうやら青年の父親が破産者の法廷名簿に載っていることなども知られていたらしい。加えて、マライアの親友メアリ・アン・レイの不可解かつ悪質な妨害が働いたことも無視できない。恋する男の狂おしい、また苦々しい心情は、『デヴィド・コパフィールド』第二六章にゆたかな陰影を添えて描かれている。

前述したように、その頃チャールズは、旺盛な読書欲を満たすべく大英博物館読書室に通いつめたり、日に五時間も舞台演技の勉強をしたり、連日連夜で芝居を観たり、そうしながらも有能なジャーナリストとして忙しく立ち廻っていた。そうして夜中の二時三時に、シティのロンバート街へ、マライアの眠るあの窓辺を仰ぎ見るがために、仕事からの帰路を延ばして足を運ぶことしばしばであった。

疲れていないといえば嘘になろうが、青年は疲労などぞものともしなかったようだ。生活に勢いを与えていたのは、この烈しい恋の力ともいえる。

けれどもマライアの父は、娘をパリの学校へ遣ることで狂おしい恋人から遠ざけるように図った（一八三〇年以前との異説あり）。チャールズは悶々として女の帰国を待ちわびた。そのマライアがいよいよ帰ってきたときには、何ということか、女はもはやチャールズのことなど見向きもしなかった。チャールズは一八三三年二月に二一歳を迎えて、誕生日の祝いにマライアを招き、その翌月には、もう、これまでマライアから届いた手紙やら贈物をそっくりまとめて返却した。女のほうからも同様に、一切合財が束ねられて送り返された。しかしチャールズとしては諦めようにも諦めきれなかったのである。

マライア・ビードネルとの関係には後日譚がある。二二年経って、一八五五年二月十日、すでに文壇の大家となりおおせたディケンズ宛に昔の恋人から手紙が届いたのである。彼女は商人のもとへ嫁いでウィンター夫人と名を変え、二人の娘の母となっていた。豈図らんや、この手紙にディケンズはいたく取り乱したのである。旧い情熱が再燃した。胸の轟きを抑えながら再会のはこびとなるわけだが、第三者から見れば、ここから先は洵にもって笑話である。

かの「小さなヴィーナス」は、四十代半ばの、無残に肥った愚かな女と化していた。この女は妙なことに、今ではやたらにディケンズに近づいてくる。久しぶりに再会できて、どうしてそうも冷たいのかとディケンズを詰る始末だ。昔の二人の立場が、それぞれに逆転してしまったわけだ。こんな逆転劇こそ小説の材料には恰好であるのかもしれないが、現実の苛酷をここでまた思い知らされたディケンズとしては、夢まぼろしも色褪せて消えるこの世の有様に、どれほど胸を痛めたことか。こんなところにもまた、ディケンズの素朴と、激情と、失意のほどがありありと感ぜられる。若いマライア・ビードネルを映した『デヴィド・コパフィールド』のドーラも、ついに『リトル・ドリット』のフローラ・フィンチングにまで変貌してしまったわけだ。ディケンズの心境を察するなら、どれだけ笑話じみていようが、とうてい笑えるものではあるまい。

一八三三年に話を戻そう。これは失恋の年であったのに加えて、もう一つディケンズの生涯にとって重大な事件がからむ。三三年十二月、『オールド・マンスリー・マガジン』誌上に、初めての文章「ポプラ通りの正餐」が載ったのである。「……わたしはウェストミンスター・ホールのほうへ道を下りて、半時間ほど建物のなかに留まった。嬉しいやら誇らしいやらで、目には涙があふれ、表通りを見ることもできなければ、人さまに見せられる恰好でもなかったのだ」。

書いた物が初めて活字になったときのあられもない感激のさまを、ディケンズはこう語っている。これもよく知られた逸話である。一介のジャーナリストと鼻であしらわれた青年が、今ここで、前方に新しい世界の開けゆくのを直覚した。そんなふうにも読める。事実、彼はここに新な一歩を踏みだしたのであった。そうして、ほどなく「ボズ」が、若き一人の作家が、十九世紀イギリス文壇に呱々の声をあげたのである。

次に、第一作『ボズ・スケッチ集』について幾ばくかの解説を加えておきたい。

＊

なべて初期の作品には若書とだけいって片付けられない或るものが沈んでいる。個性の種、個性の原石とでも呼ぶほかにないが、これはたとえば作家その人の体臭のようなもので、偽りようがない。後年どんなに技を極めて成熟しようが、傑作を書こうが、それらの作品の底からもやはり同じ体臭が立ちのぼってくることになろう。

ディケンズの『ボズ・スケッチ集』なども、そういう見方に立てば、処女作だからといって軽くあしらえるものではない。それどころか、むしろこの初期の作に、一個の原石の在りようを探ってみたくなるわけである。作者自身によるこの作の辛口評価はしばしば引かれるところだが(1)、それはそれとしてまず受け止めておけばよい。もちろん、とかく筆のはこびが強引で、せっかちで、青臭いというのは否めない。数篇のスケッチの、末尾の絞りが甘いのも気になる。しかし何といっても、作家の種子はこの初々しい処女作の大地に早くも若芽をのぞかせているのである。それを見過ごしてはなるまい。

『ボズ・スケッチ集』には五六篇の短文が収められていて、そのほとんどが一八三三年十二月から三六年十二月までの三年間に、新聞や雑誌に載ったものである。最も早い時期の文章は『マンスリー・マガジン』に寄せられた数篇で、これらはのちに「小話」（Tales）として括られた。「小話」はその名の示すとおり、虚構展開の試みである。ディケンズはまずこれに手を染めた。初めにフィクションありき、というこの事実は、ディケンズの資質を考える上でいかにも象徴的である。ボズ――Boz の筆名が登場するのは「下宿・後篇」（一八三四年八月）からであり、それまでは無署名による発表であった。

『ボズ・スケッチ集』第一輯（二巻）が最初の単行本として出版されたのは一八三六年二月八日のことである。これには書下ろしも含めて三五篇のスケッチが集められた。前日の七日はディケンズの二四回目の誕生日、そして同年四月にキャサリン・ホガースと結婚、十一月には『モーニング・クロニクル』紙の報道記者を辞めている。私生活の面でも新しい第一歩が踏切られた年であった。

同年の十二月には、第一輯に未収録の短文を集めて『ボズ・スケッチ集』第二輯（一巻）が公刊された。その翌年十一月から三九年六月まで、先の第一輯・第二輯のスケッチが月刊分冊で出て、それがさらに『ボズ・スケッチ集』一巻にまとまって刊行された。ここで初めて現在の版に見るような四つの区分――「我らが教区」[2]「情景」「人物」「小話」の四部構成が採られたのである。

『ボズ・スケッチ集』に作者のたくましい観察眼が活動していることはいうまでもないが、この観察眼の性質となれば、すこぶる興味ぶかいものがある。これはまず、周囲の事物事象を静かに冷やかに展望する眼ではない。「日常生活および市井の人びとの実例」と添えた副題、また「生活習俗のあるがままを描くのが狙い」という序文の言（第一輯初版）に誘われて、人はすぐにも《リアリズム》なる観念に飛びつきがちだが、その種の観念は曲者である。ディケンズはロンドンの辻から辻を歩き廻り、各所のいろいろな情景や、人物のさまざまを見た。これはまず疑いない。しかし、その先である。ディケンズの眼の性質、眼のはたらかせ方には一種独特の癖がある。それについては無論、ディケンズの文章そのものが余さず示してくれるはずであり、要するに、安直な観念に飛びつかず、作品精読をまず心がけるに如かずということになる。

たとえば『ボズ・スケッチ集』の先輩格と目されるピアス・イーガンの『トムとジェリー』、あの文章と比較してみれば、事実はいよいよ明らかである(3)。イーガンの作品に展開するロンドン訪問においては、珍しい人物や光景にいちいち驚き、その見聞したところを記述するという、要するに街を訪れた他所者の好奇の眼がはたらいている。素朴な旅人の眼といってもいい。一方ディケンズの眼は、街なかの浅い見物見学に満足せず、劇場も、酒場も、夜の小道も、一つ一つが立体化して生々しい性格を帯びるところまで追いつめる。これはみずからその土地に生きる生活者の眼である。すすんで対象の裡側にすべり込んで、対象と呼吸を共にする。ディケンズの眼のはたらきは、どこかで必ず、そういう密着した動物行為にまで発展していくのだ。後年の書き物を集めた『商用ぬきの旅人』に「夜の散策」という秀れた随筆がある。これなどを見れば、旅人の肉眼をかすめる街の風景と、生活者の視線が食らい込んだ巨大都市の内なる相貌、その両者のちがいもおのずと納得されよう。

こうなると、街はさながら一個の生き物よろしく呼吸を開始するわけだが、こういう生命醸成の化学作用が、ありふれた肉眼の観察などから生れてこようはずもない。『ボズ・スケッチ集』に再三くり返される語を引くなら、外界の観察に加うるにもう一つ、「夢想」——speculation がなければならぬ、ということにもなる。「観察」に「夢想」が加わってはじめて、あのロンドン各所の、朝に夕に、夏に冬に展《ひら》ける巷の生活光景が生きてくる。肉眼の奥にもう一つ心の眼がはたらいて、夢想のスクリーン上に新しい像をむすぶ。これがすなわちディケンズの「眼」である。この眼に映る「現実」は、ディケンズとしてはむき出しの現実よりも一そう「現実的」であり、より強く胸に迫る真実《リアリティ》であったはずだ。「日常生活および市井の人びとの実例」——これは、ところどころで頻繁に作者の歓びの声を促した。「ロンドンの街頭は、何とまあ、くめども尽きせぬ夢想の材料にあふれていることか」(「貸店舗あり」)。

歓びの声は、作中に折々散見する amusement の一語にも、朗らかにまた厳かにひびいている。街の人びとのさまざまな姿が、滑稽な仕草だのやり取りだの、ときには暗い悲しい生活模様までが、ディケンズの眼にふれるなり、たちまち精神の昂揚——amusement を喚ぶ。これはディケンズの資質の紛れもない一面である。

『ボズ・スケッチ集』で観察の対象とされているのは、一つが十九世紀二〇年代から三〇年代のロンドン、また一つが、大都市のそこかしこに生きる人びとの日常である。この二つは截然と分けられるものではなく、裏になり表になりながら相交わっている。すでに馴染みの四部構成をここで大胆にくずすなら、いずれのスケッチも「情景」および「人物」のさまざまな混淆として一列に並べられよう。しかも等しくディケンズ一流の対象の捉え方が絡んでいることは、先に述べたとおりである。それをさらに具体的に見ていくことにしよう。

「我らが教区」の七篇には、いずことも知れぬ「教区」に生活する市民が、さながら掌篇小説を思わせるのびやかな筆致で活写されている。このフィクションの鏡に映った像は、街の情景が背後にひろがって、前面にそれぞれ特色のある人物が目立つ。寸分たがわぬ日々を共有する変な四人姉妹の話、子だくさんを宣伝して票を得ようという妙な選挙の話、差押えをくらった貧者のもろもろ、互いに慈善活動を競いあう婦人協会の浮き沈み、等々、これらはまさしくストーリーの衣に包んで人物を浮き立たせた作物である。ここに『ピクウィック・ペイパーズ』や『オリヴァ・トゥイスト』の匂いを嗅ぎつけるのも、さして難しいことではない。

「情景」に含められた各篇にしても、たとえばスコットランド・ヤード、セヴン・ダイアルズ、モンマス通り、民法博士会館というように、ロンドン諸方の現実風景に筆を傾けながら、ここでもまた、人物が大きく姿をあらわす。文章は街の光景の一報告に流れず、そこから先の別世界が切り展かれているのだ。モンマス通りの店頭で空想の人物が古着をまとって動きだす、あるいはスコットランド・

ヤードの古い酒場に腰かけて世のなかを静観する男だの、ドルーリ・レインの質屋で忘れ形見の指輪を手ばなす若い女が見える。これら人物の横顔、こういう人生の哀感ともなれば、およそ報告書まがいの干からびた文面からは伝わってくるはずもない。街の紹介記事なぞのとうてい及ぶところではないわけだが、この種の魅力を引立てているのは、ほかでもなくストーリーの薄衣であり、全篇にあふれるフィクション味である。俗にいうジャーナリズムの筆色が、あるところでフィクションの趣を一きわ強めるというぐあいだ。読者は知らぬまに空想の街頭や店頭にたたずみ、空想の人物に出くわすのである。

ヘンリー・メイヒューの記録は十九世紀中葉のロンドン貧民、およびその生活ぶりを写したものとして有名だが、この記録書にディケンズ流のイマジネーションを期待しても仕方ない。文章の性格がまるでちがうのだ。メイヒューの文章を成り立たせているのは、調査、整理、概括の丹念きわまる作業である。貧民の種々さまざまな姿は、大小の範疇に括られ、列挙され、手ぎわよく紹介される。これは純正のジャーナリズム物と呼んで差支えない。フィクションの域に天翔けるイマジネーションにとっては、作品のための素材が、ここにみごとに並んでいるというべきかもしれない。

一例に、「人形の眼玉つくり師」というメイヒューの文章がある。この男は人形の眼玉ばかりか、人間の眼玉まで作っていて注文も多い。黒、はしばみ、青、灰色と、実に本物そっくりの眼玉が三八〇個、二つの箱に詰めてあるのを見せてもらったという話である。女の眼玉なら明るく耀かせて、男の眼玉ならくすんだぐあいに仕上げるのだそうだ。小箱にぎっしり集合した人間の眼玉がいっせいに此方を見ている、と筆者は驚きを隠せない。これなどはグロテスクな話でありながら、もしやディケンズの想像力に照らされたならばどうだろう、どれだけ色彩ゆたかな小話が生れたことだろう、と思わずにはいられない。

メイヒューから再びディケンズのスケッチ集に眼を移すならば、両者のちがいもさらに強く感じられよう。キングス・ベンチ監獄寄りの古物屋に出入りする連中、ジン酒場で安酒をあおる貧乏人、法廷の石段を下りてくる母と息子、ニューゲイトの独房で死刑執行を待つ囚人など、いずれもみな作者のイマジネーションに温められ、想像の時空に生きている。ここには解説なぞない。分類だの比較だの統計、そんな無機質のものは一切ない。個々に己の確かな生を生きているばかりだ。人物のキャラクター色がさらに濃くなれば、彼らを包むストーリーにも格別の動きが生じて小説と化すのだろうが、事実、その種の萌芽はすでに見えている。

たとえば、夏には一くきの花、冬には藁しべを口にくわえた辻馬車御者の痛快な毎日（「辻馬車の最後の御者、乗合馬車の最初の車掌」）、あるいはスリを働いて裁かれる十三歳の少年の芝居気たっぷりの言動（「刑事裁判所」）など、ここまでくればもう、いつ小説に転じても不思議はないのである。

ディケンズの想像力の活躍については、もう一つ触れておかねばならない。貧者の凄惨な日々、底なしの絶望、そして死を語るあの重厚な文章のリズムは、何といってもディケンズ一流のものである。

これは貧者への同情というような、軽い淡い、冷めた感情からは絶対生れようのないリズムであり、強いていえば、人間生存の暗いドラマの裡側から噴きだすリズムである。ディケンズの胸内にはこういう熱い想像のマグマが燃えつづけていたのだろう。その背後にはおそらく、十九世紀の魔都ロンドンの抱えるさまざまな問題――人口過剰からくる住宅難、往来の混雑、水や大気の汚染、食糧難、貧困、過労、暴力、犯罪、疫病、道徳の退廃、幼児の死、そしてディケンズ自身の過去の残影が黒々と横たわっていたにちがいない。大都市の絶やしがたい悪と不幸が、ディケンズの想像裡に反響して、ここでもまた一個の濃密な時空が形成され、独特な言葉のリズムを、腹中に重くひびくあの拍節を生んだものと考えられる。たとえば「我らが隣人」の末尾に描かれた不幸な青年の死、また「酔いどれの死」に充満する息苦しいばかりの不如意と孤独と自滅、ああいう所にまで想像の翼をひろげて、それを賢しらに説明するのではなく、つよい言葉のリズムに託して一つの世界を完成させているのだ。もはや万事明らかではないだろうか。ここに人あり、人生あり、というべきものだろう。こういう作品にとことん埋没してみれば、ディケンズの言葉の味わいなども、彼の稟質のきわめて深い所から発せられているように思われてならないのである。

ところで、十九世紀ロンドンの死の様相とはいかがなものか。実際、近代の大都市は人間の生も死も平気で丸呑みにしてしまうといってよい。十九世紀前葉のロンドンにおける平均寿命は二七歳、貧しい階級においては二二歳であった。五歳に及ばずして飢えや病で死ぬ子供は、イースト・エンドなどの貧民街では二人に一人の割合を上まわった。死神は実にためらいなく人びとのもとを訪れたわけである。一方、死は忌むべきものでありながら、生きることが闘いであった時代としては、その闘いの静かなる終焉、安らぎの到来というふうにも考えられた。トマス・フッドの「嘆きの橋」に流れる終末の調べ、あの清らかな静寂は、苛酷な人生の間隙をぬって花ひらいたものだ。大都市の酷薄非情なところは、かくも呆気なく死んでゆく一人一人の人間のことなぞ余人は気にも留めぬ、という事実である。ディケンズが、それを見逃すはずもない。

「人物」に集められた数篇にも、大都市に生きるさまざまな老若男女が登場するわけだが、彼らの生活感覚を等しく貫いているのは、人間の幸・不幸そのものである。酒場に、劇場に、病院やら監獄に、いろいろな人間の表情が、めいめい幸福また不幸の色を映して際立っている。千差万別のその彼らとて、この先どうなるかわからない。いずれは誰もが死ぬ。だからこそ、一ときの幸福も耀きまさる道理であり、不幸であればあるだけ、せめて一ときなりの幸福を夢にみるというわけだ。そういう人間の単純かつ偽りなき生活感覚が、スケッチの文中に脈打っていることは確かである。「新年」のなかで、十二月三一日夜の十二時に、近くの教会の鐘が鳴る。「それは厳かな葬いの鐘なのである。墓へむかう道すじの道標を、また一つ越したと、鐘の音は告げる」。

生と死、富裕と貧困、幸福と不幸などの対立概念は十九世紀イギリス社会を截然と特徴づけていたが、さらにいえば、これら二つが異様なまでに接近しつつ並存していたことも事実である。たとえばスラム街のぼろ家で幼児が死ぬ。一家は貧乏のあまり葬式も出せず、死骸は食卓の上にのせられて放置されたりした。食事どきになると死骸を棚の上に移して、食事がすめば元の場所へ戻すというぐあいに、死者と生者はしばらく共存して、生と死は文字どおり隣接することにもなった。富める者が遊びほうける傍で貧しき者が働き、壁一つ隔てて笑声と泣声がぶつかりあう。緑したたるラドブローク邸宅街の付近には伝染病の巣ともいわれた養豚所や陶器産地がひろがっていた。こういう世のなかに身をひたして、広く周囲を観察するところにディケンズの興味(amusement)も、また黙想(reflection)も栄えたわけだが、その末端に彼がつかんだ一つの形として、「小話」がある。

「小話」に集められた十二篇にかぎらず、他のスケッチにもフィクション味ゆたかな作が多いことは、ディケンズの想像力の為せるわざとしてくり返し述べた。「小話」のなかの各篇は、さらに文体上の試みを前面に押し出したものとして注目される。人物のキャラクターにひねりを加えて目立たせようとの試み、会話のはこびに頓珍漢なズレを重ねてみせるジェイン・オースティンばりの家庭劇、人間の見栄に風刺を浴びせるサッカレイもどきの筆づかい、どんでん返しによるメロドラマ仕立て、ミステリー風の味付け、また誤解から生じるコメディと、とにかく各種各様の試みが華やかにくり広げられている。そしてここには、ディケンズのユーモアが実にふかぶかと息づいていることも無視できない。

ディケンズのユーモアの源泉は、何はともあれ、人間の弱点や欠点を照らすところにもとめられよう。ユーモアを感じさせるのは、愚者であり、変人であり、情けないほどの弱者である。『オセロー』を演じる素人芝居では台詞をまちがえてばかりいる。一大決心のあげくプロポーズに踏切った男は、図らずも他人のために女の意向を確かめるような愚行をやらかしてしまう。ホレーショ・スパーキンズ君は貴公子のように見せながら、その正体はさびれた生地屋の店員である。恋のもつれから決闘を申込まれたアレグザンダー・トロット氏は、敵の存在に怯えるあまり、とんでもない顚末を迎える。それやこれや、人間の弱い一面、愚かしい姿が、作中に可笑しみを醸しだしているわけだが、実際、この可笑しみの裏には人間の悲哀が流れていて、笑ってばかりもいられない。後味としては憐れみが残る。これまた、ディケンズのユーモアの味に他ならない。

ユーモア、文章のリズム、肉眼を超えるフィクション性、これらは皆、ディケンズ固有のイマジネーションにふかく根を下ろしているものだろう。ディケンズが見たロンドンも、街の人びとの日常も、このイマジネーションの炎熱を浴びて真に生き生きとした像《かたち》を結ぶ。この作家の原石のなかには、ジョージ・ホガースの評言を借りるなら、「みっちり肥えた想像力(4)」が含まれている。そのような事情が、『ボズ・スケッチ集』の随所に読みとれるはずである。

注

(1)　ディケンズは『ボズ・スケッチ集』の五種の版にそれぞれ序文を付した（一八六八年版には一

八五〇年廉価版の序文を再録）。五〇年版の序文においてディケンズは、「はなはだ粗雑、浅はか、せっかち且つ未熟なところが明らかである」として、とりわけ「小話」が拙いと評している。この言がいたずらに大方の注意を惹く結果にもなったが、ジョン・フォスターはこれを本人の〝過小評価〟と断じた。

（2）一八三九年の版においては「我らが教区・七篇」と題された。また、この四部構成にヒリス・ミラーは作者のイマジネーション展開の原型を読みとっているが、いかがなものか。にわかには賛成しがたい。（cf. Hillis, Miller, Borowitz, David. *Charles Dickens and George Cruikshank.* William Andrews Clark Memorial Library, University of California, 1971. p.17.)

（3）Pierce, Egan. *Life in London.* Sherwood, Neely & Jones, 1821（reprinted, Methuen & Co., 1904）. 初出は月刊分冊による。ジョージ・クルークシャンクと兄のロバートによる挿絵が添えられた。『ボズ・スケッチ集』のなかでイーガンの作風に最も近いのは 'Making a Night of It' であろうか。(cf. *Life in London.* Book Ⅱ, Chap.Ⅱ)

（4）『ボズ・スケッチ集』についての最初の評。第一輯発行の数日前に予告として『モーニング・クロニクル』紙上に出た。*Charles Dickens Critical Assessments*（ed. Michael Hollington）. Vol. Ⅰ, Helm Information Ltd., 1995. pp.256-257.

二　ピクウィック旋風

ディケンズの第一作、『ボズ・スケッチ集』二巻（*Sketches by Boz*, February, 1836）は概ね好評であった。ボズの名が諸方でささやかれ、人びとの話題にも上った。口さがない者は、何、ジョージ・クルークシャンク（George Cruikshank, 1792-1878）の挿絵の手柄だといいふらして画家のほうを持ち上げたが、しかし今思えば、そうとばかりもいえないようだ。挿絵の魅力もさることながら、ボズ――すなわちディケンズの文章の放つ若々しい香気もまた捨てがたい。当時の読書子の目を惹きつけたのもわかるような気がする。

しかしまた、『ボズ・スケッチ集』の成功がそのまま次の一作『ピクウィック・ペイパーズ』（*The Posthumous Papers of the Pickwick Club*, 1836-37）の出版を促したわけではなかった。そこへ繋がるまではちょっとした経緯があり、思わぬ偶然が働いたのである。その一件にまず触れておきたい。

少し前の話になる。新興の出版社チャプマン・アンド・ホール（Chapman and Hall）と戯画家ロバート・シーマー（Robert Seymour, 1798-1836）のあいだに一つの企画が盛りあがった。シーマーは「ニムロッド・クラブ」（"Nimrod Club"）と称する野外スポーツものの連作を提案して、その滑稽画に添えるべき文章の書き手をもとめていた。野外スポーツというのは、狩猟や釣魚などの野外娯楽を斥《さ》し、そういうものを題材にした絵入り読物が大いにもてはやされた時代であった。シーマーはそんな時流に投じたといってよいかもしれない。

ホールがディケンズを訪ねて上記の書き手が決まるというのは、実は最後の話であって、ディケンズよりも先に、もっと名のきこえた作家らが候補者として挙げられた。リー・ハント、テオドール・フック、その他の知名人に打診して断られたあとに、シーマーはふと『ボズ・スケッチ集』の作者を思い出したというわけだが、それとはまた別の経緯も伝えられている（Kitton, F.G., *Dickens and His Illustrators*, 1899）。すなわちウィリアム・クラークやら、チャールズ・ホワイトヘッドにまず声が掛けられ、前者は応答なし、後者は多忙を理由に断る。しかしホワイトヘッドは、ただ断るだけでなく、自分に代るべき候補者を紹介しようと思案するうちに、たまたまボズの名を思いついたというのだ。以前のこと、『小説文庫』（*Library of Fiction*）の編集人としてボズにスケッチ二篇を書いてもらったことがあるから、まんざら知らぬ間柄ではない。こうしてボズ、すなわちディケンズがホワイトヘッドを介して出版者に紹介されたのであった、という説がある。

　ディケンズはまだ駈出しの文章書きにすぎなかった。かたや絵描きのシーマーは、戯画においてすでに一家を成した腕利きである。年齢も、ディケンズより長ずること十四年。そのシーマーの提案をディケンズは初めから嫌って、野外スポーツなんざ自分には扱えない、他に書きたいことがあるのだ、と強気に出た。チャプマンとホールが二人のあいだに入って、それぞれに半煮えの妥協を引きずったまま事が進行した。それでも巧くいけば万事めでたしというところだが、そうは問屋が卸さない。ほどなくして暗礁に乗りあげた。そこをまたディケンズが強引に押し切った。このあたりの事情については、ディケンズみずから、一八四七年の廉価版および六七年版の本書序文のなかに述べている。

「……私はシーマー氏の提案に反対した。いかにも当方、田舎に生れ、しばらく田舎で育った身ではあるが、旅そのものを除けば狩猟だの釣魚にはさしたる興味を持ち合せないのだ。またくだんの提案からして、もはや新味もなく、古臭い企画となりつつある。むしろ本文から自然に挿絵が生れてくるようにすれば、ずっといいだろう。私としてはイギリスの情景と人物を自分の流儀でのびやかに扱ってみたい。仮にどんなやり方で始めようが、結局はそこへ行き着くのではないか――と、以上のように考えたわけだ。最後にはこちらの意見が受入れられたので、私はピクウィク氏なるヒーローを捻り出し、第一号を書いた。その校正刷りを基にして、シーマー氏がクラブと、かの創立者のみごとな肖像画を描いたのである。……けれども第二号の発行を待たずして、悲しいかな、シーマー氏が急逝されたために、もとより異論のあった問題がここで急遽解決をみた。以後、各号は三二ページの本文、二点のみの挿絵という構成で、これが最終号まで変らずにつづいたのである。……」。

『ピクウィク・ペイパーズ』は一八三六年三月末日に月刊分冊の第一号が出て、本文二四ページ、挿絵四枚という一応の体裁をとってはいたが、そのとき背後に圧せられた悲劇の昂ぶりを知る者はなかった。おそらく、シーマー一人を除いて。

翌月に出た第二号では、挿絵が三枚きり、つまり一枚だけ足りない。分冊の巻頭にその釈明の短文が掲げてある。何と、このたびの分冊発行を待たずに、シーマーが自殺したのであった。仕上げられた挿絵は三枚で（他に図案が二枚あり）、そのうちの一つ、「死にゆく道化」はディケンズから厳しい注文が付いた絵だ。この折の二人の面談が最初にして最後であったのだが、シーマーはこの挿絵を追い立てられる時間のなかで再度描き直していた。それをどうにか完成させて、精魂尽き果てたかのように、自宅のあずまやで猟銃自殺をとげたのである。夫人に書き残したメモには、「弱い心と病のせいだ、誰も責めるな」とあった。「死にゆく道化」の絵は、何がしかの思いをこめたつもりか、裏返しにして壁面に立てかけられてあったそうだ。これには後日譚が付く。その二年後にシーマーの妻が「ピクウィク・ペイパーズの源について」なる刷り物を頒布して世間を騒がせ、その後もシーマーの息子がまた『アセニューム』誌に同趣旨の手紙を書いた。『ピクウィク・ペイパーズ』のそもそものアイデアはロバート・シーマーにあり、その原初のイメージを基にしてディケンズが物語を作ったというのだが、ディケンズは即座に同誌に反論を寄せて、『ピクウィク・ペイパーズ』の誕生にシーマーはまったく関与していない事実を表明した。のちにチェスタトンが巧いことをいっている。ディケンズの構想とやら実は誰々が先取りしていたなぞいいだすのは、「さながらコップの水をナイヤガラに注いで手柄にするようなものだ」と。

作家と画家、両者の力関係ということがしばしば議論される。つまり、文章に絵を添えるのか、絵に文章を付けるのかという、主客の位置付けが問題になる。ディケンズとシーマーの場合だけにかぎらず、ときの作家と画家の組合せともなれば、それぞれの意識の底にどれだけ烈しい感情の炎が燃えていたかわからない。クルークシャンク然り、シーマー亡きあとに二点の挿絵を載せただけで解雇されたロバート・バス（Robert W. Buss, 1804-75）然り、ディケンズの良き伴侶のように目されたフィズ（"Phiz" ことHablot Knight Browne, 1815-82. バスのあとに本作挿絵を担当）でさえ、心の真実は誰にもわからない。詳しくは、ジェイン・R・コーエンの好著『チャールズ・ディケンズとその挿絵画家たち』（Cohen, Jane R., *Charles Dickens and His Original Illustrators*, 1980）に譲ることにして、今ここでその点に深入りするのは止めておく。

ただ、ディケンズはシーマーに対して妥協を許さぬ強情一点張りであったかといえば、決してそうではない、という事実だけを指摘しておきたい。『ピクウィク・ペイパーズ』分冊の表紙を見ると、鳥を撃つ人物だの釣道具だの、小舟から釣糸を垂れるピクウィク氏の姿までが描かれている。中央付近には、クラブ会員による「スポーツ会報」の飾り文字なども目立ち、このあたりはどうしてもシーマーの「ニムロッド・クラブ」案を反映させていると取らざるを得ない。ディケンズはこれを黙認したようだ。そればかりか、自称スポーツマンのウィンクル君なりを本文中に登場させ、滑稽味を出して、シーマーの意向に添うようなことまでやっている。シーマーはまた、以前の作品（*Maxims and Hints for an Angler and Miseries of Fishing*, 1833）において、すでにピクウィク氏やウィンクル君、でっぷり小僧、サム・ウェラーなどの原型とおぼしき人物を描いており、もしこれらの絵に触発されてディケンズの文章が後から動き出したとなれば、主客の関係も変る。作家対画家の確執のごときも、両人のさまざまな妥協や譲歩と重ね合わせて慎重に考えねばなるまい。

丸メガネをかけて太鼓腹の、あの愛嬌たっぷりのピクウィク氏の風貌がシーマーの前作中に認められるとは興味ぶかい事実だが、それに加えて、ここにもう一つの屈折があった。当初シーマーの胸中にうごめいたイメージとしては、長躯痩身の主人公であったらしい。しかしそれでは滑稽味に欠ける、という不満がチャプマンから出されて、やせ男はでっぷり型の老紳士に変貌した。チャプマンはまた、リッチモンド在住のジョン・フォスターなる恰幅のいい紳士をディケンズに紹介して、ピクウィク像を描くための参考に供した。画家対作家の関係にもう一つ、編集者が絡みついていたことになる。厄介な話にはちがいない。神経衰弱ぎみのシーマーが、どれだけ苦しんだことか。しかしシーマーは「誰も責めるな」と、わが生涯を締め括っているのである。

『ピクウィク・ペイパーズ』は第一号、第二号と、やや中身を変えながら（シーマーの死によって）、細々と分冊発行がつづけられた。一説によると、毎号四、五〇〇部ぐらい売れたともいわれ、あるいは一五〇〇部を各店にばらまきながら、一四五〇部までが返品されたとも聞く。要するに『ピクウィク・ペイパーズ』は、発行当初にあってちっとも売れなかった読物なのである。

ところが、第四号から第五号に及ぶあたりから異変が生じた。売行きは以後、一万、二万と鰻のぼりに上って、とうとう四万部を記録したというから呆れる。ピクウィク旋風なるものが捲きおこった。世の人びとは作品だけに満足せず、ピクウィク帽とかピクウィク杖、ピクウィク・コートまで買い漁った。これまた呆れるほかない。

なぜ、こうまで人気が上ったのか。誰もが指摘することに、第四号でサム・ウェラー君が登場したためというが、その事も含めながら、このへんで『ピクウィク・ペイパーズ』の魅力さまざまに触れておきたい。

ここに登場するピクウィク氏というのは齢五十ばかり、今や実業界を退いて好きな研究なぞに没頭する独身男である。研究ともなれば、大方そうかもしれないが、余人の眼にはいささか首を傾げたくなる類も少なくない（『ガリヴァー旅行記』第三部参照）。ピクウィク・クラブの会長ピクウィク氏は、「ハムステッド池の源流に関する考察」だの「棘魚説」のごときを発表して得意になっている。それをまた、こちらもいささか風狂じみた集団、つまりクラブ会員らが大騒ぎする。あどけないと同時に、ばかばかしい。真面目に見えて、頓珍漢である。この作品の第一章は、そのような閉ざされたクラブの内側を伝えて序文がわりとも読める。

このクラブでは、ピクウィク氏の業績を称えて、「氏の観察の幅を一段とひろげつつ知の進歩なり学問の普及なりに努めて」いただくため、ここにピクウィク・クラブ通信班が結成される。その構成員として、まずピクウィク氏、それから女好きのタップマン君、詩人肌のスノッドグラス君、野外スポーツならお手のものと宣うウィンクル君、この四名が任命される。一同はそろって旅に出て「各地の風俗習慣、その観察したところを、また珍しい体験のくさぐさを」余さずクラブに報告すべきことが決定され、それを受けたピクウィク氏が椅子の上に立上がって演説を始める、云々、とつづく。この風変りなクラブのほの暗い一室から話は始まり、ピクウィク氏一行がいよいよ旅に出るや、からりと晴れた世界が眼前にひろがって、旅の一行はめいめいにその持ち味を発揮するという運びである。

なかでもピクウィク氏その人こそは、文字通りの中心人物といわねばならない。「あの禿げ頭の中身にも、こっちを睨んだあの丸メガネにも……」とか、「巨大な頭脳がその額の奥で活躍している」だの、「耀く目がメガネの後ろでまばたいて」などと描出されるピクウィク氏は、その風貌からして、ちょっと味がある。道化ぶりを売り物にする軽薄野郎なんぞとはちがって、人情を知り礼節を弁えた、それでいて子供のように素朴な初老の紳士が、ここにいる。タイツを穿きゲートルを巻いて、突き出たお腹のわきからは上着の裾が垂れている。時あたかもズボンが流行りだした頃なのに、いささか時代遅れの恰好にしがみついている。そこがまたピクウィク氏の愛すべきところでもあろう。五十年の人生を経て身体にぴったり付いたものを、彼は安易に手放さないのだ。この頑固と素朴の不思議な混交がほほえましい。

ピクウィク氏に同伴する旅の面々は、次のように紹介される。「さて右側にはトレイシー・タップマン君が――大人の叡智と経験に小児の夢と熱中をまぶして、人間の弱点のうちで最も興味ぶかく、かつ許されるべき一事、すなわち恋にめろめろのタップマン君が坐っていた。――（中略）――さて、偉大なるピクウィク会長の左手には詩人肌のスノッドグラス君が、そのまた隣には、スポーツマン風情のウィンクル君が坐っていた。……」。

この四人がイギリス各地を旅して、ときどきロンドンへ戻ったり、また出発したり、次から次へいろいろな事件や人物に出逢っては、さまざまに振り廻されるのだ。珍道中の類ながら、笑いの底に驚きあり、驚きの果てに失望や哀しみあり、随所にほのぼのとした味までも漂う。今から思えば、のろ臭い馬車（最速でも時速十五キロ）を駆って、ありふれた物を食ったり飲んだり（飲食の叙述は作中に三〇〇ヶ所ほど）、そうして盛んに気焔を吐いているようにも見えるが、この溢れんばかりの活力こそが本作第一の魅力である。一つ一つの場面にエネルギーの完全燃焼がある。苦難と歓楽、旅と日常生活、笑いと憤りが、単純かつ太い輪郭をもって、これでもかこれでもかと描かれる。登場人物はみな、善玉も悪玉も、力いっぱい生きているのだ。そんなところにまず底知れぬ快味が感ぜられよう。

ロンドンっ子、サム・ウェラー君の登場から、このサムがピクウィック氏の下男として旅のお供をする展開となって、作品に厚味が増すのは確かである。ピクウィック氏の傍には、いつもサムが付いているわけだ。ピクウィック氏を助け、ピクウィック氏を支え、ピクウィック氏のためにサムは全力を尽す。まことに行動的であるばかりか、独特の比喩（ヴェラリズムと称される）や、どぎついエピソードを持ち出して語る、その語り口がまた面白い。「それ、それ、そこなんです。吐き出しちまいな。子供が銭っこ呑んだとき、父っつァんがそういったみたいにね」。あるいは又、「『……味付けが決め手なのさ。パイはみーんな、このお上品な動物から作られるってわけよ』と、パイ作りのその兄《あん》ちゃんが、かわいいぶちの仔猫を指差すんだ」。あるいは又、「ちょうど例の運河のあたりで、父っつあんの馬車がひっくり返ったんだ。みんなが川のなかにどぶん、てわけよ。……年寄りの旦那が一人、いなくなっちまった。帽子だけが浮いてたらしいけど、そいつにちゃんと頭が入っていたかどうかかね」。

この手の話が、サムの口から幾らでもこぼれ落ちる。ときにグロテスクな、ときに途方もない、はらはらさせるような話さえも飛びだして、これは作者ディケンズの好みでもありながら、やはり当時の読者一般の好みを反映していたようでもある。そんな話の周辺には、明るく豪快な大衆の笑声が弾けていたのではなかったか。

サムの活力とべら棒ぶりが惜しみなく発揮されるにつれて、ピクウィック氏の姿までが変化するのも無視できない。ピクウィック氏はもはや、生真面目ぶった「人間なるものの観察者」に止まらない。観察したもろもろを手帳に書きとめて、クラブ本部に報告するなんて、もうどうでもいい。ディレッタント風の楽天家、一風変った奇人肌のお爺さん、といった印象なども徐々に薄れてゆく。氏は酒を飲み、人と交わり、この世の悪と戦い、万人の幸福を願う。少々無茶をしたって構わない。傍にはいつもサムが、あの敏捷かつ気転のきくサム・ウェラー君が付いているのだから。よし、いいぞ、頑張れ、と読者の側からの声援が聞えて来てもおかしくないのである。この主人と従者、二人の関係は実にほほえましい。

バーデル対ピクウィク裁判に敗れたあと、ピクウィク氏は意地を通して負債者監獄に入れられる。と同時に、ここでサムを解雇しようとするのだが、サムは頑として譲らず、自分までも負債をこしらえて獄につながれ、主人の傍から離れまいと覚悟する。なんと麗しい主従関係、いや、熱い人間関係であることか。「どういうことかって。この先四十年ぶち込まれていようが、平ちゃらってことよ。ここがもしニューゲイト監獄だったにしても同じこった。さあ、これですっかり吐いちまったぜ、ちきしょうめ」（第四三章）——あの場面は忘れがたい。

ピクウィク氏とサムの関係となると、この二人を通常の主従関係の枠内に置くよりも、リア王と道化、あるいはヴィクトリア女王とジョン・ブラウンなどにどこかでつながるような人間の絆を髣髴させるものと捉えたい。

『ピクウィク・ペイパーズ』には、他にも大小もろもろの癖をもつ人物が登場して、まことに賑やかである。大嘘つきのジングル、その子分ジョブ、愉快なウォードル老、眠りほうけるデブ小僧、独身叔母、御者のウェラー、弁護士パーカー、辣腕の編集長ポット氏、医者のほやほやボブ・ソーヤーとベン・アレン、かわいい下女のメアリ、等々、これはまことに人間喜劇の一大パノラマである。彼らが作中にあって、どんな劇を演じてくれるか、ストーリーの流れは果してどこへ流れゆくものか、そこから湧き立つ驚きと悦びと、また一抹の哀感、それらを味わい尽くすためには、とにかく、本文を読むほかはない。

ときに指摘されることだが、『ピクウィック・ペイパーズ』には主筋から離れた九つの短い話がところどころに挿入され、それらの不協和音については賛否両論がある。九篇の挿話をリストに掲げれば以下のとおりである。

一、旅役者の話（第三章）
いかにもみすぼらしい陰気な男が貧乏な旅役者の生活ぶりを語る。

二、帰って来た囚人（第六章）
老牧師が一人の荒くれ男について語る。

三、狂人の記録（第十一章）
ピクウィク氏が老牧師からあずかった原稿を読む。これには狂人の独白が記されている。

四、旅商人の話（第十四章）
トム・スマートの驚くべき体験について叔父から聞いたことを御用聞きが語る。後の「クリスマス・キャロル」にも近い感触あり。
五、教区牧師の話（第十七章）
教区書記の小さい男が恋におちる話をピクウィック氏が披露する。
六、奇妙な依頼人の話（第二一章）
さる男が、自分の妻子を貧苦のうちに死なせた冷酷な義父に対して復讐する話。
七、ウォードル老による語り（第二九章）
墓掘り人ガブリエル・グラブの一件。これもまた「クリスマス・キャロル」に通じる。
八、ブラダッド王子の悲話（第三六章）
バースの古い伝説を書きとめたものをピクウィック氏が引出しのなかに見つける。叶わぬ恋に身を滅ぼした王子の涙がバース温泉の起源となったという話。
九、御用聞きの叔父の話（第四九章）
片目の御用聞きが、叔父から聞いたロマンチックな話を披露する。叔父は郵便馬車に乗って悪漢たちの手から妙齢の美しい女性を救うが、これは夢であった。

これらの挿話は、登場人物たちが旅先で出遭う人びとや出来事にからめて紹介されるから、本編の主筋からまったく切り離された体裁をとるわけではない。むしろピクウィック一行の旅をさらに豊かに肉付けするものである。挿話の内容も暗い陰気な類ばかりではなく、たとえばハリー・ストーンの説を借りるなら、九つの挿話はみなおとぎ話の性質をもつとも考えられる（Stone, *Dickens and the Invisible World*）。これらはまた、主たるストーリーのなかにもう一つのストーリーをはめ込むという枠物語の形式を踏み、古くは『カンタベリー物語』にみられるような各種各様の話を展開させて作品の全貌をゆたかに彩っている。

本作品については最後に一つ、G・K・チェスタトンの名言を挙げておこう。――「『ピクウィク・ペイパーズ』は上出来の小説とはいえない。そうかといって、下手くそその小説でもない。なぜなら、これは小説どころではないのだから。ある意味で、まあ、小説以上の何ものかである」――この「何ものか」というあたりが、人間を描こうとする小説本来の狙いを超えて、かわりに神を描くとチェスタトンに語らしめているところにつながるようである。「消えやらぬ青春のいぶきといおうか、あたかも神々がイギリスのあちこちをさまようかのようだ」と。『ピクウィク・ペイパーズ』が一見古臭いようでいて、むしろ時代を超える若々しい快味を与えてくれる所以であろう。

三　クリスマスの霊力

「クリスマス」を狭義に解釈するならば、イエス・キリストの降誕を祝う祭典、すなわち文字どおりのChristmas（キリスト祝賀祭）ということになろうが、しかし一般には、そのような限定された一個の観念にしばられない捉え方がなされている。事実、この祭典に流れ込むもろもろの川筋をたどるならば、キリスト云々にとどまらない、実にのびやかな、広い発想が感じとれるはずである。

試みに、クリスマスにちなむ品々を思いつくままに並べてみよう。クリスマス・ツリー、クリスマス・カード、クリスマス・ロッグなど、いずれもこの時節の温かい雰囲気を盛りたててくれる道具立てながら、実際これらはキリストの何かと直接に関係があるわけではない。クリスマス・ツリーなどは、いかにもクリスマスに付き物のようだが、もとを質せばかつてドイツに栄えた時節の飾り物であるにすぎず、これをイギリスに持ち込んだのは十九世紀二〇年代のドイツ商人や役人である。しかもようやく一般に広まったのは、ヴィクトリア女王の婿殿アルバート公がウィンザー城にツリーを飾ってからの話であり、すなわち十九世紀も四〇年代のことなのである。そうそう古い話でもない。またヨーロッパ北部では、ツリーの樅の木のかわりに麦の束を卓上に置く風習もあって、これなどは、クリスマスの祝に重ねながら豊穣を祈願する農民たちの生活習俗の反映とも解釈できる。

クリスマス・パイ、クリスマス・プディング、七面鳥、エッグノッグと並べてみれば、これはもうクリスマスの食卓にのる典型的な飲食物ということになるが、しかし、それぞれの一品にいったいキリストの何が関係しているというのか。これらはむしろ、個々人の遠い過去のクリスマス夕食会や、一家団欒の楽しい思い出につながるものとして、めいめいの記憶のひだに懐かしく畳み込まれているようなものだろう。

ロバート・リンドの随筆にこんな話がある。戦争で町の一帯が焼野原になって、リンドの家も焼けた。住む家がなければ、食うものもない。その家の焼跡を、すきっ腹かかえたリンドが、母親といっしょにあちこち掘り起こして、何か食物はないかとさがした。いつまでも、いつまでも、そうやって掘り返してみたが、何ひとつ見つからない。と、ふいに焼けぼっくいの下から罐詰が一つ転がり出た。これは幸いと思った。しかしラベルは剝がれ落ち、全体が黒こげになってしまっているから、何の罐詰なのかわからない。「お母さん、ほら、こんな物が」と母を呼び、鋭利な刃で罐をこじあけてみたところが、中身はなんと、一個のクリスマス・プディングであったという。戦時中のこんな思い出話には、何かしら胸の打たれるところがあるではないか。

他にも、クリスマスから連想される代物として、クリスマス・ボックスや、クリスマス・ローズ、ヒイラギ、また品物ではないが、クリスマス・キャロルだの、サンタ・クロースなど思い浮かべる人もあろう。クリスマスはいろんな方向へ、いろんなものを巻き込み、どこまでも大きくふくらんで今日に見る姿となった感がある。

それはそれとして、ここで注目しておきたい一品が、実は「ヤドリギ」なのだ。クリスマスの祝宴に老若男女が集い、歌や踊りに打ち興じながら、ヤドリギの枝のもとでキスを交わす。が、肝腎なのは、誰かれの別なくキスしても構わぬという点である。このいささか猥雑な乱痴気騒ぎにこそ意味があるのだ。そのあたりの事情はディケンズ初期の作物『ボズ・スケッチ集』の一篇「クリスマス晩餐会」や、『ピクウィック・ペイパーズ』の一章にも生き生きと描かれているが、この愉快な騒ぎの仲介役を担いつつ、いわば新しい空気を内に招き入れるのがヤドリギというわけなのだ。もっとも、近年の若い男女のように、仲介役など不要というのであれば、それはまた別の話だが。

古代のドロイド教にあっては、ヤドリギはすこぶる厳粛な、犯すべからざる神々しい意味合いをもっていた。ヤドリギはオークの樹に寄生する種類だけが真性のものとみなされ、近頃のリンゴの樹などに生えるやつはみな偽物である。昔であれば、オークは近隣の原生林一帯をふかぶかと覆っていたから、ヤドリギに不足することはなかった。ドロイド教の祭司は近くの森へ出かけて、ヤドリギの枝を慎重に伐りとり、白布に包んでもち帰った。ヤドリギ、そしてオークの樹は神木とされたのである。これを祭壇に供え、いけにえを捧げて宗教儀式を執り行ったらしく、ヤドリギは祭事に欠かせぬ品であった。

さらに一歩ふみ込んで、別の方面から見てみよう。ジェイムズ・フレーザーの大著『金枝篇』に、ローマから東へ少しはずれたネミの村に伝わる不思議な風習が紹介されている。ネミの村にはディアナ神を祀る社があり、社の祭司は「森の王」、すなわちオークの神と目された。なんとも奇妙なことに、祭司は夜な夜な抜身をさげて沼のほとりを徘徊する。ある物を敵の手に渡すまいとして警戒怠らぬ様子だが、それは何かといえば、聖なる樹オークに生えるヤドリギなのだ。実はこの祭司、先代の祭司を殺すことで現在の職につき、またみずからが殺されることで当職の任期を終える。それが土地の慣わしなのである。新しい挑戦者は、一騎打ちを申し出る資格として、沼のほとりのオークに生えるヤドリギの一枝を所持していなければならぬという。祭司は身体を張ってヤドリギを護り、挑戦者の意をくじこうとする。おそらく体力の衰えた老祭司は若い挑戦者に力およばず、いずれは戦いに敗れて祭司の座をゆずり渡すことになろう。そこへ至るまでの最後の抵抗なのである——そんなせめぎ合い、殺し合いが、この村ではくり返されてきた。何ということか。神を殺し、神はついに殺されねばならぬ、という話なのである。

なぜ、それほどまで血なまぐさい行為におよぼうというのか。そこに込められた意味とは何なのか。神を殺す――この恐ろしい一事が、フレーザーの心を強くとらえたのは確かだ。フレーザーはヨーロッパ各地に根をおろす風習、慣例、神話、伝説、迷信、呪術、ありとあらゆる土着習俗の形跡を渉猟した。ヨーロッパ各地だけに限らず、その圏外の、古今にわたる領域にまで考究の手をひろげた。そうして、かねて彼の頭を悩ませてきた大問題に一つの解答を得たわけだが、それこそ四六年間もの星霜を投じて書きあげた『金枝篇』全十三巻（一八九〇―一九三六）であった。

神はなぜ殺されねばならなかったか。詮ずるところ、神といえども力衰え、はや弱体化してしまえば、滅びの途につかざるを得ない。弱い神は殺す。村の共同体を支えつづけてきたこの風習の裏には、祖先の霊魂は常に若々しい肉体に宿るという動かされざる信仰が、夢が、永遠の生命願望が脈打っていたようだ。ヤドリギはその生命謳歌の象徴なのである。この常緑の枝葉が、いつの頃からか、村の異教の風習だけにとどまらず、ひろくクリスマスの祝宴にまで登場するようになったとは、一驚を禁じ得ない。

「クリスマス」の語がはじめて文書に現れたのは十二世紀初頭だそうだが、一説によれば、「キリスト教祝祭日」を暦の上に定めたのはもっと古くて、七世紀初頭にまでさかのぼるらしい。ときのローマ法皇グレゴリウス一世がカンタベリー大司教セント・オースティンに命じてアングロ・サクソン人のキリスト教化をすすめた際、土着の収穫祭にこの新しい祝祭日を重ねたようだ。これは遠くローマにあって、この日が、古代の農業神サトゥルヌスの祭典（サトゥルナリア祭）や太陽神を崇拝するミトラ教の冬至祭の影響を宿している事実にも似る。その後シェイクスピアの劇中（『じゃじゃ馬ならし』など）や、十七世紀後葉のピープスの『日記』（一六六二年クリスマスの件）にも、「クリスマス」の語が見え、十八世紀に至っては『スペクテイターズ』（第五〇九号）に、十九世紀ではテニソンの詩『イン・メモリアム』やクリスティーナ・ロセッティの「クリスマスの歌」に、それぞれクリスマスの情調が流れている。クリスマスにちなんだ年鑑の類ともなると、十九世紀は早くも二〇年代から各種さまざま市場にあふれ、人びとの興味と購買欲を誘った。しかしクリスマスといえば、どうしてもチャールズ・ディケンズの名を外すわけにはいかない。そして、あまたある彼のクリスマス物のなかでも、やはり筆頭に挙げるべきは『クリスマス・キャロル』であろう。この作品を、先に述べたような、ヤドリギのもつ異教的な意味合いに照らしながら読んでみると、いささか面白い一面が見えてくるようだ。

『クリスマス・キャロル』の着想は一八四三年一〇月五日の晩、突然のひらめきからディケンズの胸に湧いたとされるが、実際その着想とはどれほどのものだったのか。ジョン・フォースターの『ディケンズ伝』と、それを額面どおりに引継いだ後世のかずかずの伝記もどきを読めば、たしかにその年十月の初めに、ディケンズはマンチェスターの文藝研究会で一席弁じたあと、演説の冷めやらぬ余熱がインスピレーションを駆りたてたとも考えられる。その演説の内容が、貧困層における教育の重要性を訴えたものであり、貧しき者弱き者に熱いまなざしを注ぐという、それこそ『クリスマス・キャロル』のテーマに直結しうるものであったことは事実である。しかし、この種のテーマにせよ、熱い同情にせよ、その胚種はもっと早くからディケンズの胸中に宿されていたこともまた事実である。

くだんのマンチェスター行きのひと月ほど前に、ディケンズはロンドンの貧困地区サフロン・ヒルの貧民学校を視察し、子供たちの実態にふれて、はなはだ衝撃的なその体験をバーデット・クーツ女史宛に詳しく報じている。子供たちをとり巻く悲惨な状況は、見るも痛ましく、これをそのまま放置するわけにはいかぬとの義侠心に駆られたようだ。子供に寄せる同情や愛情のあらわれが、『クリスマス・キャロル』全編に脈打っていることは、あえて指摘するまでもない。

そのような当時の社会問題への関心とは別に、『クリスマス・キャロル』はもっと根源的な、人間の生き方そのものに触れるモラルを打ち出している。これなども早くからディケンズの心をとらえ、初期の書きものに既にその痕跡が見えるのである。『ボズ・スケッチ集』に収められた「クリスマス晩餐会」、『ピクウィク・ペイパーズ』における「クリスマスの章」や「鬼にさらわれた寺男の話」はどうしても見逃すことができない。マイケル・スレイターはペンギン版『クリスマス・キャロル・他』の「序」で、『キャロル』に至るまでの足跡をざっと概観して、「『骨董屋』の雪景色と美しく愛くるしい少女の死は、あと一歩の所でディケンズのクリスマス物に転じる境界付近をうろうろしている」と述べている。『キャロル』の主題や筋のはこびは、マンチェスターの一夜のひらめきどころか、このように数ヶ年かけてゆっくりと熟成されていった感が強いのである。

とまれ、『クリスマス・キャロル』は一八四三年クリスマスの時節に出版され、またたく間に初版の六千部を売りつくした。小型本でありながら、あずき色の地に金文字のタイトルを飾り、見返しには色紙を添え、縁には金泥まで施して、いささか贅沢に仕上げられた一本であった。ジョン・リーチによる色刷りの挿絵なども数点綴じられている。この本に寄せるディケンズの並々ならぬ思いが、あるいは期待が、ひそかに伝わってくるというものだ。ちょうどその頃、ディケンズは『マーティン・チャズルウィット』の売行き不振に悩まされていたときだったから、ここで少々力瘤を入れてみせたのも、わからないではない。

『クリスマス・キャロル』の副題が、"A Ghost Story of Christmas" とあるところから、これは「幽霊ばなし」、「お化け噺」、「怪談」かと思えば、どうもその種のニュアンスからは遠いようだ。われわれ日本人が想いうかべる怪談とは、まず出てくるやつからしてちがう。日本版では片目がつぶれていたり、口の端から血を流していたり、足が無かったりで、なんとも無気味かつグロテスクである。あるいはそこまでいかなくても、たとえば漱石の「琴のそら音」などは、読みながら途中で背筋が寒くなる。ある朝、戦地にて、兵卒が手鏡をとり出してのぞいたところ、鏡に若い女房の顔が映っていたという。ちょうどそのとき女房は国もとで病死したというから、女房の幽霊が、はるばる外地の夫に会いに来たわけだろう。幽霊は何も語らずそのまま消えたというあたりが、いかにも無気味だ。しかし『クリスマス・キャロル』の幽霊となると趣がまるでちがう。こちらはずっと大らかで、前むきで、おかしないい方だが、ひどく人間的なのだ。何しろ根性のまがった輩を更生させるというぐらいだから、その心根はまことに高潔至極、世のため人のために貢献するところ大いにありというものである。

作者ディケンズは短い序文のなかで、「どうぞ皆さま、この幽霊を足蹴になぞなさらぬように」と願っている。善良な、心やさしいクリスマスの幽霊を登場させたいという意図が、少なからず作者の胸中にはあったようだ。

もちろん、そうはいっても、幽霊はやはり幽霊なので、誰しも歓迎したいなぞとは思うまい。主人公スクルージのもとに過去、現在、未来の霊が三晩にわたってそれぞれ訪れるというのだが、その予告を聞かされたスクルージは、一回きりにまとめてくれないかね、なんてぼやく。『ハムレット』の亡霊にしても、深夜の衛兵たちを脅かし不安に陥れるわけで、やっぱり歓迎されない。あのデヴィド・コパフィールド君だって、金曜日の午前零時に生れたから精霊を見る星まわりだとされながら、ちっとも喜ばない。幽霊、亡霊、精霊、みんな頂けない。この世ならぬものだの、現実ばなれした化物の出現など、誰もができれば遠慮したいところだろう。

ディケンズはまた同じ序文のなかで、ここでの幽霊を〝Ghost of Idea〟というふうに呼んでいる。つまり『クリスマス・キャロル』の幽霊は、ある種の観念を、意味を、メッセージを運んでくるというわけだ。こうなると、やはり只の幽霊ではない。この作品は単なる怖い話ではないはずである。

さて、クリスマスの前夜から翌朝にかけて何かが起こるという次第で、はじめの数ページはそのための準備、あるいは雰囲気づくりに充てられているといってよい。およそ現実の生活には有り得ないような、とんでもない事が、フィクションの世界ではいとも容易に起きる。フィクションであればこそ、そういうことが許されるわけだが、問題はそれをどのように生き生きと表現するかということであって、異常な事態にせよ、不思議な現象にせよ、とにかくありありと鮮明に描かれなくてはならぬ。言葉の力を駆りたてて、現実世界をまさに揺り動かさんばかりの、鬼気迫る虚構の殿堂を打ち建てねばならない。見えないものでも見えるように、起こり得ない事でも起こり得るように書き表さねばならない。その点、ディケンズの筆運びは用意周到である。

まず、書出しからして妖しい。マーリィの死をくり返し強調しながら、ある種の布石を打ち、狙いをつけているような気配がうかがえるのだ。マーリィは確かに死んだという。しかもその死から七年（七は神秘の数）が経つ。これは疑うべくもない事実として、スクルージの《現実》の日々にしっかりと根を下ろしていながら、その死んだはずのマーリィがスクルージの眼前に突然現れるというところへゆくのだ。マーリィは死んで、もういないはずなのに、その事実がみごとにひっくり返されることになる。マーリィは本当に死んだのだろうか、と。

冒頭にあれだけマーリィの死が強調されていたために、それを裏切るようなこの一件は、いかにも不可解な、まったく《非現実的》な事件として強く印象づけられよう。つまりスクルージの《現実》のなかに《非現実》の要素が乱暴にも流れ込み、《現実》は徐々に《非現実》の色彩に染められ、両者おのおの混じりあい、ついに夢か現《うつつ》か知れぬ不可思議な時空のひろがりへと発展するのである。マーリィが本当に死んでいないとすれば、スクルージだって、もしや本当に生きていないのかもしれない。読者の心もおのずからその怪しげな地平へ誘い込まれてゆく。この物語が幻のごとき霧ふかい晩を背景にして始まるのも、思えば心憎いばかりの雰囲気づくりといえよう。

スクルージをとり巻く現実とは、いかなるものであったか。『クリスマス・キャロル』が書かれた一八四〇年代はどういう時代かといえば、工業化、資本化がすすむなか、人口の都市集中によって、住宅難、食糧難、貧者の群れ、水や大気の汚染、伝染病、犯罪の続出、等々、もろもろの社会問題が街じゅうにあふれていた。「飢餓の四〇年代」と称されたぐらいで、わけても食糧問題が貧民の生活を脅かした。こういう悪条件、悪環境のなかで生きるということは、すなわち一つの闘いであった。こつこつ働いて、金をためて、他人に助けてなぞもらわず、他人を助けてやることもなく、年に一度のクリスマスが来ても喜ばず、クリスマスおめでとうなんて声かけられようものなら、「ふん、何がおめでとうだい。おめでたいのはおまえさんの頭だよ」と突き返す。そうでもしなきゃ、この厳しい世のなかでは生きていけない――これが『クリスマス・キャロル』の主人公スクルージの流儀である。当時にあっては、人生の闘いをしっかりと自覚した実直な生き方だといえなくもない。

そんなスクルージのもとに、かつての同僚マーリィが、あの死んだマーリィが現れる。つまり幽霊が、死の世界から生者に呼びかける。「スクルージよ、おまえの生き方を改めるがよい」と。どう改めるかといえば、今から三種の精霊が訪れる。その導くところに従え、という。今夜一時の鐘の音とともに「クリスマス過去」の霊が現れ、次の晩の一時に「クリスマス現在」が、さらに次の晩の十二時に「クリスマス未来」がやってくるのだそうだ。三晩にわたることになる。三晩――おかしいではないか、と文句をつけたい読者もあろう。しかしこれは、ちっともおかしくないのである。

スクルージの前にマーリィが現れたのは、クリスマス・イヴの晩のことで、マーリィが消えたあとスクルージはベッドに入った。そうして目がさめたときには、からりと晴れたクリスマスの朝であって、つまり一晩しか経っていない。その一晩のうちに三種の精霊に導かれて三晩の時間が流れているというのだ。となれば、スクルージは夢を見ていたのだろう。しかし夢を見たあとで人間が一変してしまうとは、なんとも他愛ないお話ではないか、云々。そんな読者の不満の声なども聞えてくるようだ。

ミルチャ・エリアーデによれば、「聖なる時間」と「俗なる時間」というものがある。われわれは日常の経験から、時間が決して均一な流れではないことを実感していよう。一時間がやけに長く感じられたり、逆にあっという間に過ぎてしまったり、時間とは捉えどころのない化物みたいなものだ。昔ふうに人生五〇年として、それを五〇×三六五×二四時間と算出してみても、さして意味のあることではない。その五〇年は退屈するほどに長い時間ともいえるし、また情ないほど短い時間とも感じられるのだから。エリアーデの一書『聖と俗』(風間敏夫訳・法政大学出版局)に、次のような叙述がある。

「空間と同様に、宗教的人間にとっては時間も均質恒常ではない。一方には聖なる時の時間、祭の時があり、他方には俗なる時、つまり宗教的な意味のない出来事が行われる通常の時間持続がある」(第二章)

聖なる時間とは宗教的な意味内容をもち、祭のなかに最も明らかに具現される、というわけだ。この解釈に従うなら、スクルージにとってクリスマス・イヴから翌朝にまたがる七、八時間の睡眠はすなわち祭であったのだろう。祭の只中に身を投じたからこそ、一夜の眠りも三日三晩の濃密な時間感覚を呼んだのだろう。いや、その三晩の経験内容ともなれば、自分の幼少時代から死後に至るまで、ほとんど自己の一生を貫く時間がここに流れている。物理的な七、八時間が、こんなにも自由奔放な膨張をとげているのである。これこそが祭の時間、聖なる時間と考えておけば、少しも不思議はないわけだ。リアリズムの枠を超えたカーニヴァルの時空がここに開ける。もはや奇跡が起こっても、何があっても、これまた不思議ではない。

さて、霊の効力によって、スクルージは自分自身の「過去」へ舞い戻るが、これは失われたもの、忘れかけていたものの再確認といってよい。心の底に沈んで層をなす過去の経験に、一ひら一ひらとまた新たに降り積もり、こうして今日は昨日となり、明日が今日になって、人生はみるみる過去へ過去へと押しやられてゆく。スクルージは今、人生の長いビデオテープを巻き戻して、在りし日の映像なりを眺めながら、現在のわが身を想う。過去はなつかしいばかりか、辛いものでもあるのは、そこに永遠に失われた何ものかがあるからだろう。とり返しのつかない「何か」——これを「死」という一語に置き換えてわるいはずはない。過去の一齣一齣を確認するスクルージの目には、おのれの過去の死が見えていたはずである。

かつてスクルージ青年には恋人がいて、それにもかかわらず、どうやらその恋人よりも好きな人ができたらしい。恋人がスクルージを詰る。

——わたしに替る、別の恋人ができたのね。

——別の恋人だって？

——そう、お金という。

おしまいの一言の原文が“A golden one”だから、スクルージの新しい恋人はさしずめ「金髪娘」といったところか。この日を境に初めの恋人が去って、悲しいかな、スクルージは「金髪」のほうにますます傾斜してしまう。恋人といっしょに過ごした日々は、かくて死に絶えるのである。

次に、「現在」の光景を見せつけられるくだりでは、ボブ・クラチット一家の貧しくも楽しいクリスマス会食の場面が展開する。ここでもまたスクルージの心の隅が刺激され、そこに潜むやわらかい感性が目ざめる運びとなるのだ。こんな感性も、おそらくかねてより所持していながら、ただ自覚されぬまま埋もれていたのにちがいない。これが目ざめるのは、すなわち自己覚醒であり、スクルージは改悛したというよりも、自己覚醒に至ったというふうに読める。思えば、幽霊はいつも何かを教えさとすのではなくて、ある事を気づかせる、すなわち「覚醒」を促すばかりなのだ。

クラチット家には足の不自由なティム坊やがいて、スクルージはこの小さな子に憐憫の情をもよおす。以前のスクルージであれば、およそ望むべくもない反応である。スクルージの変貌、いや覚醒のプロセスは、ここへきて、もうだいぶ進行しているようだ。

ここで、作者がさりげなく含蓄ある言葉を生み落している一点に注目しておきたい。ディケンズはここぞと思う所で、主筋からやや離れながらも、持前のひらめきを見せてくれるわけだが、これはディケンズの御家藝というべきかもしれない。「クリスマス現在」の霊が、大きなマントの下から二人の子供を引き出すくだりがそれである。――「男の子の名前が「無知」、女の子の名前が「貧困」だ。この二人と、その同類に注意するがいい。とりわけ、男の子のほうにな」と、霊がスクルージにむかっていう。われわれはスクルージといっしょに人間や人生のさまざまを見てきたわけだが、ここでいきなり、個々の例から社会全体を包む大きな問題へと引きあげられる恰好になる。いささか唐突な感じがしないでもない。しかしこういう類は、話を着々と、直線状に押しすすめるのではなく、途中もろもろの味付けやら膨らみを添えながらまとめていくという、いかにもディケンズの筆法に適っているというものだ。ディケンズはとにかく、いろんな事を語りたい作家なのである。

先にも述べたように十九世紀前半のその当時にあっては、産業革命の吹きつのる暴風になぶられながら、衣食住に事欠き、飢えと寒さにふるえ、犯罪やら伝染病に怯える人々が群れをなしていた。とりわけ人口膨張に悩む大都市では、状況が一段とひどかった。ディケンズがそれらの問題に鈍感であろうはずはない。ディケンズの社会意識なり、何がしかの主張が、ときどきふと、作中に頭をもたげる。先の二人の子供の例もさることながら、はじめの章で、スクルージが募金集めの紳士と一戦を交えるくだりなどは、マルサスの『人口論』を諷したものとして、しばしば引合いに出されるところだ。――「死んだほうがマシだと思うなら、死ねばいいさ。それだけ余計な人口が減るってもんだ」。

さて、いよいよ最後の霊がスクルージの前に立ち現れる。これまでの幽霊とは異《ちが》って、未来の光景を見せてくれようというのだから、事は甚だ深刻である。おまえの未来は斯く斯くしかじかだというぐあいに、残る人生の決定版をここで見せつけられるのだろうか。恐ろしい話である。それにもし、そんなふうに未来が決定づけられているなら、今さらどう足掻こうと、どう努めようと、一切が無駄ではないのか。万事成るべくして成る、そういうものなのだろう。ティム坊やは亡くなり、スクルージの事務所も閉ざされるという次第である。しかし、――とスクルージは霊にすがって確かめずにはいられない。

“Are these the shadows of the things that Will be, or are they shadows of things that May be, only?”
（これまで見てきた光景は、未来がこうなるというものですか。それとも、こうなるかもしれないというだけのことですか？）

あえて原文を右に示したが、スクルージの切ない叫びを、藁をも摑まんばかりのこの悲痛な問いかけを、ここで直に味わっていただきたい。“shadows”という一言も、ぴりりと利いているようだ。この語からすぐさま連想されるのは、“Life's but a walking shadow”（人生なんざ、動く影法師にすぎぬ）という、あのマクベスの台詞である。shadow——「影」、「幻」、「きざし」というぐあいに、定かならぬ人生の様をここに暗示しながらも、一方では空しい、何か苦々しいものを感じさせられる一語ではないか。マクベスには魔女の予言がからみ、スクルージには未来の霊の指差す光景がのしかかってくる。個人の意思や決断や努力を超えたところに、未来は容赦なく、早々と決定されているのかもわからない。

スクルージの先の問いかけに、未来の霊はどう応じたか。これは、作者がこの難問をどう処理したかということでもあり、非常に興味ぶかいところだ。なんと、霊は何も語らず、ただ「指がふるえた」と、それきりなのである。そうして一個の墓石を指差す。見れば、それにはスクルージの名が刻んである。スクルージは心乱れるままに取りすがるが、霊はまたもや、「手をふるわせた」というのだ。このあたりをどう解釈しようか。

霊はスクルージを憐れんだのか。万事諦めよと申し渡したのか。それが、この場では曖昧のままに抑えられている。しかし作者ディケンズの真意は、このあと、末尾の章に申し分なく表現されているようなのだ。

そこへつなぐ前に、ここでちょっと戻って、スクルージの甥フレッドがクリスマスの何たるかを弁じている一節に改めて注目しておこう。――「やさしく、寛大で、思いやりのある、楽しい一日というわけですよ、伯父さん。まあ、長い一年をとおして、この日ほどに、男も女も心をのびのびと開いてみせるときはないでしょうねえ。自分より下層の者であっても、いっしょに墓場へむかう旅の道づれとなりゃ、まさか、赤の他人どころじゃないでしょうよ」。

「墓場へむかう旅の道づれ」が、なかなかきまっている。誰もが、いずれは死ぬ。だから、身分が上だの下だの、馬鹿だの憎らしいだのと、狭い了見にとらわれちゃいけない。クリスマスは年に一度、人の心を開放する日ではないか、というわけだ。これは『ボズ・スケッチ集』に収められた「クリスマス晩餐会」や、『ピクウィク・ペイパーズ』クリスマスの章にも等しく流れる想念であり、結局、スクルージが到達したゴールである。未来の霊は黙したまま、手をふるわせながら、この一点を指差していたようにも思われるのだ。すなわち『クリスマス・キャロル』最終章が、死へとむかう旅路が、その指差す方向に開かれているはずである。

クリスマスの哲学は一面、死の哲学とも読めるが、死のさらにむこう側にはまた何があるのか。思えば、人間の未来が必ずや死につながるなどは、わざわざ精霊に指摘されるまでもあるまい。スクルージはなぜ、かくも死を恐れ、死から目を覆いたがるのか。死のむこうに何かがあるのだ。その《何か》が、スクルージにはまだわからない。

スクルージは死を直視することで、それに連結している生の意味を悟るのだろう。それを悟るために死がある。どうしても、死をくぐり抜けねばならぬ。そうしてクリスマスの朝がきて、現実の時空に引き戻され、ここでスクルージは再び《今》を生きることになるのだ。これこそ、死からのよみがえりでなくて何だろう。夜が明けて外を見ると、街の様子も、人びとも、何ひとつ変っていない。一晩で変るはずもないのだが、しかしスクルージ自身が、この世を見るスクルージの心が一変したのである。死から生という、復活のテーマが象徴的な意味合いをもってここに完成する。死のむこうには新しい生が、また別の生が待っているのである。霧のたちこめる前夜とは打って変ってクリスマスの朝の大気は冷たく澄み、陽光が燦々と降りそそぐ。スクルージは歓喜の叫びを連発する。まるで子供同然だ。そうして四方に、朝のしじまを破って朗らかなクリスマスの鐘が鳴りわたる。最終章のこのくだりを読めば、素朴にして信じがたい話と知りながら、気持がひとりでにそちらへ動いてしまうのを抑えられないだろう。スクルージの有頂天ぶりに釣られて、つい、こっちまで嬉しくなってしまうではないか。ディケンズの言葉が、肝腎要のキーを叩いて、われわれの内なる琴線に触れるためだろう。これはまず、原文のまま味わっておいたほうがよさそうだ。

He was checked in his transports by the churches ringing out the lustiest peals he had ever heard. Clash, clang, hammer; ding, dong, bell. Bell, dong, ding; hammer, clang, clash! Oh, glorious, glorious!

Running to the window, he opened it, and put out his head. No fog, no mist; clear, bright, jovial, stirring, cold; cold, piping for the blood to dance to; Golden sunlight; Heavenly sky; sweet fresh air; merry bells. Oh, glorious! Glorious!

（と、これまで耳にも触れぬ、うるわしの鐘の音、あちこちの教会から鳴りわたり、スクルージは真顔にかえった。カラン、コロン、ゴン、ガラン、ゴロン、鐘だ、鐘だよ、ゴロン、ガラン、ゴン、コロン、カラン！　ああ、おめでたや、おめでたや。

窓辺に駆け寄り、窓をあけ、顔を突き出す。霧はない。霞もない。澄みきって、明るく、浮き浮きと、心もおどる。寒い、冷たい、湧き立つ血潮にピーヒョロロ。陽はまぶしく、空も輝き、風香り、ほがらかに鐘が鳴る。ああ、おめでたや、バンザーイ！）

これはまさしく、死からのよみがえりであろう。喜ぶべき生命の讃歌であろう。スクルージはここで再び子供に返っている。素朴な子供そのものの、あられもない姿を見せている。かくて、スクルージは一晩にして変貌した。クリスマスの奇蹟と呼ぶべきかもしれないが、同時にまた、クリスマスとは土台そういうものだという、作者の声も聞えてくる。

ところで精霊に導かれる前のスクルージは、いかにも金の亡者らしい言動を露にして、事務員のボブには厳格至極、甥のフレッドには事ごとに、ばかばかしい（Humbug!）の一言を浴びせる。しかしこのけちんぼ爺さんが、頑なであればあるほど、金以外のすべては愚劣だと力めば力むほど、爺さんの周りからユーモアの気が立ち昇るのを見逃せない。単純な性格が生みなす天然自然のユーモアである。スクルージの吐く台詞の一片一片には、注意して読めば、この種のユーモアがほんのりと滲み込んでいる事実に気づかされるはずだ。

フレッドが訪ねてきて、偏屈者の伯父さんの心を動かしてやろうと、「メリー・クリスマス！」をぶつけながら会食に招く。二人のやりとりを見ていると、心なしか頬が緩むのである。「ふん、何が、おめでとうだい。おまえさんは一つ歳をとって、ひとつも金持ちになっとらん、それだけのことじゃないか」。こう切り返されたフレッドは、へこむどころか、クリスマス哲学の一くさりを鮮やかに披露して逆襲に出るのだ。先に引用した神妙な話――墓場へむかう旅の道づれの演説がそれである。「へん、おまえさん、なかなか弁が立つねえ。政治家にならんのが、もったいないや」とスクルージは捻って応じる。いかにも頑迷な伯父さんに見えて、フレッドにとっては遠慮なしに物をいえる相手、言葉合戦を楽しめる人でもあったようだ。この手のユーモアは親族間の安っぽい愛情表現などを寄せつけぬところで、ちょっと独特な、棄てがたい味をかもし出している。

裏側にひそんだスクルージのこのユーモラスな一面、彼の性格のもつ弾力性が、マーリィの幽霊に怯えるあたりからじわじわと表に浮上して、過去、現在、未来を旅するうちに、いよいよ明らかに色濃く際立ってくる。スクルージは一晩のうちに改心したと見えながら、実際、この人物は初めから改心するようにできていたとも考えられるのだ。しかし、自然の成行きで人間が変貌するというのでは物語にならないから、ここに幽霊を登場させて、その超自然の力を発揮させて、ある種の力わざをやってみせたわけなのだろう。

ここで再びエリアーデを引こう。祭のもつ意味に触れて、エリアーデはこう語る。「サートゥルナリア祭のような、社会的階級の混合、性愛の自由、乱痴気騒ぎ――これらは皆コスモス（宇宙）のカオス（混沌）への帰入を象徴するものであった」

つまるところ、祭の眼目はカオスを志向する〈破壊〉なのである。古いもの、固まったものを一旦壊して、どろどろに溶けた混沌の沼をここに再現させること、そこに再生のきっかけを掴もうとする。

すなわち創造の前段階としての破壊、常にみずみずしい生命を保持せんと夢見るこの行為こそが、祭の中心をなす、と考えられる。「世界のこのカオス的存在形態への周期的回帰は、次のような意味をもっていた。すなわち歳のすべての罪、時間が汚し、使い古した一切は、語の形而下的意味において絶滅される。人間は世界の消滅と新たなる創造に象徴的に参加することによって、人間もまた新たに創造される。人間は再生し、新たに生存を始めるのであった」。

何も難しく考えることはない。新しい年を迎えるに、古い殻を脱して新しくよみがえる。そしてそれが古来の人間の飽くことなき願いであった。その願いが、クリスマスの時節において燃えあがる。誕生するのはひとりイエス・キリストばかりでなく、万人がここに改めて生れるのだ。『クリスマス・キャロル』が厳しい人生の闘いをちらつかせながらも、ついに心温まる一篇の噺となっているのは、やはり全篇を彩る再生の夢、その夢の色がまことに濃いからであろう。刻苦の現実よりも、それ以上に、夢と希望に包まれた新しい世界がはっきりと見えるからである。ついにそこへ、スクルージおよび読者の心を導いたのは精霊の力——異教の神木ヤドリギに象徴された生命謳歌の霊力、そのものに他ならない。

四　『デヴィド・コパフィールド』について

『ピクウィック・ペイパーズ』が刊行された一八三六年という年は、ディケンズにとって生涯のひとつの大きな節目であった。この作品でディケンズは一躍有名になり、いよいよ作家稼業の緒についたという次第だが、それればかりでなく、同年にディケンズはキャサリン・ホガースと結婚して身辺までも一変したのである。ディケンズは良き家庭の主であり、また旺盛な活動家、かつ仕事の鬼でもあった。何ものかがいつも彼を駆り立てていた。そんな日々がこの先ずっとつづく。

『ピクウィック・ペイパーズ』から『デヴィド・コパフィールド』に至るまでの十有余年のあいだ、ディケンズの生活は見るからに充実していた。内側の疾風怒濤を隠して、生活の表面はあたかも彩りゆたかに見えた。毎日が目まぐるしく展開していった。次から次へ長編小説を手がけ、新しい試みに挑み、着々と作品を世に出していく。アメリカやイタリアを旅して、旅行記の類も書く。一八四五年頃からは素人芝居の稽古に熱中し、加えて雑誌編集の企画にも余念がなかった。

いよいよ『デヴィド・コパフィールド』を書き始めた頃が、ディケンズの人生の次の節目といってよいかもしれない。すでに『オリヴァ・トウィスト』、『ニコラス・ニクルビー』、『バーナビイ・ラッジ』、『マーティン・チャズルウィット』等々を書き、ディケンズにはふと思うところがあったようだ。デヴォンシャー・テラスの私邸で多忙な日々を送るかたわら、ディケンズはときに妙な感懐に襲われた。それは取留めのない感情のさざ波であったものか、しかしまた、そうとばかりもいいきれぬ節がある。

「何故こんな手紙を書くのか自分でもわからない。たぶん、あなたと僕のあいだには友情以上のものがあって、今の僕の気持を伝えずにはいられないのでしょう。二人だけでいずれすっかり話したいものです。ときが経てば冷静に、しみじみと、心ゆくまで語ることができると思う。今はただこの胸の奥処をあなたの前に開いてみせたというだけで、気分がずっと楽になった。——(中略)——十一年前の今日、気の毒にも愛しいメアリが亡くなったのです」

これは一八四八年三月七日フォスターに宛てた手紙の一節である。メアリは義妹で、ディケンズが結婚した当初、同じ家で生活を共にした女性であった。ディケンズにとってメアリは何者であったかという問題は憶測の域を出ないが、十七歳で急死したこの女性が、ディケンズには終生忘れられぬ天使のイメージとなって折々彼の脳裏によみがえったことは確かである。

フォスターはこの手紙と、ふた月後に受取ったもう一つの手紙、すなわち瀕死の姉ファニーについて書かれた手紙とをならべて、その折のディケンズの心境に触れている。ディケンズの心は遠い過去に舞い戻った、とフォスターはいう。しかし過去とは、ディケンズにとって一体何か。姉のファニーも、メアリと同様に、ディケンズには実に掛替えのない人であった。メアリが死んでファニーがまた死ぬなり、過去の一コマ一コマは鮮やかな色彩に染められて動かぬ形となった。これはどういうことなのだろう。『デヴィド・コパフィールド』の執筆動機はこのあたりに、自身の心中ふかく、ゆっくりと熟していったかと思われる。

ディケンズが初めてジョン・フォスターを知ったのは一八三六年クリスマスの時分であった。ときにディケンズは『ピクウィク・ペイパーズ』の作者、フォスターは『エグザミナー』紙の劇評家であった。二人の仲は日増しに深まり、ディケンズは何かと制作上の相談をもちかけ、一方フォスターはいつもディケンズの良き助言者であった。『デヴィド・コパフィールド』はフォスターの提案によって書き出すことになったとも伝えられている。

ある日フォスターが第一人称で小説を書いてみたらどうかともち掛けた。実はそれに先んじてディケンズは自伝風の書き物を試みていた。しかしそれは中絶して、つづく「憑かれた男」(『クリスマス・ブックス』所収)では、やや自画像めいたものが暗にあらわれているもののまだ満足の作とはいえない。ディケンズはあからさまな自伝から離れて、もっと別のものを、もっと新しいスタイルを求めていた気配がうかがえるのだ。この頃のディケンズについて、チェスタトンは彼一流の含みのある言辞でこういっている。「ディケンズの気持は変わりつつあった。ディケンズは芸術を求め、さらにはリアリズムさえも夢みていた」。

すでに十八世紀前半のこと、デフォーやスウィフトが第一人称を使って書き、架空の人物や事象に真実味を付けようとする小説の祖型はでき上がっていたが、今それに倣うべきかというところで、ディケンズは慎重に考えた。『ロビンソン・クルーソー』の「私」は作者自身の体験と何のつながりもないところで生きているが、ディケンズの関心はそれとは別だった。「私」をどこかに暗示することで、自分の素顔がおのずから顕れてくるだろう。そのためには第一人称を用いながらどんなふうに語るかが問題であり、これは容易なことではない。経験的事実を作品としての真実にまで高めるためには、「私」をどのように位置づけ、どのように操作していくかという話になる。チェスタトンの言をくり返すなら、ディケンズは正しく芸術を夢みていたといってもよい。後の話になるが、本作の執筆にいよいよ脂がのってきた頃、ディケンズはフォスターに洩らしている。「今度のは上出来だと思う。事実とフィクションを微細に複雑に織りまぜた代物です」(一八四九年七月十日付書翰)。

ほぼ時を同じくして、シャーロット・ブロンテの『ジェイン・エア』が大評判になったことも（一八四七年）、ディケンズとして第一人称小説の試みをなす機縁になったかもしれない。ディケンズが『ジェイン・エア』に触発されたという直接の証拠はないが、フォスターとの会話のなかで、このベストセラーに言及していなかったとは思えない。孤児のジェインが親戚の家にあずけられ、肩身の狭い思いを引きずるうちに激情に駆られ、あげくには一室に幽閉されてしまうというあたり、あるいはそこで鏡をのぞいて自分の顔を確かめるなど、それやこれや、ディケンズの構想を大いに刺激しなかったはずはない。一方ではサッカレイが『虚栄の市』を発表して（一八四七―四八年）、これがまたシャーロット・ブロンテの絶讃を浴びるという次第であった。『虚栄の市』には「主人公なき小説」という、いかにも大胆な副題が掲げられていたことも、ディケンズとの因縁にふれて気になるところである。

ついては『デヴィド・コパフィールド』の書出しに注目したい。「この自伝の主人公は私なのか、それとも他の誰かがその役割を担うものか、やがてわかるだろう」とある。自伝の書き手デヴィドは世に認められた作家であり、天使のような妻と三人の子に恵まれた幸福な一家の主である。デヴィドは今、過去の日々をふり返って筆を執ろうとしている。これが一体どんな「自伝」になろうか、その基本的性格が冒頭の一文にいみじくも暗示されているではないか。それはディケンズが第一人称で書くという新しい試みについて思案した末の一つの結論でもあろう。「自伝」と称しながら、ここにはつとめて自分を消そうとする姿勢がうかがえる。自分を小さく描いて、逆に周囲を際立たせるわけだ。自分の肖像そのものよりも、自分をつつむ何か大きな対象に迫ろうとする意図がここにうかがえるのである。これもまた「主人公なき小説」の類であろう。

事実、デヴィドはどう見ても小説の主人公らしくない。正義とか力とか悲劇とか、主人公をいかにも主人公たらしめる要件がデヴィドの性格には欠けている。デヴィドはどこかこの世ならぬ次元に生きているようだ。その大地には淡い冷たい影が落ちている。デヴィドは不運な星のもとに生れ、「幽霊だの霊魂を見ることのできる子」などと噂された。生れたときすでに父はなく、寝室の窓からは父の眠る教会の墓地がのぞまれる。デヴィドの人生はまさに死と隣り合わせのところから始まった。かくて、霊魂や死や影のイメージはデヴィドの人生途上にたびたび現れ、彼の周囲にたちこめ、一種異様な趣をただよわせているのである。これについては改めて後述したい。

自分自身を語るについては、たとえばルソーの視点などはまるでちがう。「わたしは自分の見た人々の誰とも同じようには作られていない」（桑原武夫訳）というぐあいに、『告白』の主人公はすすんで前面に出てきて、自身の個性と向き合い、それをつよく打ち出そうとする。デヴィドは逆に個性というがごとき深みにははまらないのだ。デヴィドは身辺を観察し、ひたすら語る。自身の言動にふかくこだわるよりも、むしろ自分から離れ自分を消す道につく。主人公は私であるのかないのか、やがてわかるだろう——こんな言い方はルソーにも、またゲーテにもできなかった。このあたりの感触としては、ディケンズが親しんだ十八世紀英国小説の、とりわけ『トリストラム・シャンディ』の風韻さえ認められるだろう。

デヴィドをとり巻く人びとには性格上の明らかな類似があって、ある人物が登場してくると、前にもどこかでその人を見かけたような思いに駆られることがある。彼らの血は底のほうで互いにつながっているのかもしれない。「愛情は知恵にまさる」という真実を地で行っている乳母のペゴティはミコーバ夫人の性格の一部に、ベチィ・トロットウッドの男子嫌いはそのままマードストンの姉の態度にのり移っている。ペゴティの兄の素朴でまっすぐな心情は、「バーキスはその気だ」をくり返す御者のバーキスに、あるいはチャールズ一世の首にとり憑かれた頭のおかしいディックにも通じるところがある。デヴィドの妻ドーラは、若くして死んだデヴィドの母によく似ていて、二人の主婦はまさしく同工異曲の観がある。しかしデヴィドに似た人物は作中に一人もいないのである。作者がデヴィドにどれほど目立たぬ衣裳を着せ、どれほど主人公らしからぬ姿に仕立てあげようとも、デヴィドは周囲の人びとから離れて、いつも彼らの蔭にそっと存在しているのである。

デヴィドが他の登場人物とちがう点はまだある。デヴィドは年齢がすすむにつれて次第に成長し変化していくが、他の人たちはいつまでも同じ姿を保っているのだ。彼らは固定したタイプとして作中に生きている。一つの決まった型に納まって、その姿かたちを終始くずさないのだが、一方デヴィドは型を脱皮して成長していく。まるで液体のように、容器次第でいろいろな形となり、さまざまな外観を示す。デヴィドは作中最も捉えがたい人物であり、その意味では最も興味ぶかい人物であり、やはり主人公の資格を有するというべきかもしれない。

ミコーバ夫妻はデヴィドと別れたかと思うと、またひょっこり現れて、彼らは相変らずの夫婦なのである。またロンドンの宿の喫茶室では、デヴィドが数年ぶりにスティアフォースに出くわす。デヴィドはすぐに気づくが、スティアフォースのほうは相手がデヴィドだとわかるまで一、二分かかる。スティアフォースは昔のままでも、デヴィドはもはやセイレム塾のあのデヴィドではない。ここへきて名前までがトロットウッド・コパフィールドと改められ、「新しい名で新しい人生の第一歩を踏みだした」青年へと成長しているのである。もう一人の学校友達トラドルズとも再会するが、トラドルズは今だに髑髏を描くという。それからあの「金属づくめの女」マードストンの姉、彼女は皮肉にもデヴィドの許嫁ドーラの世話人ということでスペンロー家に出入りしていたところ、その家でデヴィドにばったり出喰わす。驚くべき再会である。ミス・マードストンも昔と寸分変らず、やはり両手首と頸のまわりに鎖を巻きつけて冷たい態度をくずさない。このように作中人物の多くは、めいめいの特色なり役柄なりをいつまでも保存して、一つの型を変らずに維持している。人物像に大きな変化が見られるのは、デヴィドを除けばベッチイ・トロットウッドぐらいであろう。

ディケンズ諸作品における作中人物については、E・M・フォスターの有名な言がある。ジェイン・オースティンの人物は作中に登場するたびに新しい印象を与えるが、とフォスターはいう。いわゆる「球状キャラクター」というものであり、それに対してディケンズのほうは「平面キャラクター」として、作中いつどこに現れても同じ貌を見せるというわけだ。しかし、だからといってディケンズの作中人物は平板でつまらぬかといえば、決してそうではない。フォスターはそこでディケンズの魔的な筆力に注目している。これは「一種の魔術」であるとして、「おそらくディケンズの並外れた活力が作用して、作中人物が微かに振動する。作者の生命力を吸収して彼らはまるで生きているように見える」（*Aspects of the Novel*, ch.4）と述べる。「平面キャラクター」の特性は了解するにしても、それがすなわち生気乏しき人形さながらというわけではないのである。

　ここでディケンズが登場人物に輪郭を与えていく手並のほどを確認しておきたい。デヴィドの幼少期のぼんやりした遠い記憶のなかから、やがて鮮烈なイメージが現れてくる。記憶の先端に二人の人物像が明滅して、目を凝らすうちに、その一人は美しい髪の若い母であり、もう一人は「目ばかり黒々として、お蔭で目のあたりが煤けて見えるペゴティ」ということになる。母はすっきりとした姿で眼前によみがえるが、ペゴティのほうは姿というよりも顔や身体の特徴だけがはっきりと浮かびあがる。しかしこれは回想の鏡に映る像なのか、幼少期の視覚が捉えた像そのものなのか。おそらく両者は重なり合い、二重のヴィジョンとなって書き手デヴィドの前に立ち現れるのだろう。「ペゴティの頬と腕は見るからに固く赤く、鳥が飛んできて林檎よりも先にこちらを啄むのではないかと思ったくらいだ」。ここにも過去のデヴィドと現在のデヴィドの脳裏に映じた二重の像が揺曳している。

ペゴティに較べると母親の輪郭はずっと不鮮明であるが、これは幼いデヴィドの目が母をそんなふうに、どこか夢まぼろしに包まれた人のように見ていたからにちがいない。そこにはおのずとこの母子の関係が暗示されているはずであり、デヴィドとしては、母よりもペゴティのほうが現実感を伴う身近な存在なのであった。

ある晩、デヴィドはペゴティに結婚したことがあるかと訊く（第二章）。子供の口からいきなりこんな質問がとび出したものだから、ペゴティは途方に暮れてしまう。「僕はこういってペゴティの顔をじーっと見た。というのも、ペゴティが僕の顔をじーっと見たからである」。幼児と乳母がこんなふうに対面しているところは甚だ興味深いが、二人は互いの顔を見つめながら、心に思うところはそれぞれに違う。乳母は子供の質問を正面から受けとめ、子供のほうではこれがそんなに難しい問題かしらと解せない顔でいる。大きい子と小さい子と、二人の子供が話を交わしているようにも見える。「私は結婚したことなんかありませんよ、デヴィ坊ちゃん。これからだってしませんわ。私にいえることはそれだけです」。ペゴティは子供を相手にどこまでも真面目である。デヴィドはちょっと心配になって、「怒ったの、ペゴティ、そうお？」と声を和らげる。だがペゴティはちっとも怒ってなぞいない。「ペゴティは針仕事の品物（自分の長靴下）を横に置いて、両腕を大きくひろげたかと思うと、ちぢれ髪の僕の頭をぎゅっと抱きしめた。このときは相当つよく締められたようだ。ペゴティはとっても肥っていたから、服を着たままちょっとでも無理すると、きまって背中のボタンを撥ねとばす。このときも部屋のむこうまでボタンが二つ弾けたのを憶えている」。ペゴティは地味で不恰好な女でありながら、何ともいえない愛嬌が全身から滲み出ているのである。ペゴティにはまた素朴で力強い愛情があって、デヴィドはこの愛情につつまれて育つことになる。ただし、ある時点までといわねばならない。この平和な日常の背後には、デヴィドの知らないところで、母親の再婚話が着々と進んでいたわけだが、子供がそれを知るのはずっと後になってからである。

母親が再婚してからというものは、デヴィドにとって母親はますます影の薄い存在となってしまう。デヴィドが義父マードストンの手に噛みついたために一室に監禁されたときでも、人目を忍んでやって来たのは母ならぬペゴティである（第四章）。

「おまえなの？　ああ、ペゴティ」
「そうですよ、かわいいデヴィ坊ちゃん。しーっ、静かに、鼠のようにね。そうじゃないと猫にみつかっちゃいますから」

二人は暗闇のなかで、ドアの鍵穴を通して話を交わす。デヴィドは明朝ロンドン近在の学校へやられることになって、それをペゴティが知らせに来たのであった。このあたりは涙と笑いが交錯する忘れがたい場面といってよいだろう。

「デヴィ坊ちゃん、聞いていますか？　聞こえますか」

「う、う、う、うん、ペゴティ」僕はすすり泣いた。

「ああ、坊ちゃん」ペゴティはありったけの同情をこめていった。

「どうか、いつまでも、私をお忘れにならないで。私だって坊ちゃんのことを忘れません。それから、お母さまの面倒もちゃんとみますからね。坊ちゃんの面倒をみたように。どんなことがあっても、お母さまのそばを離れませんよ。あの人が小ちゃな頭を安心して横たえる日が、この怒りっぽいバカなペゴティの腕にまたそうする日がくるでしょうよ。それから、坊ちゃん、お手紙書きますからね。字もろくに知らないけど。それから、それから」ペゴティは僕にキスしようとして、それができなかったから、鍵穴にキスした。

「ありがとう、ペゴティ、ああ、ありがとうね、ありがとう……」


ペゴティのこの篤い忠誠心のごときは、ジョージ・オーウェルによれば、封建時代の典型的な遺物で、ディケンズはこういう精神に価値を置いたという。ピクウィク氏にとことん尽くそうとするサム・ウェラーの態度と行動なども同じ精神の表れと断じている（Orwell, “Charles Dickens”, ch.3）。『デヴィド・コパフィールド』は一八四九年二月末から翌年十月まで、二年足らずのうちに書かれた。月刊分冊における原題が、『ブランダストンは烏宅に生れしデヴィド・コパフィールド二世。公表の意図まったくなく書かれたその生い立ち、試練、経験および観察』（*THE PERSONAL HISTORY, ADVENTURES, EXPERIENCE, & OBSERVATION OF DAVID COPPERFIELD THE YOUNGER OF BLUNDERSTONE ROOKERY, Which He never meant to be Published on any Account*）というわけだが、ディケンズはこの表題を決めるにあたって相当迷ったようである。決定するまでに十七にもおよぶ素案が遺っていて、そのなかには、「中央刑事裁判所にてついに死刑に処せられることなく果てたデヴィド・コパフィールド二世の最後の言葉と告白――」とか、「デヴィド・コパフィールド氏の遺言書――」というような文辞を含むものが幾つかある。ディケンズは四九年二月半ばにブライトンのホテルで題名を思案したというから、本文を書き出す前に、デヴィドの死、あるいは死を前提とした告白というがごとき穏やかならぬ深刻な想念が作者の胸に去来していたことになる。それが動かしがたい事実であったとするなら、ディケンズはなぜデヴィドの死を、また死の側から省みるべき人生とやらを思いつめていたのだろうか。結局、デヴィドの死を示す表題案はすべて放棄されたのだが、それでもやはり、作中そこかしこに立ちのぼる《死臭》は看過しがたいのである。「ああ、アグネス、愛する妻よ、僕がこの自伝を閉じるときになっても離れないでほしい。事物事象が一つ一つ影のように薄らいでゆき、僕は今それらに別れを告げる。だが君だけは、いつまでも僕のそばに天を指していてほしい」（第六四章）。これは末尾の言であるが、「自伝」（life）は同時に「人生」と読むこともできるから、ここで筆を擱こうとするのは、生涯を閉じるというふうにも解される。またアグネスが「天を指す」動作は、かつてドーラの死を無言のうちに伝える動作としてデヴィドの記憶に刻まれていたはずである。そうとなれば、この末尾の一節には、デヴィドが死んでドーラと共に天に在るイメージを掻き立てているようにも思われる。

さらにまた、ここには作者ディケンズの深い心情が表れているともいえよう。ディケンズは作品完結を目前にして、えもいわれぬ寂寥感に襲われた旨をフォスターに訴えているのである。「岸にたどり着くまであと三ページとなった今、また例のごとく、哀しみと喜びの混じり合った妙な気分です。――（中略）――ああ、フォスター君、コパフィールドのことで今夜僕の胸の裡がどんな思いに充たされていることか。おかしな言い方だけれど、この胸を切って開かないかぎり、君にさえ僕の気持の半分さえもわかってもらえないだろう。僕はこれから、自分の一部を黄泉の国へ送ろうとしているのです」（一八五〇年十月二一日付）。

ディケンズの意識のなかでは、ここへきてコパフィールドが「黄泉の国」へ、すなわち死ぬことになるのだろう。思えば本作の始めから死があった。父親のデヴィド・コパフィールドは教会の墓地に白い墓石と化していたが、作品末尾に至っては、あたかも同名の息子もまた同じ運命のうちに消えていくかと思われる。おそらく作者の心中にあっては、そんなふうに一つの波瀾万丈の人生に終止符を打ちたかったのかもしれない。しかしそれにしても、右の手紙にほのめかされた「胸の裡の思い」とやらが気になるのだ。

ディケンズは作品完成の直後に一つ、また一八六九年の再版で一つ、『デヴィド・コパフィールド』に序文を付けている。よく引かれる例だが、後のほうの序文にこんな表現がみえる。「……読者諸賢ご察しのとおり、私は自分の空想から生れた子供たちがどれも皆可愛くてたまらないのです。私は人一倍、これら自分の家族を愛しています。しかし世にある子煩悩の親のように、私にも特別好きな子が、心の底から好きな子が一人おります。その子の名はデヴィド・コパフィールドであります」。

「心の底から好きな子」とは、作者の血を分けた子供たちのなかでも作者にいちばん近い子であろうか。作品が完結すれば親と子の永訣が訪れる。作者はみずからの手で愛児を葬ることになるのだが、我が子を葬るとは自分自身を葬ることでもある。これはおそらく、ディケンズとしては初めから直覚していた事態であったはずだ。だから、デヴィドが遺書を綴るというようなアイデアも湧いた次第なのだろう。同名の父デヴィド・コパフィールドの白い墓石は、——息子デヴィドの死——作者その人の死というふうに連想され、まことに象徴的な意味をともなって迫ってくる。その当時のディケンズにとっては、このような作品を書くことは、自分の肉体を削ぎ自分の生命の一部を滅却させることであったのだろう。ここまで考えてくると、「今夜僕の胸の裡がどんな思いに充たされているか」というディケンズの訴えは只事ではないように思われるのである。

また、初版および再版の「序」にいう。「読者のなかで、書き手の私ほどにこの物語を信ずるお方はまずおられないでしょう」。ディケンズはこの一作に文字通り全身全霊を打ちこんだといってよさそうだ。これこそ他人には知るべくもない自分だけのもの、自分の心の奥処に触れるべき何ものかを蔵している作品であった。「公表の意図なくして書かれた……」という表題の一句もそんなふうに読める。これはディケンズの一つの覚悟であっただろう。作品を書く前のこの覚悟と、事後の「序」に底流する感慨とはそのまま真っ直ぐにつながっている。ならば、ディケンズの心の暗闇に秘められたものとは、一体何なのか。

ディケンズの心中深く蹲るものは、作中におけるデヴィドの言動のおもてに立ち現れることになろう。例えば、セイレム塾を去るメル先生の一件はどうか（第七章）。教室内の喧騒に耐えかねてメル先生はいきなり立上がり、「静粛に！」と怒鳴る。

「静かにしたまえ、スティアフォース君！」

「先生こそお静かに。相手を誰だとお思いですか」スティアフォースはかっとなっていった。

「坐りなさい」

「先生こそお坐りなさい。よけいなお世話です」

生徒たちのなかで唯一人トラドルズだけはスティアフォースの無礼を窘めるのだが、他の者はみんなスティアフォースを英雄と仰ぎ、なかには声援を送る奴までがいる。そのうちスティアフォースはメル先生を乞食呼ばわりする。先生の母親が救貧院で生活している事実なども大っぴらにする。それについては以前デヴィドがスティアフォースに洩らした事によるものなので、ここでデヴィドの良心は密かに痛む。「スティアフォースは僕のほうをちらと見た。メル先生の手が僕の肩をしずかに叩き、僕は頬を染め内心に痛みを覚えながら顔を上げた。先生はスティアフォースをじっと睨んでいる。なおも僕の肩をやさしく叩きながら、スティアフォースを見つめているのである」。デヴィドはここでおそらく先生に何かを伝えようとして「顔を上げた」のだが、先生はデヴィドとは目を合わせない。ここに子供の苦悩がある。先生は事の次第を即座に察知したらしく、デヴィドの肩をやさしく叩くことで寛大な気持を伝えるのだが、子供の苦悩はかえって深まる一方である。

こんなことがあってメル先生は塾を退く結果になるが、その後デヴィドにはどうしても先生のことが忘れられない。就寝前のひとときなどには、メル先生の吹くフルートの音がデヴィドの耳に淋しく聞えてくるというぐあいで、ここには子供の心に根をおろした紛れのない罪の意識がある。

スタンリー・ティックの秀逸な論によれば、ディケンズの胸内ふかくうごめくテーマに「告白」があり、その告白を困難にさせる「執心」また「罪悪観念」があるという（Tick, Stanley, "*Oliver Twist*: 'A Stronger Hand than Chance'"）。『オリヴァ・ツウィスト』にも『荒涼館』にも、また大方が注目する『デヴィド・コパフィールド』第十一章にも、告白のモチーフは種々かたちを変えて出現するのである。されば、ディケンズにとって作品の試みとは、意識みだれる告白の、切実な工夫に他ならぬものであったろうか。すなわち作品は現実の告白の代償であったものか。

さらにまた、告白を押しとどめる負の意識と併せて、デヴィドには一見するにそれと矛盾するような逆方向への情熱がうかがえる。スティアフォースに寄せる只ならぬ敬愛の情がそれである。セイレム塾でデヴィドが初めてスティアフォースに会ったとき、この年上の男は自分を護ってくれる人だとデヴィドは直感した。孤独な少年が力ある者に傾斜しても不思議はないのだが、問題はその先である。スティアフォースを前にしてデヴィドはまるで魔法にかかったように見えるのだ。デヴィドはバネ仕掛けの人形のように忠順にして消極的な動きを見せるばかりである。デヴィドは何あろうとスティアフォースを憎んだり、歯向かうようなことはしない。愛しいエミリーが奪い去られ、ハムが落胆して老ペゴティがエミリーの行方を探しまわる、そういう事態を目の当たりにしながら、この不幸を招いた当のスティアフォースを心底から憎むようなことにはならない。スティアフォースは依然としてデヴィドの心のなかに一個の偶像のままなのである。少年デヴィドの執心にはどこか罪深いものがあり、自伝を書く大人のデヴィドはそれにそっと触れるかのように他の作中人物を動かしている。

例えば、アグネスには何もかもが見えていた。デヴィドの変に冷めやらぬ熱をアグネスは冷やしてやろうとする。「あなたの悪い天使さんのことで、どうしても申し上げておきたいの」、とアグネスは真剣な表情でいう。「あなたからお聞きしたこと、あなたの性格、そしてあの人があなたにどんな影響をおよぼしたかという事実をもって、わたしならあの人を判断しますわ」（第二五章）。

これは厳しい言葉である。スティアフォースを批判しているかにみえて、実は批判の矛先がデヴィドに向けられているのだ。スティアフォースごときにのぼせてしまって少しも真実がつかめていないデヴィドに、そんなデヴィドの愚劣に鋭く迫っているのである。ベッチイ・トロットウッドにいわせるなら、さだめし「盲、盲、盲!」というところだろう。

しかしデヴィドにしてみれば、そんなことはどうでもよかった。それが一つの偏見であったとしても、偏見から目覚めるときなど永久に来なくてよい。いうなれば、本作では偏見にいつまでも執着する主人公を、しかもそんな自分を巧く告白できぬ人物を描いたともいえるだろう。作者はデヴィドを甘やかしすぎる、とG・K・チェスタトンはいった。なるほど盲といえば、作者自身からしてそうなのだろう。ディケンズの眼は物事を冷徹に見る眼とはいえまい。チェスタトンはさらにディケンズを「高級なる楽天家」とまで称した。「高級なる楽天家たち――ディケンズがまさしくその一人であったが――彼らは現実を受容するどころではない。現実を誉めそやすのでもない。彼らは現実にぞっこん惚れこむのである。人生をあまりにつよく抱きしめて、それがため人生を批評したり、また人生を正しく観ることさえも、彼らにはできないのである」(*Charles Dickens*, Ch.2)。

人生を正しく観るとは、どういうことなのか。幼少時の恵まれぬ家庭環境、孤独な自活の日々、理不尽な学校教育、等々、ディケンズの人生初期を蝕んだこれら種々の事件はどんな意味をもっていたのだろう。それはディケンズの基本的な性格づくりに働きかけ、ついにはディケンズをディケンズたらしめていたにちがいない。ディケンズは事物事象を正確に捉えるよりも、それらを自分の体内に引き入れ、それらとの融和を図る。そうすることで彼の現実は変色し、ある種独特な雰囲気につつまれることにもなる。ディケンズはドストエフスキーのように徹底して人生の断面に切り込んでいった作家ではない。しかしこれについては直に作品を見たほうがよいだろう。作品の奥に作者の顔が透けて見えるはずなのだから。学校の休暇が終ってデヴィドが再び故郷を発つ場面である（第八章）。「僕は母に、それから小さな弟にもキスした。何かとても辛かった。とはいっても、別れが悲しかったのではない。僕たちのあいだには溝があって、毎日別れていたようなものなのだ」。

作者は、この不分明な悲しみの核心部へ迫ろうとはしない。そうして、こんな文章がつづく。「母は僕をつよく抱きしめてくれたが、今も記憶にありありと残っているのは、むしろその後に起こったことだ」。馬車が出る。そのとき母の呼ぶ声が聞こえてくるのである。「僕は窓から顔を出した。僕によく見えるようにと、母は赤子を高く抱き上げて、ただ一人、庭木戸の所に立っていた。寒い静かな朝だった。母は赤子を抱きながら僕のほうを凝っと見ていた。その髪の一筋も、衣服の襞の一本さえも、動くことはなかった」。

この静まりかえった朝の光景は、一枚の絵としてデヴィドの脳裏に焼きついたが、デヴィドの胸内にくすぶる怪しいまでの悲哀は、いまだに茫漠としたままである。ただこのときの母子の姿は執拗なまでにデヴィドの眼前によみがえる。「ベッドのそばに静かな姿が現れる――やはりこっちを凝視して――腕に赤子を抱いて」。こういう所に、作者ディケンズの心眼に映る人生の風景が見えるようなのである。

後日、セイレム塾へ戻ったデヴィドのもとに母の訃報が届く。そのときデヴィドの胸に湧いた想念とはどんなものであったか。「母の死を知ったそのとき、最近見た母の面影が僕の心からすーっと消えてしまった。そうして母は、僕が幼いころの母、指で金髪をくるくる巻いたり黄昏どきの居間でいっしょにダンスをしたあの若い母となって記憶に刻まれたのだ」（第九章）。また、こうもいう。「地下に眠る母は僕の幼いころの母であった。母の腕に抱かれて、その胸の上で永遠に沈黙している嬰児は往時の僕自身であった」。この種の視覚をどんなふうに解釈したらよいだろうか。二人の母子は死の想念をもって固く結ばれている、とでもいうべきか。

あるいはまた、デヴィドにとって母はずっと前に死んでいたとも考えられる。そればかりでなく、母といっしょに自分までもすでに死んでいた。郷里を発つ朝、庭木戸の所に立っていた母はまぼろしの母であり、その母の腕に抱かれた赤子はデヴィド自身のまぼろしであるようにも解される。別れ際にキスをしてとても辛かったというくだりは、一種複雑な意味を含んでいるだろう。デヴィドが生命の消えた冷たい肌にキスしていたということならば、実体のないものを、まぼろしを眼前に見ていたのだ。このまぼろしの感触に母も故郷も、はたまた自分の人生そのものさえ集約されようと、デヴィドは直感したのかもしれない。ここに作者ディケンズの人生を観ずる眼が顕れているように思われるのである。メアリとファニーの死を通してディケンズが思案した作品構想の、ついに辿り着いた地点がここにある。ディケンズは人生の意味などに深入りしない。ある視覚をもって人生を観るだけだ。デヴィドの人生を夢まぼろしのなかに浸し、そこに立ちのぼる虚像と付合わせていく。デヴィドは人生の意味を経験の堆積から探ろうとするのでなく、角度を変えて人生を別様に観る地点へと導かれてゆくはずである。

もう一つ、作中にくり広げられた夢まぼろしの箇所を挙げておこう。デヴィドがヤーマスのペゴティ一家を訪れ、甘美なひとときを過ごすくだりである（第三章）。「お茶がすんで戸を閉めるとゆったりとした気分になって（夜は霧がかかり冷え冷えする）、こんなに心地よい隠れ家は他にないように思われた。沖に風が吹いている。外の荒地には濃い霧が立ちこめていることだろう。暖炉の火をながめながら、まわりには一軒の家もなく、しかもここは舟の家なのだと思うと、まるで魔法にかかったみたいだった」。

こんな場所では時間はたちまちにして止まってしまう。時間が凝固して一幅の絵が生れる。「エミリと僕とは不釣り合いだとか幼すぎるとか、その他いろんな不都合があったところで、何ひとつ気にならなかった。僕たちには未来なんか無かったのだ。年齢は減ることがないように、齢をとることだって考えられなかった。ガミッジ小母さんもペゴティ小父さんも僕らのことをよく思ってくれた。夜になって僕らが小さな整理箱に並んで腰かけていると、小父さんは声をひそめていったものだ。『ほら、見ろよ、美しいもんじゃないかね』。ペゴティ小父さんはパイプをくわえながら僕らにほほ笑んだ」。

齢をとることのない生活とは、夢のなかの世界である。デヴィドの過去は夢のなかにおのずと展開する。あるいは、夢こそがデヴィドの現実であったというべきかもしれない。そんなデヴィドにとっては、人生すなわち一抹の夢、そして過去とは記憶の壁面に映じた不思議な幻影にほかならないだろう。「夢がディケンズの全作品の最大の武器だ」とヘンリー・ジェイムズはいった。ジェイムズはディケンズを評して、ものの奥に目を向けぬ偉大なる作家と称ぶが、その偉大なるところは、けだし夢をみる力の徹底ぶりにかかっていたようである。

五　ディケンズと公開朗読

文字を声にのせて読む、すなわち朗読の歴史は古い。十九世紀前半の女優シドンズ夫人や、ファニー・ケンブルによる朗読を近代の例とするなら、古く中世にあっては、チョーサーやラングランドの自作朗読があり、さらに国境を越えてギリシャの昔にまで溯るならば、ホーマーの詩の朗読はもとより屋外競技場におけるヘロドトスの自作朗読の例もある。後にディケンズの公開朗読実録を公刊したチャールズ・ケントが記すように、「朗読は文学のはじまりと同様に古い(1)」。

読み手がいて聴き手がいるという朗読の基本構造には、文字の読める者（または上手に読める者）が、文字の読めない者に代って読むという、役割分化の意味が含まれているはずである。

十九世紀英国の識字率を調べてみると、一八四〇年の「戸籍本署第二年報」によれば、男性六七パーセント、女性五一パーセントとあり(2)、次いで一八五一年の調査では、男が七〇パーセント弱、女が五五パーセント足らずと、わずかな向上が見られるばかりである。その後、世紀末へむかうにつれ、識学率は着々と伸びてゆくが、この推移にはもちろん公教育制度の確立や、機会均等の原則なども作用していたにちがいない。そして、それと同時に、文字や書物に寄せる人びとの意識もまた変化していったことはいうまでもない。

十九世紀半ばから、ミューディ(一八四二年創業)やW・H・スミス(一八五八年創業)、その他各地の貸本屋が盛況であったから、本は借りて読むこともできたが、文字の読めない者は、どうしても他人に読んでもらうほかなかった。ディケンズの小説には、『荒涼館』のクルックや、『大いなる遺産』のジョー・ガージャリや、ろくに文学の読めない人物が少なくないが、なかでも『我らが共通の友』のボッフィンなどは、義足の文学者ことサイラス・ウェッグに謝金まで支払いながら本を読んでもらっている。朗読の源流は、やはりどこかで、読書を求めたり求められたりという、需要と供給の相互関係につながっていたようだ。

それからもう一つ、わけてもヴィクトリア朝時代にあっては、個人で黙読するよりも、他人といっしょに楽しむという様式が一般に浸透していた。書物をとおして人びと相互の交わりが、日々の楽しみがあった。家庭の団欒として朗読が行われたり、親が子に本を読んでやったり、酒場では新聞を朗読する雇いの読み手などもあって、この種の娯楽的一面もまた朗読には付きものであった。

十九世紀の五〇年代になると、格安《ペニー》朗読の企てが、まずスタフォード州の町に興り、それがみるみる拡がって、六〇年代にはこの大衆娯楽の様式が当時の流行と化した。この朗読は町や村の集会場や学校などを借りて催されたことからも、また入場料が一ペニーと安かったことからも、まさしく庶民のための娯楽であり、日々の潤いであり、ときに道徳的指針をひそめた〝安全な〟気晴らしであったことが自ずからうかがえる。一方では演劇が、何かと危険な、ふしだらな、悪徳の温床としてけむたがられた時代だけあって、それとは別種の大衆娯楽《エンタテイメント》として、ペニー朗読が人びとにひろく歓迎されたのも不思議はない。

当時の『タイムズ』紙（一八六八年）は次のように報じている。「読み手には事欠かない。どんな学校でも、年間の予定のなかに必ずやお娯しみイベントを掲げて、凡庸な戯曲や詩の何がしかを、内外の名だたる人士に〝読んで〟もらっている。そうでもしなければ、後れをとってしまうらしい。また貧者のささやかな娯楽のためにも、今や教区の教場を借りてのペニー朗読は、法衣を着て興味津津たる面もちの牧師らまでが、みなこれを奨励しているありさまなのだ」。

ディケンズは早くから自作の朗読に強い関心を抱いていたが、公開朗読なる新しい試みに踏切ったのは一八五三年のことで、先述のペニー朗読が盛況へむかう時流にほぼ添うかたちになる。ペニー朗読が町の集会所や学校などの〝演壇〟を用いたところに、劇場の興業とは本質的に異なる性格があり、演劇と朗読を区別してかかったディケンズとしては、この〝演壇〟の一事にあくまでも固執した。マルコム・アンドルーズの炯眼によれば、ここにこそディケンズが一貫して訴えつづけた大衆のための「情操教育的」ねらいがあったという。(3) ただの気晴らし、憂さ晴らしのための本読みではなかったということになる。

ディケンズが自作の公開朗読に教育の意味合いを強く意識していたことは、まず時代状況から推して想像にかたくない。夙にカーライルは『英雄崇拝論』(一八四一年)をかざして講演の巨星と仰がれ、宗教の分野ではニューマンが、また美術から社会批評へと転じたラスキンは『胡麻と百合』(一八六五年)の講演をもって巷間の注目を集めていた。ディケンズと同業のサッカレイや、少し古いところでコールリッジ、ハズリットなども折々の講演に会場を沸かせたが、聴衆はいずれも〝演壇〟から投げかけられる啓蒙の声に聞き入ったのである。ディケンズがこの時代の空気を敏感に嗅ぎとらなかったはずはない。ただしディケンズの演壇への関心は、講演よりも朗読にあった。

ディケンズの莫逆の友であり、文学上の良き助言者でもあったジョン・フォスターは、公開朗読がごとき「低級藝」にうつつを抜かしてはならぬ、むしろ作家としての「高級藝」に専念すべきだとして、ディケンズのこの新しい試みに猛反対を唱えた。フォスターが朗読をもって〝低級〟と称するのは、文字で完成された作品を音声化するところに、なにか安易な、卑しい、大衆迎合の臭いをかぎつけたためかもしれない。しかしディケンズはフォスターの助言を聞き入れなかった。親友の憂慮をとび越えて、自分の心をはげしく駆りたてるものがディケンズの側に厳然とあったらしく、たとえば一八五三年暮れに始まる慈善朗読に際しても、クリスマス物を読むということ、そして安価な入場料によって大勢の労働者を勧誘するというあたりに、むしろディケンズの真意が暗示されているように思われる(4)。もっぱら大衆を喜ばせて我が意を得たりとする「低級藝」に堕すことなく、ディケンズはそこから飛翔して何か新しい道を、新しい可能性を切りひらいていこうと考えていたに相違ない。それが自分自身のためなのか、世のため他人《ひと》のためなのか、あるいはその両方であったものか、むろん速断するわけにはいかない。

一八五三年歳末のバーミンガム公演が、ディケンズの公開朗読の第一号であったわけだが、これに踏切る決心をしたのは、その一年前にバーミンガムの〝友人たち〟の歓待を受けた直後のことであった。ディケンズはそのときの約束から、同年十二月二九日の初日に「クリスマス・キャロル」を、一日おいて「炉端のこおろぎ」、その翌日に再び「クリスマス・キャロル」を朗読した。この三日間で集めた客は六千人、収益金は地元の教育機関（The Birmingham and Midland Institute）の基金にまわされた。

聴衆の反応については、地元の記者がこう報じている。「その語りには一同みな魅了された。ディケンズ氏は口ひげをひねり、ペイパー・ナイフをもてあそび、本を手放して親しげに前方へ乗りだすかと見れば、目をしばたたいたり、朗読そのものを大そう楽しんでいるようすだった……」。

最終日には二千人がつめかけた。ディケンズの希望により、チケットは一般の労働者でも買えるように安値で売られたのである。『バーミンガム・ジャーナル』によれば、「会場をぎっしりと埋めるのは労働者らであったが、一見したところ、そうとは思えないようだった」。ディケンズが現れると、彼らはいっせいに「立ち上がり、どっと歓声を上げ、それからシンとなって、そしてまた歓声があがった。……ディケンズが初めの一語を発すると、喝采の嵐が起こって、彼はもう一度最初からやり直さねばならなかった。そうしてやっと、二、三行ばかり読みすすめることができた(5)」。

「炉端のこおろぎ」は後年『クリスマス物語集《ブックス》』に収録された五作品のうちの第三作目であるが、本が出版されたときの評判からすれば、この朗読は第一作目の「クリスマス・キャロル」を凌ぐほどに歓迎されるはずだった。ところが事実はそれほどでなく、以後ディケンズ自身の熱もさめて、この一作が朗読されたのは、公開朗読総数の四七二回のうち、わずか四回を占めるにすぎなかった(6)。

公開朗読に寄せるディケンズ自身の感慨を彼の『書簡集』のなかから、また世評のもろもろを新聞・雑誌の記事、その他から読みとってみると、事の外貌がおおよそ把握できそうである。某論者によれば、ディケンズの朗読は「作中人物めいめいのちがいが、声音と身ぶりをもって一瞬のうちに色分けされている」といい、あるいは「演じすぎるということがなく、ほどほどの暗示で止められる」、「声はがなり立てることなく」、「むやみに涙を誘発することもない」という。あるいはまた「手が頻繁に動いて物語の独得の意味を表出する」、「ディケンズは己の表情と声を一変させて他人になり変る」、「この魔法のごとき声の変化、まさに笑いも涙も思いのままに操るがごとし」というぐあいに、ディケンズの〝朗読藝〟に感嘆の意をあらわしている感想が多い(7)。

しかしもちろん、ジョン・フォスターならずとも、作家が公開朗読ごとき横道にそれることを良しとしない評もあった。一八五八年十月の『ダービー・マーキュリ』紙の記事などは、その最たるものだろう。そこではディケンズの公開朗読が、「作家の社会的地位を貶める行為である」と断じられ、「ディケンズは商売に身を転じた」と舌鋒もなかなか鋭い(8)。どこかジョン・フォスターの当初の見解に近いものが感じられるが、その頑迷なフォスターでさえ、後年にはディケンズの朗読を評価して、「ディケンズは小説ばかりか、その朗読によっても世に知られている」というほどの容認の態度に傾いたのは注意してよい(9)。

ディケンズは聴衆の反応をつぶさに観察して、臨機応変に台本のそこかしこを加減し、アドリブをまじえて、各回の朗読にそのつど最善を尽くした。聴衆が泣いたり笑ったり、拍手喝采をしてくれるところに、ディケンズは自身の朗読の出来栄えを計った。

人びとと直かに交わり、拍手と歓声の渦にのみこまれ、しばし我を忘れるという、この夢のような陶酔こそが、その頃のデイケンズに何よりも求められ、彼の生活に何よりも不足していたものではなかったか。その頃――ディケンズはときに四十代半ばにあり、永年苦楽を共にしてきた妻キャサリンとの不和がますます深刻化していった。それに伴って家庭内の分裂、友人や親戚との確執もまた深まった。

この前後の時期にもう一つ、ディケンズが身も心も奪われた事がら、素人演劇について触れておかなければならない。

ディケンズの青少年時代を叙する伝記の多くがしばしば注目する事項として、彼の芝居好き、演劇嗜好というものがある。そのなかで特筆すべき一件が、当時の人気役者チャールズ・マシューズの影響である。若きディケンズは、この喜劇役者に憧れた。マシューズのように台詞をばらまき、マシューズのように他の何者にでもなりおおせる役者になりたい、と考えた。作家として功なり名遂げたあとでさえも、ディケンズは生来の芝居好みをずっと保持し、地下に燃えるマグマは、とうとう一八四五年の素人劇団結成となって地上に噴出したのである。ダグラス・ジェロルド、マーク・レモン、ジョン・フォスター、ヘンリー・メイヒュー、ジョン・リーチ、その他の友人を誘って劇団をつくり、みずからその指揮をとって、演出から監督から、雑務全般に至るまでを一身に引き受けた。時間や労力を惜しむ気配など、さらさらなかった。文士の手すさびとはとうてい思えない。

初めに手がけたのはベン・ジョンソン作「十人十色」であったが、この芝居には貴顕の紳士、淑女までが来場して大成功を収めた。数年後にシェイクスピアの「ウィンザーの陽気な女房たち」を演じたときには、ヘイマーケット劇場に女王ご夫妻の臨席をみて、これもまた大成功であった。

とにかくディケンズの熱の入れようが尋常ならず、一八五〇年代に入ると、ブルワー・リットンと共に「文藝互助協会」(The Guild for Literature and Art) を設立して、ロンドンおよび地方まわりの芝居公演にも全力を傾けることとなった。みずからの住居タヴィストック邸には〝世界一小さな劇場〟をこしらえ、家族までも巻きこんで、ウィルキー・コリンズ作「灯台」(一八五五年)や「凍れる海」(一八五七年)の演出、演技に打ちこんだのである。[10]

「凍れる海」はディケンズの熱演によって多くの観客の涙をしぼったが、一八五七年八月には、友人ダグラス・ジェロルドの追悼公演として、マンチェスターの大ホールでこれを演じる企画へと発展した。ここに登場するのが、この先ディケンズの影の生活に寄り添うことになる若い女優エレン・ターナンである。これはディケンズの死後六五年たって、トマス・ライトが初めて公にした〝文豪のスキャンダル〟とも称すべきものだが、残念ながら、ここでこの興味ぶかい一件に深入りする余裕はない。[11]

右に述べたようなディケンズの一連の演劇活動は、もう一方の似て非なる活動、公開朗読とどのような関係にあるのか。ディケンズは一八五三年の慈善朗読から、一八五八年四月にプロフェッショナルの読み手として立つまでに、約四年のあいだ、十七回あるいは十八回の朗読を行った。[12]この間《かん》には私生活の面での一大変化が――ギャズヒル・プレイス邸への移転、女優エレン・ターナンとの深い交際、日増しに険悪化する妻との関係(五八年五月に離別)等々が重なって、ディケンズの神経をことのほか疲弊させた。生活上のその負の一面を蹴って、再び活力をとり戻し、新しい道を模索するのに四年余りが費やされた、と捉えるならば、この時期におけるディケンズの心情も一種複雑な、また抜き差しならぬ意味あいをもって迫ってくるだろう。そんな彼の実生活のなかに、玄人はだしの演劇活動が、また慈善朗読が取り込まれていったのである。

慈善朗読をなす九年前、一八四四年十二月に、ディケンズはリンカンズ・イン・フィールドのフォスター宅に十人の知友を集めて自作「鐘の音」を朗読した。また一八四六年九月には、ローザンヌにて『ドンビー父子』分冊の第一号を朗読した。人前で自作を朗読して聞かせる誇りと、歓びと、聴衆の拍手喝采にディケンズはいささか度を失い、興奮冷めやらぬ手紙をフォスター宛に書き送っている。その文中に、「……講演やら朗読の盛んな今どき、自作の公開朗読をなせば大金がころがり込みましょうか」と記しているあたり、早くもこの頃から、ディケンズは公開朗読の産みなす莫大な収益に注目していたとも考えられる。

それから十有余年の歳月をふる間に、ディケンズは素人ながらも熱のこもった公開朗読を数度にわたって試み、場数をふむごとに自信をつけ、迷いもためらいも消えていったようである。いよいよプロとしてロンドン公演に踏切った初回の場に際して、ディケンズは聴衆を前にはっきりと意思を表明した。「……私がこのたびの決意に至ったのは、私の生業からみじんも逸脱するものではないと考えたのみならず、次の三つの理由があってのことであります。その一つは、この朗読が文学の信用と独立をいささかも損うはずはなく、……二つ目は、ひろく世に知られた者と世の人びととが、互いに親しく睦まじく、直かに交わるのは良いことであって……三つ目としては、大勢のみなさんとの個人的な友情なりをこうして深めることは大きな喜びであり……」[13]。ディケンズのこの前向きの覚悟のなかに、人びととの交流が強調されている点は見逃せない。しかも作家と読者をつなぐ間接の交流ではなくて、「直に交わる」というところが肝要なのである。先に「何よりも求められ、何よりも不足していた」と述べた事柄に、これはそのまま重なるだろう。

当初は、月に五、六回のペースであったが、三ヶ月ほどして初めての地方巡業に出たときには、一八五八年の八月に二四回、九月に二五回、十月に二三回、そして十一月に十一回と、驚くほどの活動ぶりを示している。もはやフォスターのたび重なる反対など歯牙にもかけぬ、揺るぎのないプロフェッショナルとして壇上に立つことになった。

公開朗読がもたらす痺れるような歓喜と、莫大な収益とは、営々と小説を書きつづけるそれまでのディケンズの生活に新しい局面を打ち開いてみせたことは疑いない。それと同時に、プロとしての意識が、人びとを喜ばせて金をいただくという姿勢が、ああまで徹底していたことにも驚かざるを得ない。朗読の一作ごとにリハーサルを二〇〇回までくり返したなどは一種の伝説としても[14]、台本をつくり、その改訂版をまたつくり、発声から表情、身ぶり手ぶりに至るまで丹念に吟味し尽くして朗読に臨んだことは、確かな証拠もあり証言もある。

収益については、一回の催しでさえ四〇ポンドを超え、ひと月にすれば当初の一〇〇〇ギニーから、後にはさらにそれを上まわった。小説による年収が三〇〇〇ポンドというから、それとこれとを比較すれば、いずれの道が収入面においてより効率が高いかは自明である。

しかしそれはそれとしながら、ディケンズは一方で、最後まで作家としての仕事から離れなかった。かたや公開朗読を死の三ヶ月前までやり通しながら、かたや小説では、『二都物語』『大いなる遺産』『我らが共通の友』、その他連載物を書き、ついに『エドウィン・ドルードの謎』を未完に残して他界した。小説執筆に打ち込むあいだは、公開朗読の興業もおのずと影をひそめていたのである。『二都物語』が週刊誌『一年中』に登場するのは一八五九年四月末日であるが、この年の二月半ばをもって公開朗読は一時中断され、再開されるのが十月半ばである。それまでにはおそらく『二都物語』の最終部（十一月末掲載）は書き終えられていたはずだ。『大いなる遺産』が同誌に掲載されたときでも、六〇年十二月から翌年八月までに、後半期に数回の朗読をなしたばかりで、小説執筆に力点が置かれていたことは明らかである。『我らが共通の友』と『エドウィン・ドルードの謎』に至っては、執筆期間中における朗読回数は皆無である。何はともあれ本業は作家なのであって、小説の執筆こそが、ディケンズとしては疎かにできぬ本来の仕事であったというべきか。事実、彼はついにその本来の領分へと帰っていったのである。

また一方、小説を書くだけでは満足できない何かが、ディケンズの胸中にわだかまっていたことも事実であろう。さもなければ、時間と労力と執念をかけて、一連の公開朗読にあれだけの情熱をそそいだ事績が、どう説明されようか。ここで再びかつてのチャールズ・マシューズびいきに思いを馳せてみたい。マシューズの眼目とするところは、ワンマン・ショーであった。一人が何役もこなす。しかも自由自在にきわめて迅速に一の役から他の役に変身してみせるのである。ディケンズはこれに瞠目した。それからもう一人、五〇年代のワンマン・ショーで大衆の人気をさらったアルバート・スミスが、ディケンズの野心と意欲を刺激したことはまず間違いない。公開朗読を開始するにあたって、ディケンズはスミスに相談までもちかけている。公開朗読にワンマンー・ショーのスタイルを持ち込むことは、ディケンズとして少しも不自然ではなかったはずだ。またこれこそが、演劇とは一線を画すべき朗読固有の特質であった。

演劇では一人の役者がせいぜい二役か三役をこなすまでである。複数の役者の協力によって劇は仕上げられるわけであり、ワンマン・ショーとはこの点が大きく異なる。そして小説は、演劇からも、ワンマン・ショーからもはるかに遠い、たった一人の場所で作られていく。これらそれぞれの情熱の分岐する地点にあって、ディケンズはときに一方に傾き、またときに他方へ傾いだようである。

もう少し彼の公開朗読の実態につくことにしよう。ここで台本の一件に触れておきたい。ディケンズは当初、クリスマス物で打って出ようと考えたわけだが、それはこれまでの朗読経験と聴衆の反応などから、いたって無理のない妥当な判断であったようだ。朗読用の台本としては、原作のページを切りとり、定型の紙面に貼り付けて綴じた冊子を用いた。壇上でページを繰りやすいようにペイパー・ナイフを用意したものだから、朗読の初期の光景をとらえた写真などでは、大きなペイパー・ナイフが登場する。原文のところどころには朱を入れ、斧鉞《ふえつ》を加えて、朗読向けに形をととのえた(15)。

常に好評の「クリスマス・キャロル」などは、一八五三年の慈善朗読において、三時間ものに設《しつら》えたのが、五七年のロンドン公演では二時間半に、そして五八年の地方巡業に際しては二時間ものにまで圧縮された。その後「バーデル対ピクウィク」(別称「ピクウィク裁判」)と抱きあわせで二時間二十分にまとめるという具合に、ますます縮められた。原文の簡潔化、明瞭化にむかって大胆な削除や省略がなされたわけだが、そうすることで失われる原文の持ち味も、むろん少なくなかったはずだ。しかしそこは朗読固有の武器たる声音、ジェスチャー、表情などの妙によって補われたようである。結局、朗読台本は小説原作から一歩また一歩と遠のいていく運命にあった。

原文を圧縮するといっても、ただ削るばかりではない。真に一個の朗読として成り立たしめるには、可笑し味を増幅させたり、息抜きのプロットを挿んだり、聴衆の理解を阻《はば》む語句や表現を改めたりと、さまざまに工夫を凝らす必要がある。そうして一つのまとまりと、話の筋のなめらかな展開を目ざさなければならない。

こうして新たに作った台本を用意しながらも、実際の朗読に及べば、その場の雰囲気や気分や、折々のひらめきなどが働いて、台本どおりというわけにはゆかない。ディケンズの朗読にアドリブが頻繁であったとされるのは、片手に台本を開きながら、朗読中いっさい台本に目を向けなかったという一事からしても容易にうなずけよう。「真の朗読はページから目を上げたときにおいて始まる(16)」とは、まさにいい得て妙である。

クリスマス物は朗読用として恰好の作品であったが、そうかといって、そればかりに終始するわけにはいかなかった。ほかに長篇小説の一部なども切りとられ、改変されて、朗読のレパートリに加えられた。レパートリの追加と選択は、早くも一八五八年の夏から始まっていて、こんなところにも、朗読にかけるディケンズの意気込みのほどが感じられる。その後もレパートリの充実化へむけての努力は止まず、一八五八年、六一年、六六年、六八年と、ディケンズは大きな巡業をひかえてレパートリの選択にそのつど腐心した。

一八六一年の秋から冬の巡業で新しくレパートリに加えられた作品は、「デヴィド・コパフィールド」、「ボブ・ソーヤー氏の宴会」、「ニコラス・ニクルビー」であるが、台本作りにあたって、わけてもディケンズが苦慮したのは「デヴィド・コパフィールド」であった。長篇小説の一部を切りとって短時間の朗読用に当てようという場合、どこを切りとるかに加えて、切りとった部位が複数にわたるものなら、それらをどうつなぐかの困難な問題に遭遇する。「ピクウィク裁判」や「ボブ・ソーヤー氏の宴会」は原典に小さなメスを入れるだけでさしたる苦労もなかったようだが、「デヴィド・コパフィールド」、あるいはのちの「大いなる遺産」（未読）ともなれば、ディケンズの苦心惨憺の様子がおのずと察せられるのである。

「デヴィド・コパフィールド」の朗読台本は六章に分かれ、原作第三章からの短い抜粋に始まり、エミリとスティアフォースの駆落ちへ、またペゴティおじさんのエミリ捜索へと、原作の各所から小片を集めて筋が流れ、しまいに原作第五五章、嵐のヤーマス海岸の場面に至って終る。そればかりか、六章中の二章までが、主筋とは別にデヴィドの恋や、ドーラとの結婚生活が語られ、ここには名物キャラクターのミコーバ氏なども登場して彩りを添えている。話の統一と多彩と、二つながら同時に達成させようという苦心の跡は随所に明らかであるが、むしろこの赤身と脂身の混じる「筋入りベーコン」は話の統一を阻害し、筋はこびをかえって無理なものにしてしまうとのきびしい評もある。(17)

その後ディケンズは、一八六六年に「ドクター・マリゴールド」、六七年に「マグビー駅のボーイ」や「バーボックス商会」、六八年に「小人のチョップス」、そして六九年には「サイクスとナンシー」とレパートリを増やし、総数十六作に及んだが、実はこれに加うるに、台本まで作っておきながら一度も朗読の実現をみなかった作品が五篇あった。

まず、「憑かれた男」がその一つである。一八五三年の慈善朗読の折、「クリスマス・キャロル」のほかに読むべき一篇として、この作か「鐘の音」を考えていた。ところが主催者側が「炉端のこおろぎ」を所望して、ディケンズはそれに同意したのであった。

「憑かれた男」の台本は、小説の各ページを切り貼りして八折版に綴じたものだが、フィリップ・コリンズによれば、赤や青インクの校訂の跡が第三章に入った所で中断され、手つかずのままの原文が五〇ページほど残されているとの由である。レパートリに加えるつもりで仕事を進めながら、ディケンズの気持は、何か熟しきらぬものを引きずっていたのかもしれない。荒井良雄氏は「ディケンズが得意とした演劇的なダイアローグを駆使したドラマティックな人物造形と写実的な情景描写よりも、詩的で幻想的な文章が多く、そのあたりに朗読台本に脚色しにくかった原因があるようだ」と指摘し、この作については「朗読効果に自信がなかったからだろう」とまとめている(18)。

「バスティーユの囚人」は原作『二都物語』（一八五九年）の第一巻のみを摘みとって、朗読台本に仕立てられた。一八六一年夏にディケンズは四篇のレパートリを用意したなかで、何が原因してか、ここではこの一篇だけが朗読されなかった。マイケル・スレイターはこの台本と小説原本との異同を一つ一つ押え、つぶさに検討しながら、台本作成の折のディケンズの苦心と技倆の冴えに思いを凝らし、これが朗読に至らなかったことを遺憾としている。不採択の理由は推測に止まるが、とスレイター教授は前置きしながらも、この一篇には喜劇風味が欠けていたせいか、と推断している(19)。

『二都物語』につづく『大いなる遺産』（一八六一年夏完成）では、ディケンズは野心的な構えをみせて、前作のように小説の一部を切りとるのではなくて、小説全体を通しての台本作成にとりかかった。これは方針の上で、先の「デヴィド・コパフィールド」に連なるものだが、結果としては甚だ長い台本（百六〇ページ）となって、ディケンズはこれをさらに縮小するまでもなく放棄した。

次の「リリパー夫人の下宿」にも、歩み半ばにして立止まるというがごとき、どこか熟しきらないディケンズの心情が揺れている。これは一八六三年『オール・ザ・イヤー・ラウンド』誌のクリスマス号に掲載されて大いに人気を博し、友人チャールズ・ケントの勧めもあって台本作成に踏切ったものだが、結局、台本は校訂の跡を一つも残さずに打ち棄てられた[20]。

実を結ばなかった台本の最後の一篇として、「信号手」がある。これはほぼ原作と変るところなく、校訂を進めた形跡もほとんどない。実際、改めて手を加えなくても筋や形のまとまった一作であるが、このセンセーショナルな陰々滅々たる話を取りあげるには、ディケンズの気持にまだためらいがあったものか。しかしこの頃にはもう、あの「サイクスとナンシー」の朗読に食指が動いていたのである[21]。

ディケンズの朗読台本二一篇を総覧すると、二つの大きな特徴が浮上する。「デウィド・コパフィールド」を境として、すべて前半期の作品であることが一つ、それから、フィリップ・コリンズの指摘にもあるとおり、社会批判や時代諷刺の内容をことごとく除いているという点が、二つ目の特色である。おそらく、聴衆が何を求めているか、何を好むかという、ディケンズにとってもっとも肝腎な点を考慮した結果であろう。ただし、只一つの例外を除いて――その例外こそ「サイクスとナンシー」なのだが、詳細についてはあとで述べる。

ディケンズは台本をそっくり暗記するまで稽古を重ねていたから、わざわざ演壇に台本を持ち込む必要もなかったわけだが、しかしこれが、〝朗読〟である以上、彼はあくまでもその基本様式に忠実であろうとした。二千人、またそれ以上の聴衆を集めながら、ディケンズは劇場よりも市民会館や公会堂を選んだというのも、朗読は演劇と一線を画して、親しい人たちの前でくつろぎながら〝本を読んであげる〟ものと考えたからだろう。この朗読の旧いスタイルを、ディケンズは終始心にあたためながら壇上に立ち、八折版の台本を片手に開いて、その手を机上に設《しつら》えた台の上に軽くゆだねつつ、目は聴衆のほうへ向けられたまま〝朗読〟がよどみなく進行してゆく、そんなぐあいであったのだろう。ダブリンの『フリーマンズ・ジャーナル』誌（一八六七年一月十二日）によれば、「ディケンズの朗読は出し物というよりも、むつまじい仲間たちが集う、打ちとけた語らいのよう」だとのことである。

もちろん、演劇的要素をふんだんに生かして聴衆を魅了したことは、先に示した幾つかの世評の伝えるとおりであり、晩年の「サイクスとナンシー」などでは、ディケンズは感極まって台本を抛りなげ、恐ろしい形相をつくって大音声をひびかせた。朗読はもはや単なるおとなしい〝本読み〟であるはずはなく、演劇の魔手に犯されまいとしながらも、おのずから演劇の域に引きずり込まれてしまうという、いかにも制御しがたい分裂の相をあらわに見せている。ディケンズの朗読はこの自己矛盾といおうか、二種の欲望のせめぎ合いというべきか、意識と無意識のなかで交錯するアンビヴァレンスの上に座を占めていた。

それにせよ、二千人からの聴衆を相手に、マイクばかりか他の設備らしい設備もろくにない会場で、いったいどうやって朗読に迫力をもたせることができたのか。大勢の目と注意を一点に惹きつける、何か秘術のようなものでもあったのか。実は、ここに幾つかディケンズの細やかな工夫があった。

音は部屋の要所ごとに布幕を張ることで外へ逃がさず、ひびきをうまく集めるように考案された。頭上にはガスをパイプで導いたガス・ランプが煌々と輝き、読み手の顔をくまなく照らす。足もとから照らせば顔面に影ができるから好ましくない。背後の壁には濃い臙脂色の布が垂らされて、読み手の姿がいっそう明るく浮き立つ仕掛けになっている。ディケンズが特別に誂えた朗読用の簡素な机も、臙脂色の布張りの部分をわずかに残して、あえて朗読者のかくれもない姿が聴衆の目にとび込んでくるように作られていた。こうしてディケンズは聴衆の目と耳とを一点に、ほかならぬ読み手その人へと集中させるように、朗読の環境をととのえたのである。ディケンズはマチネを嫌い、夜と、人工の灯を求めたのも、闇にかこまれた光の効果に期するところ大であったがためである。

しかし一方、ディケンズのこの入念な準備と工夫をむざんに裏切るような事態もなかったわけではない。声がよく聞えないとして中入りで退出する客が続出して、その数「二〇〇人を超えた」と訴えているのは、ダンディの某新聞に寄せられた手紙である。[22] 同記事にあるように、会場の特等席に着いて、朗読だけに注目している批評家などには気づくはずもない一片の真実といってよい。

エムリン・ウィリアムズの指摘するように、文豪が公の場に顔を見せるなどはまだ珍しい時代であったことも忘れてはならない。[23] ディケンズが壇上に登場しただけで、もう催眠術にかかったように、聴衆はこぞって耳目をそばだてたことだろう。ディケンズが読む作品は、聴衆もすでにストーリーを熟知していたものが多かったので、朗読の声音は遠く彼らの耳もとまで〝無理なく〟届いたはずなのである。

また、レイマンド・フィッツサイモンズはいう。「朗読は感情的な催しもの」であって、「ディケンズは人びとにひろく愛された作家であったから、そのディケンズが壇上に現れたとなると、人びとは必ずや色めき立った」。そうして、フィッツサイモンズ流にひねって考えるならば、「朗読の成功がどれだけディケンズの演技力によるものか、またどれだけ聴衆自身によるものであったかわからない」とさえいえるかもしれない(24)。

ディケンズが二度目にアメリカへ渡ったのは、一度目の一八四二年から隔たること二五年、すなわち一八六七年の十一月下旬であった。ふた昔前とは打って変って、ディケンズはアメリカの人びとに絶大なる歓呼と迫手をもって迎えられ、十二月二日の初回朗読（ボストン公演）からして切符は奪いあうほどの売行きを見せた。五日後の『ハーパーズ・ウィークリー』誌の記事によれば、ディケンズの朗読には貴賤を問わず関心が集まり、数日間のボストン公演において一万枚の切符を売り尽したとのことである。ディケンズを「ご主人様」と称んで随行したマネージャーのジョージ・ドルビーは、この折のアメリカ巡業についても、詳細な記録を残してディケンズ朗読の実態をありありと伝えてくれる。ドルビーの語るところでは、切符はダフ屋に買い占められたり、一人の客が何枚も買い込んだりして、その対応に少なからず悩まされたとのことだ。厳冬のフィラデルフィアでディケンズは風邪をひいて苦しみ、不眠の夜を明かして、食事もろくに受付けぬまま予定の朗読をこなしたこと、朗読の中休みには毎晩きまって卵酒をあおって元気をつけたこと、シカゴ、その他の西方地域へと旅するには体力が許さず、約束のキャンセルを余儀なくされたことなど、ドルビーは綿々と語っている。[25]
六八年四月八日、ボストンでの〝さよなら朗読〟が終了したときの様子を、ドルビーはこんなふうに記す。「……それから拍手喝采の嵐がおこり、ディケンズ氏は再び壇上に姿を見せた。その頬には涙が伝い、『さようなら』と彼はいうのだが、目に涙をためるばかりか、声までもが涙ぐんで次のように語るのだった。『みなさん――かくもやさしく、あたたかくアメリカに迎えていただいたことは、私の記憶から消えようはずもなく、初日はここボストンに始まり、そして、この国を去るのも、ここボストンからであります。正直に申せば、今夜この瞬間に至るまで、ここを離れるという実感など微塵もありませんでした。われらの短い人生に、最後の仕事を終えるというのは、なんと悲しいことでしょう。ここではっきり申し上げたい。私はほどなく自分の国へ、愛すべき母国へと気持を転ずることになりましょうが、そのときたちまちにして、この輝かしいホールも何もかもが、永久に私の眼前から消えてしまうことを思えば、ああ、実に悲しいかぎりです。……[26]』』。
およそ五ヶ月間にわたるアメリカ公演では、「クリスマス・キャロル」と「ピクウィック裁判」、「デヴィド・コパフィールド」と「ボブ・ソーヤー氏の宴会」、あるいは「ニコラス・ニクルビー」と「ひいらぎ亭の番頭」のごとき組合せで、これまで評判の良かった九篇を朗読して、その数七六回に及んだ。しかしここに一つ珍しい話が残されている。ケイト・フィールドの記録によれば、ニューヨークでの最後の朗読に（四月二十日）、ディケンズは衰弱のあまり立つことができず、着席して「クリスマス・キャロル」と「ピクウィク裁判」を読んだそうなのである。[27] 周到なディケンズとしては、いささか不似合いの恰好であったにちがいない。

アメリカの朗読巡業は、企画の上でも収益面でも成功裡に終ったが、このあたりで満足して平穏な日々に落着いていたならば、ディケンズ最晩年の、あの悲愴にして過激な企てなどもなかったことだろう。事実はその逆であった。ディケンズは要するに、一つの満足ではやまず、オリヴァの口からこぼれる「もっと欲しい」という、さらに先の満足を激しく求めたのである。

ここに今、新しい一篇「サイクスとナンシー」がディケンズのレパートリとして加わった。これはほかの演目にない危険を――彼の名声にも、このところ衰弱ぎみの健康にも、負となるべき危険を抱えていて、ディケンズ自身これの朗読にはとりわけ慎重にならざるを得なかった。

ディケンズは『オリヴァ・トゥイスト』のなかからナンシー撲殺のくだりを軸として台本をつくり、まずは試しに百人の知友を招いて朗読した。そうして諸氏の感想を訊ねたところが、これを公開朗読に用いることでは賛否が分かれた。そのあまりにも狂暴な殺害シーンが、これまで人びとのあいだに育まれたディケンズの好印象を壊してしまうだろうとの否定的な意見があり、逆にまた、時代はもはやセンセーショナルな刺激を求めていると指摘する向きもあった。[28] 友人のチャールズ・ケントは、撲殺のくだりで止めずに（当初の台本はこの場面で終った）、サイクスの逃亡にまで話を引き延ばすべきだと提案した。そのほうが却って殺害の恐怖心が増すだろうということだが、ディケンズはしぶしぶながらこの提案を受け入れたという。聴衆の側に立って、人びとの衝撃を最後に和らげてやるためなのだそうだが、[29] しかしこのとき実際に、ディケンズはどれぐらい聴衆のことを念頭に置いていたものか。

ディケンズとしては突き進むよりほかになかった。何かしら、凶暴な欲望が彼を動かしていたようだ。周囲の賛否の背景には、大衆の人気をさらったトマス・フッドのセンセーショナルな詩「ユージン・アラムの夢」の朗詠が新しい試みの先例として意識されていたはずである。[30] そんな時代の勢いもあってか、一八六九年一月初めに、「サイクスとナンシー」は公開朗読のレパートリに加えられ、不動の人気をほこる「クリスマス・キャロル」とはまるで別種の、狂おしい、魔的な力をもって聴衆の心を揺さぶった。しかしそれらが、ディケンズ自身にとってどれほどの意味をもっていただろうか。

六九年の地方巡業は、ベルファースト、ダブリン、クリフトン、チェルトナム、バース、レスター、エジンバラ、グラスゴー、マンチェスター、ハル、ヨーク、ケンブリッジ、バーミンガム、リヴァプール、リーズ、等々に及び、これらの合間をぬってロンドン公演がさらに加わった。かくもめまぐるしく、精力的に各地の巡業をこなすうちに、ディケンズの疲労と衰弱は外目にもはっきりと現れ、側近のドルビーなどは、何にも増してディケンズの体調を憂えた。「サイクスとナンシー」の朗読は読み手に過重の負担を強いるものだから、これの回数をなるだけ少なくすること、収益よりも健康が大事であることをドルビーは敢えて進言した。これが因で、〝ご主人様〟とマネージャーのあいだに一とき険悪な空気が流れたものの、ついにディケンズが譲歩して、二人はすぐにまた友好関係をとり戻したというような一幕もあった。「ご主人様との交わりのなかで、彼が他人に怒りをぶつけたのは、あとにも先にもこのとき一度だけであった(31)」。

それにしても、朗読巡業におけるディケンズの疲労は甚だしく、医者のフランク・ビアードまでが駆けつけて、朗読の続行に警告の意を表わした。しかし事前にもう、切符はすべて売り尽くされてしまっていたのだ。「大粒の涙がディケンズの頬を伝った。部屋を横ぎってこっちへ来るなり、私の頸に抱きついて――『ああ、君、申し訳ない。さんざん苦労かけるね。切符はみんな売れてしまって、それにこの遅い時間だ。大勢のお客さんたちを、どうすればいいのだろう(32)』」。

これはプレストンでの出来事であったが、ドルビーはすぐにもディケンズをこの町から退却させて、自分はマネージャーとして客らの恕しを乞い、めいめいの切符の払い戻しに取りかかる段どりを決めた。

ほどなくして二名の医師（トマス・ワトソンおよびフランク・ビアード）による有無を云わさぬ診断書が出された。「チャールズ・ディケンズ氏は、公開朗読と鉄道の長旅が頻繁に重なり、心身ともに疲労困憊して体調芳しからず、下記連署にてこれを証す。当診断によれば、ディケンズ氏はむこう数ヶ月のあいだ、朗読を再開するのに無理なき状態であろうはずはない(33)」。

かくして、ディケンズはしばらく養生の日々を送る結果となった。遺言書を作ったのもこのときである。その後、危険を脱したという医師の診断があり、ロンドンにかぎって十二回の〝さよなら朗読〟が許可されることになったわけだが、この十二回のうち四回までも、「サイクスとナンシー」を択んでいるのはさらに注目してよい。ディケンズはこの一篇を手放すことができなかった。これの朗読は最後まで、自分の健康を危険にさらしながらも、ディケンズの心の奥にひろがる闇と、欲望と、生命の源にどこかでつながっていたように思われてならない。台本のページの余白には、ところどころに〝action〟――「ジェスチュアを」の一語がメモされていて、ナンシー撲殺の山場にあっては、まぼろしの棍棒をふりおろす恐ろしい、あるいは歓びを隠したディケンズの狂おしい姿が目に浮かぶのである。まぼろしの棍棒は、富や名声や、拍手喝采の華やかな夢をディケンズに見させてくれながらも、一方では人生の喜びと、愛情と、家庭の小さな平和とを、こっぱみじんに破壊してしまったのではなかったか。

最終朗読は七〇年三月十五日、セント・ジェイムズ・ホールにて行われ、「クリスマス・キャロル」と「ピクウィク裁判」がその有終の美を飾った。「朗読がすみ、もっとも悲しい、そして（ディケンズ氏としては）もっとも忌むべき瞬間が訪れた」と、ドルビーは記している。ディケンズは割れんばかりの拍手を浴びて壇上に再登場し、満場の聴衆にむかって別れの言葉を発した。

「皆さん——ここに私の年来の試みを閉じるにあたり、何ほどの胸の痛みもないと申すならば、私はまことにいいかげんな人間であり、猫っかぶり、また冷血漢でありましょう。……さて、このまばゆい燈明のもとから、今や私は永久に立ち去ります。皆さんへの心からの感謝と、敬意と、うるわしい別れの思いをこめて(34)」

これより三月足らずのうちにディケンズは急死して、ウェストミンスター寺院に葬られたが、その葬儀の日に配られたカードには、ディケンズ公開朗読の最後の言葉、「このまばゆい燈明のもとから、今や私は永久に立ち去ります」の一句が記されていた。

注

（1）Kent, Charles Forster. *Charles Dickens as A Reader.* Biblio Bazaar, 2007. pp.23-25.

（2）これは結婚届けに署名した者の数にもとづく数値なので、署名を離れてどれほど広く読み書きがなされていたものか正確にはわからない。R・D・オールティックは、十九世紀前半の識学率の向上には目を瞠るものがあったと解析する。Altick, Richard D. *The English Common Reader.* Ohio State University Press, 1998, p.172.

（3）Malcolm, Andrews. *Charles Dickens and His Performing Selves.* Oxford University Press, 2006. p.54. 但し、最後の一作「サイクスとナンシー」だけは別に検討する必要がある。

（4）ディケンズの当初の提案によれば、労働者は無料で招待したいとのことであった。*Letters*（7 January, 1853).

（5）Fielding, K.J.（ed.）*The Speeches of Charles Dickens*. p.166.

（6）Philip, Collins. *Charles Dickens, The Public Readings*. "Introduction" xxvi. 朗読各回における演目の一覧は上記 Andrews, Appendix 参照。

（7）Philip, Collins. "Dickens' Public Readings," *Dickens Studies Annual*. Vol.3, pp.194-195.

（8）Andrews, p.42.

（9）Collins, "Dickens' Public Readings", p.185.

（10）「灯台」の上演については西條隆雄「ディケンズの演劇活動」甲南大学紀要（二〇〇一年）、またディケンズの素人演劇全般については、同氏の「ディケンズと素人演劇活動」『ディケンズ・フェロウシップ日本支部年報』第三〇号（二〇〇七年）参照。

（11）Wright, Thomas. *The Life of Charles Dickens*. さらに詳しくは Tomalin, Claire. *The Invisible Woman* 参照。

（12）Collins は十八回と数え、Andrews は前掲書巻末に十七回の慈善朗読を示している。

（13）*Speeches*, p.264.

（14）晩年の「ドクター・マリゴールド」は、事実これぐらいのリハーサルを行ったようだ。また、朗読リハーサルにエレン・ターナンがアドヴァイザー役を務めたらしいと、ピーター・アクロイドは推論している。Ackroyd, Peter, *Dickens*, p.979.

（15）台本オリジナルのほとんどは、Berg（New York Public Library）と Suzannet（The Dickens Museum, London）の二大コレクションに収められている。

(16) Andrews, p235.
(17) Collins, *Charles Dickens, The Public Readings*. pp.215–216.
(18) 荒井良雄「ディケンズの『公開朗読台本』研究」駒澤大学部学部研究紀要、第五三号、七一ページ。
(19) Slater, Michael. "The Bastille Prisoner, A Reading Dickens Never Gave", *Etudes Anglaises*. T, xxiii（1970）.
(20) 荒井良雄、七四ページ。「ディケンズは……関連性のないエピソードをつなぎ合わせた台本には、聴衆を最後まで引っ張って行く一貫性のあるドラマチックな構成力と迫力と魅力に欠けていると判断したからかも知れない」と荒井氏は述べる。
(21) ディケンズは早くも一八六三年に、ナンシー殺しの場面を一人で朗読していた。Collins, *The Public Reading*. p.465.
(22) Andrews, p.142.
(23) Williams, Emlyn. "Dickens and Theatre", *Charles Dickens: A Centenary Volume*（ed. E. W. F. Tomlin）. Weienfeld & Nicolson, 1969.
(24) Fitzsimons, Raymund. *The Charles Dickens Show*. pp.55–56.
(25) Dolby, George. *Charles Dickens as I knew Him*. Ch.vi-xi.
(26) *Ibid*., pp.301–302.
(27) Field, Kate. *Pen Photographs of Charles Dickens's Readings: Taken from Life*. Trubner & Co., James R. Osgood & Co., 1871. p.141.
(28) Fields, James T. *Yesterdays with Authors*. University Press of the Pacific（2001, reprinted from

1877). pp.193–194.

(29) Kent, pp.176–177.

(30) Collins, Philip. "'Sikes and Nancy' Dickens's last reading", *Times Literary Supplement* (11 June 1971).

(31) Dolby, pp.387–388.

(32) *Ibid.*, p.408.

(33) *Ibid.*, p.413.

(34) *Ibid.*, pp.448–449. 最後の公開朗読が行われた当年三月の時点で、*Edwin Drood* の三号分の原稿がすでに印刷にまわされていた。〝役者〟ディケンズは終りを告げても〝作家〟ディケンズはまだ健在だという彼の強い意志がうかがえる。

六　公開朗読の一背景

ディケンズにとって一八五八年は怒濤の年であった。その後の人生にも、作品にも、ただならぬ大きな意味を与えた一年であった。

一八五八年六月四日、ディケンズの妻キャサリンは夫婦離別の調停書に署名し、一週間遅れてディケンズもまた同書に署名した。これまでの二二年間、キャサリンはディケンズの子を十人まで産み（一人夭折）、ディケンズが夢みた炉端のにぎわいを現実のものにして、彼の生活と文学を二つながら豊かに実らせてきた。それやこれやが今、あえなく崩れ果てたのである。いったい何が起きたのか。

このひと月ばかり、身辺にはけしからぬ噂が飛びかっていた。永年ディケンズ家に起居し、その家政を助けてきたジョージーナと——キャサリンよりも十一歳年少のあの妹と、他でもないディケンズとの関係が怪しまれたのである。そればかりではない。ディケンズはさる若い女優にのぼせあがって女房の嫉妬と疑惑をかったとか。噂の出所は、ディケンズの確信するところ、キャサリンの母親と末の妹による「悪意」からにちがいなく、ディケンズとしてはこの二人を恕すわけにいかなかった。そこで異例にも、火に油を注ぐ愚として友人らが諫めたにもかかわらず、ディケンズは『ハウスホールド・ワーズ』の誌面に私的な声明文を載せたのである。実はそれより数日先んじて『タイムズ』紙および他紙に同文が載り、たちまち世間を騒がせる結果となった。ディケンズの憤りは鎮まる気配すらなかった。

「私儀、長く引きずってきた家庭のある問題が、最近やっと解決をみました。これは侵すべからざる個人的な一件でありますから、あからさまに申し上げるも愚か、ただそっとしておいていただきたいのです。とにかく、怒りも悪感情もまったくない調停が実現したのです。……しかしどういうわけか、この件について、まったくでたらめな、聞くに耐えない、残酷至極の誤解がなされている。それには私ばかりでなく、私に掛け替えのない純情な人たちが、そして何処かの罪なき人びとまでが巻き込まれているのです。……私の名と妻の名にかけて、ここにつよく言明しておきたい。先にふれた問題のことで近ごろ巷にささやかれている噂は、すべて忌まわしい虚偽であります。……(1)」

声明文の骨子のみを引用すればこうなのだが、ここでは「虚偽」の内容が明示されておらず、いたずらに一般読者の好奇心を煽るような文面になっている。それからもう一つ、公開朗読のマネージャー、アーサー・スミスに宛てたディケンズの手紙がある。夫婦離別に至った一件にからめて、「悪意たっぷりの二人」をとり上げ、「彼らは、この別居のことと、私がすこぶる愛着をいだき、好意を寄せている若い女性の名前とを結びつけるのだ。……誓っていうけれど、この地上に、その若い婦人にもまさる美徳をもち、みじんの欠点もない女性はいない。彼女は無垢で、純潔で、私の娘たちと変らずに善良なのだ(2)」とディケンズは弁じている。この手紙には、「悪意たっぷりの二人」たるホガース夫人（キャサリンの母）とその娘ヘレンが署名した事実無根の証言までが添付されていて、ディケンズの怒りのほども察せられるというものである。

二つの文面からうかがえるのは、どこまでも自己の正当を訴えずにはおれぬディケンズの潔癖な性分と、それから世間体を気にするあまり、家庭内の荒れ模様を押し隠そうとするディケンズの「虚偽」である。実際、夫婦離別の悩ましい一件が、かくも冷静に穏便に、相互の理解をもって終息したはずはない。上記の手紙にはフォスターの名もジョージーナの名も見え、また子供たちのことにも言及されているが、その頃、当事者のキャサリンは自宅を離れてブライトンの地に身を遠ざけていたほどなのである。

ディケンズとキャサリンの不和は、ずっと早くから、とらえようによっては結婚の初期からすでに小さな芽を出していたとも考えられる。ディケンズはバーデット・クーツ女史に宛てた手紙（一八五八年五月九日）で、「私たちの結婚は何年も前から、他に例をみないほど不幸なものでした」と語り、「共通の興味も理解も、二人だけの秘密も思惑も、はたまた互いのやさしい共感などもありえないような夫婦、そんな一組の男女こそ妻と私なのです」と打ち明けている。ディケンズはきわめて謙虚に、ここに至った顛末を自分の非であるとまで述べているが、それはもちろん、クーツ女史とキャサリンが親密な関係にあることを知っていたからにちがいない。またフォスターに宛てて（一八五七年九月五日）、「遺憾ながら、キャサリンと小生とは気性が合わず」と洩らし、「二人のあいだの絆を保つには、われわれは不思議なほどソリが合わない」と、ここでも妻だけを責めるようなことはしない。「彼女が、小生のような性質ではない男と結婚していたら、ずっと幸せになれただろうに」とまでやさしく出て、「どんなことがあっても、彼女が小生を理解するようにはならんだろうし、二人が打ち解けることもないだろう」と万策尽きた口ぶりなのである。アーサー・スミスに宛てた先の手紙でも、「性格や気質のすべての面で、不思議なくらいソリが合わない」、あるいは「二人とも悪意をもっているわけじゃないのに、こうも理解し合うことがなく、……」と大同小異の述懐がくり返されている。このあたりは少々踏みこんで検討したほうがよさそうだ。

キャサリンへの愛情が、結婚当初から欠けていたとはいうまい。婚約から結婚、それにつづく数年間のディケンズ書翰を見れば、愛情に裏打ちされた若い二人の鼓動がひしひしと伝わってくる。しかしそのかたわら、いつも何か激しく燃える別の感情がディケンズの胸内を駆けめぐっていたようなのだ。一所に永くとどまれぬ定めなき心、不安、満足しえない感情、これらをやさしく包み込んでくれる女性としては、実際キャサリンは役不足であったものか。ここでふたたびディケンズの言葉を拾ってみよう。ディケンズは己の性質をよく知っていたようである。「小生の側にも至らぬ点がいっぱいある。……二転三転する考え、気まぐれ、気むずかしいところなど、数かぎりなくある」(一八五七年九月五日、フォスター宛)、「私には激情しやすいところが多々あります。どうやら激しい生き方と、夢みがちな一面が原因しているのでしょう。けれども私は忍耐づよく、あたたかい心の持主なのであります」(一八五八年五月九日、クーツ女史宛)、「キャサリンが小生を不愉快にし、不幸にするばかりか、小生もまた彼女を同様の気持ちにさせているのだ。いや、こっちの罪のほうが、ずっと大きいのではないか」(一八五七年九月三日、フォスター宛)。

後年、ディケンズの息子や娘たちが父親の思い出をそれぞれに語っているが、(3)それらを総合すれば、おおむね右のディケンズ本人の評価にも通じるようである。やさしくて思いやりのある父、厳格で几帳面で妥協をゆるさぬ父、猛烈に突っ走る父、とにかく、こんなディケンズは実に誤解されやすい人であった。とりわけ女性との関係にあっては、ときとして裡にひそむ複雑な感情が、激しい愛と憎しみが、本人でさえ抑えようもなく噴出した。善と悪の二面が、魔神と美神とが、嵐の勢いで駈けめぐった。(4)

次女のケイト・ペルギニーにいわせるなら、「父はマライア・ビードネルと、あるいはエレン・ターナンと結婚しようが、結果はみな同じだったでしょう。だって、女というものを理解できなかった人ですから」(5)となろう。ケイトの評は辛辣にひびくものの、ディケンズの作中における女性像なるものを理解する上で、これは奇しくも一つの大きなヒントを投げかけてくれるのではないか。ディケンズはなぜ、ああまで理想の極致を象ったような、いささか現実味の乏しい若い女性を次から次へ登場させたのか。日夜そういうタイプの女性を切に求めていたからに他なるまい。それはむろん、現実には求むべくもない対象であり、少なくもキャサリンはどう転んでも、その種の女性ではなかった。かくてディケンズの気持は、キャサリンからみるみる遠ざかっていった。

一八五七年の夏、もはや妻と寝食を共にせずとやら、ディケンズは使用人に命じて寝室と隣の部屋の境を戸でふさがせた。キャサリンを寝室へ追いやり、自分は隣室に寝起きして別々の生活形態を確立した。キャサリンとしては、これを侮辱と思わなかったはずはない。それに前後して、若い女優のエレン・ターナンに贈るつもりのブレスレットが誤って妻のもとへ届けられた。ここでまた一悶着があったわけだが、それやこれや、ディケンズとしては思いのままに振舞いながら、妻の神経をどれだけ傷めつけたことか。ケイト・ペルギニーは往時を回想して、こう語っている。「母が家を出て行ったとき、父はまるで狂人でした。最悪の事態が、父の最大の短所が一どきにあらわれ出たようでした。父は私たち子供のことなど、これっぽちも気にかけてくれなかったの。あの時期ほどわが家が暗くて、不幸なときはなかったわ」[6]。事実、一家の不幸は、キャサリンが家を出る前年のクリスマスにはもう誰の目にも明らかであった。例年の陽気なお祭り気分はどこへやら、「パーティもなく、晩餐会もなく、つづくべき十二夜の素人芝居だって計画されない」[7]。これはどう見てもディケンズが描くクリスマスではなく、ディケンズが希う家庭の姿でもない。そんな状態がつづいた。ディケンズはウィルキー・コリンズに泣きごとをこぼしている。「仕事にもならなきゃ、休息もできやしない。一ときの平安も、喜びもないんだ。『凍れる海』の最後の晩以来ずっとだよ」（一八五八年三月二一日）。

『凍れる海』のマンチェスター公演は前年の八月だから、あれから半年あまりが経っている。この間に事態が急変したようだ。「激しい生き方と、夢みがちな一面」をもつディケンズの眼に、キャサリンの重苦しい中年太りの容姿はいかにも我慢ならぬものだったろう。夫婦といい、親子といい、家庭といい、この直近の人間結合が、このときほどディケンズの眼に疎ましく映ったときはなかったのではないか。こうして夫婦は、二二年間におよぶ苦楽のかずかずを忘却の淵に沈めて離別したのである。キャサリンは成人した長男のチャーリィといっしょにロンドンの寓居に住み、ほかの子供らはみな父親の権限のもとにギャズヒルの自邸にとどめ置かれた。その家には、ここ十数年来、家事の切り盛りや育児に奉仕してきたジョージーナが、妻キャサリンのあの妹がそのままとどまった。

ジョージーナとディケンズ一家との縁は深い。一八四二年にディケンズ夫妻がアメリカへ渡って留守の折、ジョージーナは子供たちの遊び相手を務め、半年後に夫妻が帰国するなり、以後ずっと一家にまじって生活を共にした。聡明かつ機転の利くところが際立ち、かたや主婦たるキャサリンの存在がどこか霞むようであった。そんなジョージーナをディケンズが事あるごとにもちあげ、誰よりも篤い信頼を置いたから、さすがのキャサリンも、そうそう鈍感ではいられなくなった。

かつて結婚当初にあっては、キャサリンのすぐ下の妹メアリが似たような位置関係にあったものである。メアリは結婚したばかりの姉を助けるため、ディケンズの新婚家庭に入り込んだ。そのメアリが、ディケンズの眼に完全無欠の天使と見えたわけだが、妻はそれをどう思ったものか。メアリが十七歳で急死してからというもの、ディケンズの悲しみはやる方なく、異常ともとれるメアリ思慕のくさぐさがいつまでも尾を引いた。これまた、妻はどう思ったものか。フォスターへの手紙（一八五七年九月三日）でディケンズは、キャサリンとの齟齬は長女が生れた頃から感じていたと打ち明けている。長女はメアリ・ホガースの死後ちょうど十ヶ月後に生れ、ディケンズはこの子にメアリと名づけたのであった。

アーサー・A・エイドリアンの説によれば、メアリ・ホガース亡きあとディケンズの心の空隙を埋めたのが、末の妹ジョージーナであったという。どこかメアリの美質を写したジョージーナが、ほぼ死んだ当時のメアリの年ごろになって、今しもディケンズの前に現れたというべきか。しかしメアリやら、ジョージーナやら、妹のほうが気に入られてしまうという、そんな姉たる妻キャサリンの心内は如何であったろうか。ともすると妻をとび越え、妹のほうへ気持が動いてしまうディケンズにとって、結婚とはそもそも何であったか。エイドリアンはこう指摘する。「結婚の初年にして、第三者を介在させなければ家庭の幸福を全うできぬという、もしそれが本当なら、ディケンズの結婚そのものに、何か欠陥があったことになろう」(8)。欠陥——確かにそのとおりである。

マライア・ビードネルの一件にしても、ディケンズの同種の傾向を露呈しているではないか。彼女もまた、かつてディケンズ青年にとっては手の届かぬ天使であった。しかしマライアは死ぬかわりに醜い肥満体の中年女性ウィンター夫人となって、有名作家ディケンズの前にふたたび姿を現した。一瞬、過去の甘い幻がよみがえったかと思われたが、むろんそんなはずはない。ディケンズはいたく失望した。なぜ、そんなふうになってしまうのか。どうかすると現実にないものを求め、それを求めすぎるあまり、かえって欠乏感を募らせてしまっているからにちがいない。

エレン・ターナンについてはどうだろう。この十八歳の天使とは、ウィルキー・コリンズ作『凍れる海』の素人芝居が縁で知合うことになる。イギリス内外でならしたターナン夫人（ファニー・ジャーマン）と、その娘二人の共演をもって芝居は大いに観客を沸かせたが、娘の一人がエレンであった。そのエレンに、親子ほども齢のひらきがあるディケンズがひと目ぼれしたものだから、話は厄介になる。ディケンズはエレンとの交際を家族に隠そうともしなかったが、キャサリンとしては不愉快を覚えなかったはずがない。エレンの出現が、すでに冷えきったディケンズ夫妻の関係をさらに悪化させ、とうとう破局をむかえる一因となったことは否めない。しかし公にエレンの名は、五八年八月の「不法に公表された手紙」にも、『ハウスホールド・ワーズ』誌巻頭の「声明文」にも一度たりとて現れない。ディケンズの死後三年にして出版されたフォスターの『伝記』にも、八五年に娘のメイミーが請われて書き綴った『長女によるチャールズ・ディケンズ伝』にも、どこにもエレンは姿を見せない。もちろん身辺の者は実情を知っていたのである。それでいて彼女の存在を大っぴらに示すことは、ディケンズの文名を、いや人間ディケンズそのものまでも危険にさらす暴挙であると考えられた。それなのになぜ、ディケンズの遺言書がフォスターの『伝記』巻末に堂々と掲げられ、遺言書の先頭にはエレン・ターナンの名が明記され、しかも一〇〇〇ポンドの大金[9]までも贈与される旨が記されているのか。その遺言について関係者一同が口をつぐんできたというのも解せない話である。エレンはいかにも謎の女というほかない。

エレン・ターナンはディケンズ亡きあとしばらく世間の目を逃れるように身を隠し、どこまでも「影の女」として生きるが、六年が過ぎた頃には、牧師あがりの学校教師ジョージ・ロビンソンと結婚して「表の女」に転ずるのである。十歳も年齢を偽り、ディケンズとの過去をきれいに清算する思いで新生活に踏みきったのであった。子供も二人生れた。ケント州は海辺の町マーゲイトに住み、土地の空気にも馴れ、人びとに慕われながら幸せな日々を送ったようだ。ピーター・アクロイドによれば、エレンはかつてディケンズに朗読の発声法を助言していたらしいが[10]、マーゲイトにあっても、ときどき地域の人びとを集めて朗読会なりを開いた。しかもなんと、ディケンズの作品を実に巧みに読んで聴かせたのである。

アクロイドの他にもキャサリン・M・ロングリィが、エレンによる朗読指導の一件に着目し、その詳細を論文に発表している。ロングリィはまず、ディケンズの声も発声法も朗読むきではない事実を強調したあと、その弱点を改善するためにディケンズが特段の訓練を行っていたことに及んでいる。女優のエレンを折々訪ねては彼女の指導を仰いでいた、とロングリィは判断するのだ。こうなると、ディケンズとエレン・ターナンとの深い仲なども、いわゆる世間一般の男女関係の枠内に収めきれなくなるわけで、もっと広い視点から捉え直さねばならない。「ターナン一家を醜聞から守らなくてもいいと仮にディケンズが考えたとしても、朗読訓練と彼らとの関係だけは世間に知られたくなかっただろう。プライドがあったから。《燃えるようなプライド》こそ、ディケンズの御しがたい罪悪であった」[11]。アメリカ朗読巡業の折にも、ディケンズは暗号を使って執拗なまでにエレンをアメリカへ呼び寄せようとした。体調不良がつづき、声も思うように出なかったぐらいだから、よけい助言者を求めていたとも考えられる。それが真実なら、このときのエレン執着はただエレンが恋しくてたまらぬというばかりではなかったとも取れる。どこまでも真意を隠そうとするのは、やはりプライドゆえか。

ある日のこと、マーゲイトの牧師ベナムに、エレンはわが夫にも秘めておいた過去の一事を告白した。ところが後年ベナムはそれを友人のトマス・ライトに洩らしてしまった。ライトは伝記作家であるが、くだんの秘密を胸内にとどめおき、いよいよ老齢におよんだところで一書を著した。これが物議をかもしたトマス・ライトの『チャールズ・ディケンズ伝』（一九三五年）である。エレン・ターナン没後二〇年、ディケンズ逝ってすでに四〇有余年が過ぎていた。

トマス・ライトは『凍れる海』に出演したエレンのこと、「不法に公表された手紙」にある「若い女性」がエレンであることを、少しのためらいもなく断言している。またディケンズが『二都物語』を執筆する頃には、エレンへの愛もますます深まり、さればこそ作中のルーシー・マネットはすなわちエレンなのだと断じている。「まだ十七歳ぐらいの若い娘が、乗馬服に身をつつみ、いつまでも麦わらの旅行帽子の紐なぞにぎっている。小さな、ほっそりとした、かわいらしい姿、豊かな金色の髪、その青い目がもの問いたげにこっちを見る。眉をつり上げたり、ひそめたりしながら、困惑とも、驚きとも、警戒とも、また何やら楽しげに凝視しているともつかぬ、それらを全部合わせたような不思議な表情のおでこ……[13]」。事実ディケンズは、ルーシーの外貌をはじめて紹介するこの場面の校正刷りをエレンのもとに届けさせている。どこまで生き写しかわからないが、このとき少なからずディケンズの意識のなかにエレンの面影が揺らめいていたことだけは推察に難くない。エレンの姪にあたるヘレン・フローレンス・ウィッカムが語るには、先のルーシー描写はまさしくエレンその人だという。「あの何ともいえない、固い、張りつめたような表情は、それこそ伯母の特徴でした。きっとルーシーみたいな人だったのでしょうね。ときどき、とっても真剣な目でじっと見つめたものです[14]」。

ともあれ、ライトの『伝記』には処々に独断の影がちらつき、たとえばチャールズ・ダーニーはそのままチャールズ・ディケンズだとか、ピップに対するエステラの態度こそディケンズに対するエレンの態度であったにちがいないとか、エレンは「ディケンズの名声と富にのぼせて、かずかずの贈物を喜んだものの、ディケンズを愛してなぞいなかった[15]」とまで断言している。そうまでいい切って良いのだろうか。

そこへいくと、さらに四年後に公刊されたグラディス・ストーリィによる『ディケンズと娘』は、日常における実感を裏づけとして、甚だ説得力に富む一書といえよう[16]。これはケイト・ペルギニーが在りし日のディケンズの周辺を回想してグラディス・ストーリィに語り伝えた事がらを軸にしている。「小柄で金髪の、まあ、ちょっとかわいらしい女優が、若いというだけで特別の魅力もないエレン・ローレス・ターナン嬢が、仕事ずくめのディケンズの日々に春の息吹を運んできたってわけ――そうして、彼を虜にしてしまったの。……父は世界を制覇した人でしょう。相手は十八の娘で、父に見初められたことでぽーっとなり、得意にもなったのよ[17]」。「父は善良な人じゃなかった。でも決して放埒な人ではなく、まあ、驚異の人なのよ。父はこの娘さんに首ったけだったけど、彼女を責めるわけにもいかなかったわ。――だって、一人だけのせいにはできないもの[18]」。

ペルギニー夫人はこんなふうに歯に衣着せず、思うがままに語っているのだが、やはり瞠目すべきは、ディケンズとエレンとのあいだに子供が誕生（夭折）していたという一件だろう。この証言は諸方に波紋を呼び、以後の伝記作家やディケンズ研究家の関心を煽り、エドマンド・ウィルソンから最近のクレア・トマリンに至るまで、さまざまに取りあげられ論究されている。

『ディケンズと娘』を著すにあたって、グラディス・ストーリィはディケンズ関係の資料を漁り、ファイルやノートをつくった。一九七八年の死後にそれらが発見され、ディケンズ・ハウス博物館に寄贈されたが、デヴィド・パーカーとマイケル・スレイターがそれに関する興味ぶかい紹介文を『ディケンジアン』に寄せている。発見されたこの書類には、ペルギニー夫人が語った内容のうち『ディケンズと娘』に含められなかったものがあるという。娘のケイトが別居の母をときどき訪ねるからという理由で、ディケンズは二年ばかり娘と口を利かなかったそうだ。その二年が経つ頃に、ケイトは好きでもないチャールズ・コリンズのもとへ嫁ぐわけで、その事実と重ねて考えてみると意味ぶかいものが感じられる。あるいはまた、夫婦喧嘩をするたびに、ジョージーナとフォスターは夫婦間の誤解を解消しようとするより、かえって問題を錯綜させてしまったとやら。これなどは身近にいた者だけが感知することだろう。それからまた胸の痛む話がある。一九二八年九月八日に、エレン・ターナンの息子のジェオフリーがディケンズの息子のサー・ヘンリーを訪ねて、「私の母はあなたの父上の情婦だったのでしょうか」と訊いてきた。サー・ヘンリーの返答が、「残念ながら、そのとおりです」というものであった。それからジョージーナはオーガスタス・エッグばかりでなく、ジョン・フォスターからも求婚され、どちらも断ったことなど、いずれもグラディスのノートによって初めて知られる事実である。(19)

エイダ・ニズベット著『ディケンズとエレン・ターナン』を見ると、その当時から〈うるわしの若き女優〉とディケンズとを結びつける風評がかまびすしかった事実に改めて驚かされる。さぞディケンズも、心休まるときがなかったことだろう。しかし風評とか憶測の域を越えて、未公開の手紙やその他のおびただしい書類に目を通し、ディケンズとエレンとの関係に迫ったニズベットの論考はやはり注目してよい。とりわけ第四章に展開するディケンズ書翰の謎の解明ともなれば、一読興奮を禁じえないのである。

キャサリンとの離別に関しても、ディケンズの一面をえぐるような鋭いエピソードがここに紹介される。キャサリンの親友サー・ウィリアム・ハードマンの所感に、こんなものがあったそうだ。「手紙にせよ何にせよ、息子（アーサー）の非業の死について妻には一切報せなかったという、それゆえに夫人の悲しみはいや増すばかりであった。私のディケンズ評価が最底辺にまで落ちるのは、この一件をもってすれば足りる。彼の罪悪も、ここに極まれりというべきか。作家としては彼を尊敬するものの、人間としてはこの男を軽蔑する」[20]。またジョン・ビジローの『激しき生涯の思い出』から、ニズベットは次のような一節を引いている。「ディケンズの作品のうち何が最高傑作かについては意見が大きく分かれよう。しかし思うに、英語圏の人びとであれば、ディケンズの『遺言書』こそが最悪の作であることに意見の一致をみるのではないか」[21]。遺言書に悪評をあびせたこの引用から、ニズベットが伝えたいことはすでに明らかである。

さらにフェリックス・エイルマーは『お忍びのディケンズ』のなかで、トリンガム氏なる人物を追究している。初めはスラウのエリザベス・コテッジに、つづいてペッカムのウィンザー・ロッジに出入りしたらしいこの人物こそ、ディケンズ当人であったわけだが、両住居にはエレン・ターナンが住まっていた。フェリックスはディケンズの一八六七年『手帖』を入念に調査して、四月十三日のメモ"To Sl: at 10.25. at Sl: at 2 1/2 Arrival."に注目している。"Arrival"はスラウに「到着」とも読めそうだが、頭が大文字なのでこれは別件を表わし、「誕生」と解すべきなのだそうだ。フェリックスは出生記録や住民名簿等々をつぶさに検分して、トリンガムの姓をもつ子の誕生を追跡した。ディケンズとエレンのあいだに生れた子の存在を立証しようと考えたわけだが、そのあたり、本書はまさに一探偵の捜査を髣髴させる。そうしてくだんの姓をもつフランシス・チャールズ・トリンガムが、異なる住所ながら、同年五月十日に生れている事実をつきとめた。ディケンズはそちらのトリンガム氏のもとへ、生まれたばかりの乳児を養子にやったという。(22)

この『手帖』に同じく触手をのばしたのがクレア・トマリンであり、たちまちベストセラーになった『秘められた女』にも、その後の『チャールズ・ディケンズ伝』にも、ディケンズとエレンの道ならぬ関係が一つの山場をつくっている。トマリンは『手帖』の"Arrival"だけでなく、一週間後の四月二十日に記された"Loss"の一語にもこだわりを見せ、(23)この語は子供が亡くなったと解すべきとのことである。もしこの解釈が真実なら、ペルギニー夫人の話——男児は夭折した——という一件に符合してまことに結構なのだが、トマリンの推断はマイケル・スレイターによって脆くも打ち砕かれることになる。

スレイター教授は最近発行された『書翰集』から、同年四月二十日付でパディントンの駅長宛にディケンズが手紙を書いている一事をつきとめた。手荷物の小さな鞄を置き忘れた（"loss"）との申し出であったようだ。(24) 笑止千万である。どうやらトマリンの筆は、ディケンズの晩年をドラマチックに彩ろうとする傾向が強いようだが、一歩まちがえば大怪我をしかねない。ディケンズの死にふれた件も然りであって、トマリンは大胆にも定説を覆そうとする。ディケンズが倒れたのは自宅ではなくペッカムの家であり、醜聞をおそれたエレン・ターナンが急遽死んだ（死にかけた）ディケンズを馬車に乗せてギャズヒルへ運び込んだというのである。何を根拠に、といいたくなる。

いずれも限られた事実をつなぎ合わせて蓋然性の高いシナリオをこしらえようとするのだが、これはある意味で「研究」のたどる一つの道すじなのかもしれない。マイケル・スレイターはそこで一歩距離を置いて、それぞれ野心的な真実探求の足跡を一つ一つたどってみせる。『偉大なるチャールズ・ディケンズ醜聞』、この一書をもって、これまで世間を騒がせ、あまた連なるディケンジアンの研究意欲を駆りたててきた一大テーマがきれいに整理された感がある。スレイター教授はかつて出版された主要な書籍はもとより、新旧の新聞・雑誌にも洩れなく目を通し、ディケンズとエレン・ターナンの交わりの実相というより、実相なるものに惹かれてやまぬ諸氏の実相に近づこうとする。いわばメタ視点とでもいおうか、研究対象の泥沼に沈み込んでいくのではなく、はるか高みに飛翔しながら全貌をとらえ、広大かつ精確な地形図を作製しようというのである。そもそも人間の種々の営みなども、歴史の波に洗われてみれば、一枚の地形図とさして変らぬではないか、といわんばかりに。

とまれ、エレン・ターナンの存在はディケンズの生活と、ひいては彼の文学に大きな波紋を投げかけた。女をそばに置いて幸せであったかどうかわからぬほどに、ただ何ものかに突き動かされながら、あたかも運命と格闘でもするかのように、ディケンズは目下の情況とがっぷり四つに組合った。そうして、さんざん傷つきながら、なんとか活路を見出そうと煩悶した。折しも『オール・ザ・イヤー・ラウンド』誌に連載を始めた『二都物語』は、その巻頭の小題に「よみがえった」("RECALLED TO LIFE")と掲げて、作者本人の心中テーマを象徴するものとなった。この一作にはディケンズ自身の切実な願いがこめられていたはずだ。

『二都物語』の着想は、およそ二年前の八月、マンチェスターで「凍れる海」の芝居公演を行ったときに湧いたとされている。美しくも悲しい犠牲精神の発露というこの芝居を終えて、ディケンズは、「みんなで小説を書いているような、何か不思議な感動におそわれた(25)」という。後日、その小説をディケンズは、今度こそ《一人で》書くことになる。

「凍れる海」における自然の猛威と人間の微力、その相互関係から生れる至純の虚構世界は、一定の社会情況における個人という視点からも考えられるだろう。それに適う社会情況となれば、近くはフランス革命時におけるあの暴力と不合理と、有無をいわさぬ政治的圧力の濫用が思い浮かぶ。ああいう混乱をきわめた殺伐たる世に生きて、そのなかから何か琴線にふれるような、個人の魂の抵抗のごときを現出させることは可能だろうか。それができさえすれば、最悪の事態はむしろ最善の状態を生む母胎となり、不幸は転じて幸福となるはずである。ディケンズとしては、これこそが目下の怒濤の日々に新しい勇気と活力を注いでくれる強壮剤ともなろう。

ディケンズは早くからトマス・カーライルの『フランス革命史』をくり返し耽読した。この著作に多くを負ったことは『二都物語』の序に示すとおりである。歴史は事件の連鎖によって動いてゆく。事件を小説の前面に出せば、そこに介在する人物の個性はおのずと薄れ、かわりに個を越えた一般性が読者の目に訴えてくることになろう。そこに読者はアレゴリーの普遍性を読み、また象徴的意味あいを汲み取ることにもなる。さて、フランス革命の中核をなすのは、どれほどの美辞麗句にくるまれていようが、事実、妥協をゆるさぬ殺し合いである。『二都物語』の作中にあっては、マダム・ドファルジュの復讐への執念こそがもっとも端的に革命の本質を代表していて、それからすれば、ドクトル・マネットの甘ったるい寛恕の態度などは、まるで夢まぼろしの境を浮遊しているかのように見える。

もちろん、そうかといって、作中におけるドクトル・マネットの存在価値が低落するものではない。むしろドクトルは人を憎むよりも恕すことで、過去にこだわるよりも未来を見つめることで、暗い世に光を導き入れる人物として作中に不思議な存在感を示している。娘のルーシーとチャールズ・ダーニーを結ばせ、耀かしい次世代に思いを託すあたり、シェイクスピア作『あらし』のプロスペローに似てなくもない。ただドクトルは、ギロチンのもとへ囚人をつれてゆく役人とはちがって、歴史を体現してみせる人物ではないだけだ。さらにまた、ドクトルよりも誰よりも、未来に切実な夢を託しながら小説空間に生きているのはシドニー・カートンである。この夢みがちな酔っぱらい弁護士は、みずからの命を犠牲にして、自分と瓜二つのダーニーの軀のなかにわが生きる道を選ぶ。すなわち、よみがえるのである。「我はよみがえりなり、生命なり、……」(ヨハネ・11.25)。

《よみがえり》は『二都物語』作中にさまざまな暗喩をもって表出される。幽閉の身のドクトルがルーシーの父親として現世によみがえるのも一つだし、ジェリ・クランチャーが副業とする墓あばき(resurrection)は文字通り死体をこの世にふたたび引き出す。死刑宣告から一転して救われたダーニーも、広い意味での《よみがえり》にちがいない。そしてカートンのヒロイックな最期がまた、イエスの言葉を耳もとに聞きながら、地上の生から天上の生へとよみがえる瞬間である。騒乱の日々を振りきって、別様の人生へよみがえらんとする希いは、あるいはディケンズ自身にとって作中人物以上に強かったかもしれない。『二都物語』は、そんなディケンズの夢の色がまことに濃い作品となっている。

一八五九年十一月末に『二都物語』の連載が完了したあと、ディケンズはその脚本化に精を出した。(26)

ディケンズの演劇志向は青少年時代にまで遡って痕跡をたどることができるが、それはディケンズ文学の随所に影を落としているばかりでなく、ディケンズの実生活そのものが演劇的趣向と演劇的感性に導かれて、いわばディケンズ一流のスタイルをつくり上げていた。タヴィストックの自邸に小劇場をこしらえて素人芝居に興じたり、脚本を書いたり、公開朗読に打ち込んだり、何を試みようが、そこにはディケンズの癒しがたい演劇熱が感じられるのだ(27)。

むろんそうはいっても、話が朗読となれば、やはり演劇とはどこかで切り離されるべきである。朗読が諸方で盛んになった十九世紀半ば、演劇を毛嫌いする人びとでも朗読の催しとなると興味を示す傾向があった。シェイクスピア役者などが、しばしば舞台から演壇へと降りていったのも、世の風潮を反映させている。そんなこともあって、朗読はとかく演劇の代用とも見られがちだったが、『サタデイ・レヴュー』のある記事によれば、ディケンズの朗読はその例外であって、「演壇が劇場の不完全な代用とされているなかで、そうとばかりも考えられぬ一例がここにある。演壇のほうが、むしろ最適の舞台と見える(28)」という。ならば、演劇と朗読の根本的なちがいは何か。また小説と、演劇あるいは朗読のちがいはどこにあるのか。

演劇人としてのディケンズは、主役をつとめ、台本に手を加え（たとえば「凍れる海」）、演出全般を指揮して芝居を盛り立てる。一方、朗読となると、ディケンズは作中の老若男女をみな一人で演ずるのである。「クリスマス・キャロル」などでは、登場する二三人もの声をそれぞれに使い分けねばならない。声ばかりか、ディケンズは盛んに手を動かし、表情を千変万化させながら登場人物おのおのになりきったものだが、これは演劇の所作とは一つの点において決定的に異なる。すなわち、ディケンズは上半身のみを使って両足は同じ位置にとどまった。下半身が勝手に動きださぬよう、そのためにディケンズはあの有名な朗読机を使用していたとも考えられる(29)。台本を片手に開いて持つのも、朗読だからそうするのであって、実際にはワンマン・ショーの役者よろしく、ディケンズの朗読は台本など見ているようでさして見ていないのであった。

ディケンズの台本は全部で二一篇あるが、各作品に寄せるディケンズの思いもそれぞれ異なれば、台本作成に費やした時間や労力もまちまちである。たとえば長編小説をせいぜい一、二時間の朗読台本に加工するとは、どういうことなのか。まずしかるべき作品を選んで、それから聴衆の期待を裏切らぬように削ってはつなぎ、言葉を補いながら全体を整え、所定の時間内に収まる一篇としてまとめなければならない。いうまでもなく、これは原作からどこまでも遠ざかってゆく作業になる。ドラマ性を駆りたてる方向へとすすめるかわりに、ディケンズの文章のもつ独特な肌ざわりや、ひねりや、妙味が消えてしまう結果にもなろう(30)。しかし問題は、小説とは似て非なる朗読に、ディケンズは初めからそれと知りながら、どこまでも深く没頭したという点にある。何がそうさせたのか。

前章にも述べたが、ディケンズは慎重に事をはこぶ性格であったから、公開朗読に踏切るのでも、その前段の試みを通して聴衆の感触なりを探った。友人ら十人を集めて自作「鐘の音」を朗読したのは一八四四年のことで、このとき《朗読の力》を実感したのが事のはじまりとされる。そのころアルバート・スミスがディケンズのクリスマス物を脚本化して舞台にのせ、ディケンズと親しく付合うようになった[31]。スミスは各地を冒険旅行して、その体験をワンマン・ショー仕立てに語り、たいへんな人気を博したが、ディケンズを朗読へ駆り立てるのにスミスの成功が与って力あったことは間違いない。スミスは少年のときからチャールズ・マシューズの話藝に惹かれ、それもディケンズとの共通点に数えられる。そのスミスにディケンズは公開朗読の一件を相談したのであった。

ディケンズは一八五三年末バーミンガム公演をもっていよいよ公開朗読に踏切ったが、このあと四年あまりは試行期間として位置づけるのが妥当かと思われる[32]。そこでは都合十八回の慈善朗読を行って、演目は「炉端のこおろぎ」の一回を除けば、あとはみな「クリスマス・キャロル」である。その台本も段階をふんで短縮化されてゆき、聴衆の反応はすこぶる良好とはいえ、ディケンズ本人としてはなお一抹の不安と不満を覚えていたように思われる。特別に誂えた朗読机もまだ登場せず、胸から上ぐらいしか見えない不恰好な演壇の前に立って声を励ますようなあんばいであった。ピーターバラでの慈善朗読について、こんな評がある。「赤い布をかけた背高のっぽの演壇を用意させて、これはまるで屋根を外したパンチ・アンド・ジュディ・ショーの代物じゃないか。……演者の頭と肩のほか何も見えやしない[33]」。

そうして一八五八年四月末、ディケンズはプロフェッショナルの読み手として壇上に立つことを決心するが、これは先にも述べたように、妻キャサリンとの離別に至るほんの二週間前である。

「家庭の不幸があって……朗読に打ち込むことで身体を疲れさせるというのが、いちばんいいのだろう」（一八五八年五月二一日、コリンズ宛）。ディケンズは五八年八月から十一月にかけて第一回目の地方巡業を行い、イングランド、アイルランド、スコットランドの各地でひたすら朗読に熱中した。演目も「クリスマス・キャロル」ばかりに止まらず、「ピクウィック裁判」、「ひいらぎ亭のブーツ」、「ギャンプかあさん」、「ドンビー坊や」、「哀れな旅人」など、大幅に増えた。翌五九年四月からは『二都物語』の連載、六〇年十二月からは『大いなる遺産』の連載へとつづくが、さすがに小説執筆の期間は朗読活動も控え目に抑えられたものの、六一年の秋からは第二回目の朗読巡業に出かけ、翌年一月まで、またも精力的な活動となる。台本作成はさらに一歩進んで「デヴィド・コパフィールド」や「ニコラス・ニクルビー」の長編まで加わることになるが、実はこのとき「バスティーユの囚人」の台本が用意されていた。これは朗読されることなく終った五作品のうちの一つだが、苦心して手を加えた跡が見えながら、ディケンズとしてはなお不満が残ったものか。[34] 原作の初めの数章だけを採って、ルーシーのダイアローグなどもほとんど変えていない。シドニー・カートンの犠牲へとつなぐのが困難であったために断念したのだと見る論者もあるが、その説と呼応するかのようにエムリン・ウィリアムズの台本と朗読がある。[35]

「バスティーユの囚人」と対照的に映るのが、最後に考案された演目「サイクスとナンシー」である。ドクトル・マネットがルーシーを見つめる目は、狂ったリアがコーディーリャを凝視する目と重なるが、サイクスとナンシー両者の視線がぶつかるところには、憎悪と殺意と恐怖が渦をなすばかりだ。ドクトルのやつれた五体をやさしく抱くルーシーがこちらにいて、あちらにはか弱い女をベッドから引きずり下ろす暴漢がいる。ディケンズは、「撲殺」と呼んで胸ときめかせたこの演目を、周囲の反対を振り切るようにして演壇にのせた。ときあたかもセンセーショナル物に身ぶるいしつつ悦ぶ時代であって、ディケンズとしてはこの演目を手放すわけにはいかなかった。[36]そしてそれ以上に、ここで聴衆の心をがっちりと押え込み、おのれの力を確認しなければならぬ。これこそディケンズの《よみがえり》でなくて何であろう。思えば妻が去り、家庭の幸福も色あせ、ジョージーナとエレン・ターナンと、たまに逢って言葉を交わす子供らや友人らがいるほかに何もない人生、そんなおのれの人生にディケンズは何を見ていたか。最後の力をしぼってできることといえば、棍棒を振りあげ、何物かに向けてひと思いに振りおろすことだったのか。その点を明らかにするために、章を改めて「サイクスとナンシー」の入念な分析を試みたい。

注

（1）Dickens, Charles. *The Letters of Charles Dickens.* Vol.8. Ed. Graham Storey and Kathleen Tillotson. Oxford: Clarendon Press, 1995. Appendix F 744.

（2） *Ibid.*, Appendix F 740-742. ディケンズの手紙（25 May 1858）に二人の証言が付けられ（29 May 1858）、後日『ニューヨーク・トリビューン』紙に掲載された（16 August 1858）。The 'Violated Letter'（不法に公表された手紙）と呼ばれる。

（3） Collins, Philip. Ed. *Dickens: Interviews and Recollections*. vol.1. London and Basingstoke: The Macmillan Press Ltd., 1981. 131-164.

（4） ディケンズはドストエフスキーとの面談で、自分のなかには二人の人間が棲んでいることを語った。Tomalin, Claire. *Charles Dickens: A Life*. New York: The Penguin Press, 2011. 322.

（5） Storey, Gladys. *Dickens and Daughter*. London: Frederick Muller Ltd.,1939. 134.

（6） *Ibid.*, 94. ケイトは一貫して母に同情的であり、母の味方に立ってやれなかったことでは永く悔いを引きずった。*Ibid.*, 219参照。

（7） Adrian, A. Arthur. *Geogina Hogarth and the Dickens Circle*. Oxford UP, 1957. 48.

（8） *Ibid.*, 10.

（9） マイケル・スレイターは、「十年以上にわたる情婦に与える金額であったとしたら」、これを「大金」と解さず。Slater, Michael. *Dickens and Woman*. London and Melbourne: J.M.Dent & Sons Ltd.,1983. 216. ニズベットも同意見。Nisbet, Ada. *Dickens and Ellen Ternan*. Berkely and Los Angeles: University of California Press, 1952. 21.

（10） Ackroyd, Peter. *Dickens*. London: Sinclair-Stevenson, 1990. 978.

（11） Longley, Katherine M. "Ellen Ternan: Muse of the Readings?" *The Dickensian*（summer, 1991）. 70.

（12） これに先立ってライトは *The Daily Express*（3 April, 1934）に "Charles Dickens began his

Honeymoon" を寄稿した。

（13）Dickens, Charles. *A Tale of Two Cities*（The Oxford Illustrated Dickens）. Oxford, New York, Toronto, Melbourne: Oxford University Press, 1987. 18-19.

（14）Longley, Katherine M. "The Real Ellen Ternan", *The Dickensian*（1985）31.

（15）Wright, Thomas. *The Life of Charles Dickens*. London: Herbert Jenkins Ltd., 1935. 284.

（16）J・W・T・レイはディケンズを擁護するあまり、ストーリィの著書を「不用の書」と唾棄している。Ley, J.W.T. "Father and Daughter", *The Dickensian*（1939）250-253.

（17）*Dickens and Daughter*, 93-94.

（18）*Ibid.*, 134.

（19）Parker, David and Slater, Michael. "The Gladys Storey Papers", *The Dickensian*（1980）4.

（20）*Dickens and Ellen Ternan*, 41-42. 母子の結びつきについては Nayder, Lillian. *The Other Dickens: A Life of Catherine Hogarth*. Ithaca & London: Cornell University Press, 2011. 273-288. 参照。

（21）*Ibid.*, 21.

（22）Aylmer, Felix. *Dickens Incognito*. London: Rupert Hart-Davis, 1959. 49-61.

（23）Tomalin, Claire. *The Invisible Woman*. London: Viking, 1990. 173.

（24）Slater, Michael. *The Great Charles Dickens Scandal*. New Haven and London: Yale University Press, 2012. 175.

（25）Fielding, K.J. *Charles Dickens: A Critical Introduction*, London, New York, Toronto: Longmans, Green And Co., 1958. 155.

（26） Fawcett, F. Dubrez. *Dickens the Dramatist*. London: W.H. Allen, 1952. 94, 96. ディケンズは脚本家トム・テイラーの相談を受け、この一作は翌年一月三〇日、ライシュウム劇場で上演された。
（27） Jackson, G. Frederick. “Dickens as Actor”, *The Dickensian*（1907）178.
（28） “Readings”, *The Saturday Review*（4 October 1862）.
（29） Collins, Philip. “Dickens's Public Readings: The Kit and the Team”, *The Dickensian*（1978）. ディケンズが用いたガス照明器具にも言及あり。この照明方法も、ディケンズを演壇の一所にとどめる上で一役かったはずである。
（30） エムリン・ウィリアムズはディケンズの朗読台本について大きな不満を述べている。Williams, Emlyn. “Dickens and the Theatre”, Ed. EMF Tomlin. *Charles Dickens 1812–1870*（A Centenary Volume）. London: George Weidenfeld and Nicolson, 1969. 190–194.
（31） Fitzsimons, Raymund. *The Baron of Piccadilly*. London: Geoffrey Bles, 1967. 46. アルバートの弟アーサー・スミスが後年、ディケンズの公開朗読マネージャーを務めた。
（32） Gordon, D. John. *Reading for Profit: The Other Career of Charles Dickens*.（An Exhibition from the Berg Collection）New York: The New York Public Library, 1958.
（33） “Dickens's Public Readings: The Kit and the Team”, 9.
（34） Slater, Michael. ‘The Bastille Prisoner: a Reading Dickens Never Gave’, *Études Anglaises*. xxxiii（1970）190–196.
（35） Williams, Emlyn. *Readings From Dickens*. Melbourne, London, Toronto: William Heinemann Ltd., 1954.
（36） Collins, Philip. “‘Sikes and Nancy’ Dickens's last reading”, *TLS*（11 June, 1971）. トマス・フッドの詩 “The Dream of Eugene Aram, the Murderer” が、当時脚光をあびた。

七　朗読「サイクスとナンシー」の謎

ディケンズ公開朗読の最後の演目に「サイクスとナンシー」がある。これは他の十五演目とはまったく性質を異にするものであり、ディケンズがここへ来て、なぜこうまで新種の企てに踏切ったかということ自体、すでに謎である。「この身をずたずたに裂いてやるさ」と吐きだして楽屋から演壇へ向かったというが、この自暴自棄とも、八方破れともいえるところまで彼を追い込んだものは何なのか、と問わずにはいられない。もとより一作家の擁している謎がそう簡単に解明されようとは思えないが、ある種の答に近づくことは、ディケンズの胸底ふかく沈める人生の秘密と、ひいてはディケンズ文学の一面の真実に幾ばくかの光を当てることにもなろう。ディケンズは、いわゆる世間一般の常識では捉えきれぬ人であった。相手が家族でも友人知人でも、とにかく円満な関係を保つのには多大な苦労と努力を伴い、しばしばそれらが破綻した。片方にはまた、ディケンズの弾けるばかりの才能と陽気な言動と、そして絶大な人気に圧倒され、やみくもに拍手喝采する大衆がいた。ディケンズは彼らの叫びに、狂喜の声に酔った。おのれの力に酔った。しかし、それが事のすべてなのだろうか。そのあたりにみずから屈託するところはなかったろうか。公開朗読への過熱ぶりについては、それのみを表層的に見るかぎり、何も難しい問題ではない。おそらく最大の難問は、ああいう性格の人が、ああいう猛烈なやり方で自作朗読をつづけながら、その陰で作品を書いていたという事実に潜んでいるはずだ。思うに作家としてのディケンズが、虚構の殿堂のなかに棲まうディケンズこそが、彼のあらゆる割り切れぬ人生局面のうちに遍在する。その一事がさまざまな難しい問題を投げかけているにちがいない。しかしその問題に、ここでいきなりぶつかっていくよりも、まずは外堀を埋めるところから攻めていきたい。以下、作家ディケンズの特性をことのほか色濃く映す「サイクスとナンシー」に注目しながら、それの内包する謎の片々に触れることにする。

フィリップ・コリンズ編『ディケンズ公開朗読集』(*Sikes and Nancy and Other Public Readings*)の序文によると、一八三八年のこと、ディケンズは演劇界の大立者W・C・マクリーディに一作を読み聴かせて、名優をうならせたという。ときにディケンズは弱冠二六歳にして新進気鋭の作家に花ひらいたばかり、ちょうど『オリヴァ・トゥィスト』を雑誌に連載していた頃である。マクリーディを前にして読んだ作品というのは、ディケンズ自身の手になる新作の芝居脚本であったが、その読みとやら、まことにもって玄人役者はだしであったという。「奴は驚くべき男だ」とマクリーディは度肝を抜かれてしまったそうだが、その三〇年後、チェルトナムでディケンズが「サイクスとナンシー」を朗読した直後に楽屋を訪ねたマクリーディは、「マクベス二人分の勢だ」と、ここでも驚きを隠せなかった。これは有名なエピソードである。(1) サイクスの凶行とその後の強迫心理を追ったディケンズの筆づかいにシェイクスピアの影が濃いのは明らかだが (Gager 76)、わけても国内外でマクベスを演じてきたマクリーディとしては、万感胸に迫るものがあったようだ。《演じる》——これはディケンズの天来の資質を端的にあらわすキー・ワードであろう。芝居であれ朗読であれ、また彼の小説であっても、それらの深部に横たわる共通の岩盤には、《演じる》という飽くなき欲望が貼り付いている。幼少期や学校時代での演技にまつわる小さなエピソードは各種伝記にくり返されるとおりだが、成人した後のディケンズの生活と藝術にも、一つのはっきりとした特質が貫いている。すなわち、《演じる》というものである。

ディケンズは若い頃から演劇に惹きつけられ、作家稼業に就いてからも芝居を観たり書いたり、さらには素人芝居の公演に熱をあげることになるが、その執心ぶりには尋常ならざるものがあった。それと併行して、かたわらに朗読熱がゆっくりと高まっていったことも見逃せない。芝居と朗読とは血を分けた兄弟のようなものだが、また別の兄弟にワンマンショーがあって、青年期のディケンズは、ときのワンマンショー名人チャールズ・マシューズに身も心も奪われていた。そうして、とき経《ふ》るままにディケンズのなかにゆっくりと育ち、やがて芽をふくものがあったようだ。もちろん時代風潮もそれを後押ししたにはちがいない。その当時、演劇を毛嫌いする人びとは、劇場のかわりに演壇へと息抜きをもとめ、新設の職工学校や町の公会堂などでは朗読や講演がひんぱんに歓迎された。時代の好尚に敏感であったディケンズが、そのような世情に刺激され、日夜ひそかに胸を焦がしたとしても不思議はない。

しかし同時に、事をなすにきわめて慎重なディケンズとしては、機はゆっくりと熟していかねばならなかった。一八四四年十二月にリンカンズ・イン・フィールドのフォスター宅で出版直前の原稿「鐘の精」を友人らに読んで聴かせたのが、自作公開朗読の事始めとされる。このときディケンズは、人を泣かせ、笑わせ、すっかり虜にしてしまう自分の言葉の力を実感した。この二日前に、やはりマクリーディに同作を読み聴かせて泣かせ、その顛末を得意満面に妻キャサリンに知らせているが、そこでもディケンズは「力」(power)を誇示せずにはいられなかった。(2) 次いで四九年九月と十月には、ローザンヌにて、これも出版前の原稿「ドンビー父子」を朗読したが、朗読への関心がいよいよ具体性をおびて芽をふくのはまだ先のことである。一八五三年十二月末、バーミンガムで慈善のために公開朗読を三夜行って、顧みれば「鐘の精」の試行以来、これでまる九年が経ったことになる。ところが、このときになってもなお朗読に本腰を入れるまでには至らなかった。結局、この前後の十数年間は公開朗読の助走期間と捉えるべきであり、どちらかといえば、まだ素人芝居のほうにディケンズの情熱は傾いていた。もちろん本業の小説執筆も衰えることなく（少なくとも表向きは）進行して、クリスマス物のほかに『ドンビー父子』、『デヴィド・コパフィールド』、『荒涼館』、『ハード・タイムズ』、『リトル・ドリット』と書きつらね、加えて『ハウスホールド・ワーズ』誌の発行が五〇年三月から始まった。満を持していよいよ公開朗読に全力で取り組むのは一八五八年四月末からということになるが、これを境に演劇活動は止み、小説の執筆も折々の朗読巡業の間隙をぬいながらつづくという流れになった。朗読は、ディケンズにとって片手間仕事とするには余りに大きな意味合いをもっていた。

声の強弱やリズム、緩急、間のとり方など、声音の調子によって種々のイメージを喚起する格別の力が、ディケンズには生来備わっていたらしく、本人もそれを自覚していたものと思われる(3)。歳月を経て経験を積むうちに、その自覚が頂点に達して五八年四月となり、本格的な朗読興行につながったとも解釈されようが、ここにイアン・ワットの発達心理学がらみの興味深い一説がある。人間が物を《吸う》、《食べる》、《話す》ときには同一の器官と反射神経を使うわけで、さしずめ作家などは、幼児期の吸う歓びが言葉を発する歓びへと転じた例だという。この種の《口《オーラル》の欲望》がとりわけ強い人がいて、ディケンズの場合にも、人生途上さまざまな行状のなかに、その生来の欲望を満たさんとする動きがはっきりと現れているのだそうだ。早い時期から話を作ったり滑稽歌を人前で披露したり、会話の際立つ小説を書いたり芝居に熱中したり、そしてもちろん公開朗読に全身全霊を打ち込むなど、皆それだというのがワットの見方である。さらにワットは、ディケンズの作家また朗読者としての発展プロセスには、明らかに《オーラル回帰》の兆候が見えるという（Watt 174）。つまり幼児期に、あるいは過去に戻ろうとする。朗読についていえば、初期から前半期の自作に朗読の材をもとめる傾向がつよく、最後に完成された「サイクスとナンシー」にしても、やはり初期作品の『オリヴァ・トウィスト』にまで回帰しているではないかという次第だ。実際そんなふうに取れないでもない。しかしながら、晩年におよんで三〇年前の自作に舞い戻ったのは、幼児期に回帰せんとする本能のなせる業とまで断言してしまってよいものだろうか。

そもそもなぜ、『オリヴァ・トウィスト』のナンシー撲殺シーンを選んだかという問題になる。ディケンズがこれを朗読に取り込もうと考えたのは、一八六三年の頃（公演の五年前）であり、朗読巡業も着々と進行し、演目のレパートリも増えていったときである。もっとも当初のマネージャー、アーサー・スミスが途中で死亡して、次にトマス・ヘッドランドがその任を受け継ぎ、この後継者はいささか無能なマネージャーではあったが、その頃はディケンズの朗読興行の一つの谷間として、来たるべき新しい高みへ跳ぶためにカをたわめていた時期と見ることができる。その節目にあって、スリルと流血と残虐の息づまるような一幕を、またそんな暗黒の場面を際立たせるばかりに純真無垢な女の心情と、狡猾なユダヤ人と、痴呆じみたその手先とを作中に配して、ここでひとつ濃厚な独りドラマを演じてみようと考えた。なぜか。これを幼児化へ向かう心の働きと簡単に片付けてしまってよいのだろうか。どこかにディケンズの癒しがたい不満があったのではないか。

実は、一八六三年にあってナンシー撲殺のくだりが突如ディケンズの胸に湧き起こったわけではないのである。かつて『オリヴァ・トウィスト』の連載終了を待たずにこれが無断で舞台にのせられたり、あまりに残酷なシーンがあるため宮内長官から上演禁止を喰らったり、ディケンズみずからもこれの芝居化に食指を動かしたりしたことがあった（Cox 121）。この作品には人の心を震撼させる強烈な力がひそんでいることを、ディケンズは早くから気づいていたようだ。初期のディケンズの小説はたしかにその種の"morbid sensationalism"（Ackroyd 385）なる要素を抱え込んでいたが、次第にそれが形を変え、装いをととのえながら、個々の作品の陰ひなたに立ち現れてくる。ディケンズとしては突然の霊感に恵まれたわけでもなく、魔が差したのでも、懐かしい過去の思い出に回帰したのでもあるまい。ディケンズ評価に新しい道を拓いたエドマンド・ウィルソンやハンフリー・ハウスの説、(4)また後のフィリップ・コリンズが提唱するように、ディケンズは決して人間の甘美を謳った作家ではない。初期の『オリヴァ・トウィスト』に渦巻く闇の情感なども、その後のディケンズ作品のなかに脈々と流れ、「ナンシー撲殺の朗読は長い道のりの頂点に行き着いた成果であって、ディケンズの想像力に突如うごめいたユニークな一挿話なのではない」（*Dickens and Crime* 272）と考えられそうだ。

ふたたび問う。それにしても今なぜ『オリヴァ・トウィスト』の一作を、なぜあの苛烈きわまる場面を選択したのか。この問題を考えるにあたっては、むしろ視点を変えて、ディケンズが敢えて選択しなかった作品に注目してみるのも一法だろう。まず台本づくりの第一段階として、ディケンズがはじめから朗読の対象にしなかった作品群がある。理由は明らかならずとも、数ある作品のなかから、とにかく朗読に不向きなものが除外された。それにはディケンズ本人の何がしかの価値判断ばかりか、私情のごときもからんでいただろうか。しかし選択の次の段階となると、いささか様子がちがってくる。台本化をめざして採り上げた作、あるいはしっかり台本化されていながら、ついに朗読されなかった作が五編あるのだ。その一つ、「憑かれた男」は一八五三年の当初からクリスマス物の一編として朗読するつもりだったが、別の演目に変更された。「バスティーユの囚人」(『二都物語』より)は六一年夏に台本として用意されながら、朗読の機をみなかった。同年に「大いなる遺産」が一六〇ページにもわたって原作から切り出されたが、これを凝縮して台本におさめるところまで運ばなかった。「リリパー夫人の貸間」は六三年の『オール・ザ・イヤー・ラウンド』誌クリスマス号に掲載されて大人気を博したが、ディケンズはこれを台本化したものの、あまり気乗りがしなかった。それから六六年の同誌クリスマス号に出た「信号手」が台本として準備されながら、一度も朗読されなかった。これらの五編が、朗読へ向けて一歩進めたもののディケンズの気持が熟しきれなかった例である。ここにはまた個々の価値判断が働いていたはずだが、朗読を目前にして撤退したからには、どうしても、朗読の効果をねらうになお満ち足りぬものがあったのだろう。かくて妥協ぬきの台本だけが厳正に選ばれて朗読されたということになる。

それからまた、各公演における演目の決定がある。ディケンズの各演目に寄せる自己評価はまちまちであって、これはその後の朗読頻度にはっきりと現れている。台本化にかかわる選択、さらに演目の選択というところにはさまざまな価値判断が関係したわけだが、結局のところ、実演が終るまで作品の当否は保留されねばならなかった。これはそのままディケンズ自身の心の反映、しかも一筋縄ではいかぬ気むずかしい心性の反映とも取れる。しかし、最後に「サイクスとナンシー」を選んだ一件については、どうやら単純な話ではなく、ここではもう少し周辺事情に触れておかねばならない。

朗読巡業に話を戻そう。ヘッドランドの後にマネージャーとして起用されたのがジョージ・ドルビーであり、詳細をまとめたその巡業記録によれば、ディケンズは一八六七年の冬にアメリカへ出発する前から、ぼつぼつ朗読に区切りをつけようと考えて、帰国後は《さよなら公演》で締めくくるつもりであったらしい。興行主チャペルとの次の巡業契約なども早々と話がまとまり、アメリカからの通信でもう、帰国後に一〇〇回の公演を八〇〇〇ポンドで約束している。それにしても盛大な《さよなら公演》ではないか。

ディケンズがここに有終の美を飾ろうと考えたことは想像に難くない。ときに『オール・ザ・イヤー・ラウンド』誌の編集における右腕W・H・ウィルズが事故に遭い、また最愛の末子〝プローン〟がオーストラリアへ職をもとめて去り、あるいは弟のフレッドが死去するなど、心身ともに疲弊の極みにあるなかで、ディケンズは最後の朗読に余力をしぼった。自分自身のプライドもあるだろう。便宜を図ってくれたチャペルへの義理もある。そして何よりも、ディケンズはここで新味を加えて、衰えかけた健康と気力に一転して活力を注ぐような新機軸を打ち出そうとねらった。こうして「サイクスとナンシー」の台本化が始まったのである。

折しも、センセーション物の朗読が世に流行り、トマス・フッドの詩「ユージン・アラムの夢」などはひときわ一般の注目を浴びた。(5) ディケンズもまたこのセンセーション朗読に触発されたにちがいないとフィリップ・コリンズは推断するが、事実、フッドの詩は『オリヴァ・トウィスト』のナンシー撲殺とそれにつづくプロット展開に疑うべくもない影響を与えていたのである。

一八六八年五月末にアメリカから帰国して、同年十月上旬には《さよなら公演》を始めるわけだが、「サイクスとナンシー」の台本作りは夏のあいだに進められたらしい。(6) ところで「サイクスとナンシー」の台本に二種類あって、一つは六八年十一月の試行朗読に用いられたもの（Berg copy）、もう一つはそれの改訂版（Suzannet copy）である。まず初めの台本を見てみよう。小説『オリヴァ・トウィスト』では四五章でモリス・ボルター（ノア・クレイポール）がナンシーを尾行し、次の四六章でナンシーが泥棒仲間を裏切る内容となる。この先二つのプロットが進行して小説の終盤へとなだれ込むわけだが、台本「サイクスとナンシー」では、語句を切り詰め、冗漫を避け、単一のプロットだけに絞って情調の集約化を図っている。すなわち、ナンシー撲殺のプロットにそって一直線に話を進行させていく。

文章表現の全般にわたって、動詞を浮き立たせるかたわら、それに纏わりつく副詞やら修飾句を切り捨て、説明調を避け、もちろん"~he said" "~she said"などの対話タグをつぎつぎと削っていく。とにかく緊迫感を強めていかねばならない。簡潔が第一である。リズムも大切だ。一例を示そう。ナンシーを尾行してきたところ、ロンドン橋のなかほどで女が突然足を止める。以下の（1）が小説原文（*Oliver Twist*）、（2）が台本（*Sikes and Nancy*）である。

（1）At nearly the centre of the bridge, she stopped. The man stopped too.（*Oliver Twist* 347）

（2）At nearly the centre of the bridge she stopped. He stopped.（*Sikes and Nancy* 11）

簡潔表現が軽快なリズムを生み、その場の緊迫感へとつながっていく。また朗読台本では、たとえば"the country man"の代りに"spy"とはっきり示して、ぼんやりと含みをもたせるような表現は避けられる。

（1）The astonished listener remained motionless on his post for some minutes afterwards, …（*Oliver Twist* 355）

（2）The spy remained on his post for some minutes, …（*Sikes and Nancy* 25）

文章が短く簡潔化されていることがわかる。しかし逆に語句が加えられ、感情が強調され、新しい効果、たとえば可笑し味を作り出している例もある。

（1） Out with it, you thundering old cur, out with it!（*Oliver Twist* 357）

（2） Out with it, you thundering, blundering, wondering old cur, out with it!（*Sikes and Nancy* 29）

朗読台本の "thundering" "blundering" "wondering" にはディケンズの手になる（とおぼしき）アンダーラインが、それぞれ順に一本、二本、三本と引いてあり、朗読の声の高まりゆく様子が察せられる（*Suzannet* 29）。上記はフェイギンとサイクスが対面する熱い場面だが、小説にうかがえるフェイギンの狂おしい怒りは台本から除かれサイクスの暴走へと真っすぐに導かれていく。話の筋道をわきへ逸らさぬよう制御されているのだ。こうして、サイクスはナンシーの寝間におどり込み、女をベッドから引きずり下ろし、聴衆の誰もが息をのむ瞬間となる。

（1） The housebreaker freed one arm, and grasped his pistol. The certainty of immediate detection if he fired, flashed across his mind *even in the midst of his fury*; and he beat it twice *with all the force he could summon*, upon the upturned face that almost touched his own. … It was a ghastly figure to look upon. The murderer staggering backward to the wall, and shutting out the sight with his hand, seized a heavy club and struck her down.（*Oliver Twist* 362）（斜字は筆者）

（2）The housebreaker freed one arm, and grasped his pistol. The certainty of immediate detection if he fired, flashed across his mind; and he beat it twice upon the upturned face that almost touched his own. … It was a ghastly figure to look upon. The murderer staggering backward to the wall, and shutting out the sight with his hand, seized a heavy club and struck her down.

（*Sikes and Nancy* 38–39）

右に掲げたとおり、小説原文のわずか二箇所の語句（斜字）が削除されただけで、大半が原形どおりに台本化されている。最も力を凝縮させたこのくだりは、小説のほうでも情感のたるみを許さぬものに仕上がっているようだ。台本ではこの箇所にアンダーラインが踊っていて、末尾には感嘆符が二重に付き、横の余白にはト書として「身振り」（Action）の文字が大きく記してある。

朗読台本は三つの章から成るが、はじめの二つは「尾行」と「裏切り」にあてられ、「裏切り」におけるナンシーとローズのやり取りには小説四〇章に使用された語句を多少混じえている。三つ目の章が「ナンシー撲殺」となって、この演目のクライマックスをつくるわけだが、この章では小説の四七章と四八章のはじめが組み込まれ、これをもってひとまず台本が用意された。ディケンズの初発の意図がここにすべて含まれると考えるのが至当であり、このあとの追加部分については、いわゆる二次思考（second thoughts）のなせる結果というべきだろう。ディケンズはサイクスになりきってナンシーを撲殺し、そのまま燃え尽きてしまいたかったにちがいない。後日、この演目を「殺し」(Murder）とみずから呼び、今からまた殺しにかかるとか、殺人の罪で追われているような気がするなど、半ば誇らしげに口走っていたことはエピソードにも伝えられている。ディケンズとしてはナンシー撲殺の瞬間にこそ、この演目の究極のねらいを凝結させたかったように思われるのだ。しかしその激越な矛先を別の方向へ、サイクス殺しの方向へとねじ曲げようという、一種奇妙な考えが湧きおこった。

とまれ、台本を作ったあとにこれをいざ朗読するとなれば、ディケンズとして一抹の不安が残るのは否めない。六八年十一月に百数十名の知人友人と報道関係者らを招いて、「サイクスとナンシー」の試行朗読会が催されることになった。聴衆の反応なりを是非とも確かめたいがため、各地を巡る《さよなら公演》の狭間にこのリハーサル朗読が差し込まれたのである。試行朗読の終了後には牡蠣とシャンパンで歓談となり、ディケンズは参加者から直に感想を聞くことができた。ナンシー撲殺の山場シーンについては、もちろん賛否両論があったものの、ディケンズはこれによって確かな手応えと自信を得た。しかしそれとは別に、友人のチャールズ・ケントやウィルキー・コリンズの助言は一考を要するものであった。彼らには、この朗読の末尾が気に入らなかったのである。ナンシーを殺害したあとサイクスがドアに鍵をかけて出て行く、そこで終わってしまえば殺害の一件がするどく聴衆の胸に残るだろう。それよりも殺害後のサイクスの逃亡へと話を延ばして、生々しい殺害現場から聴衆の気持を遠ざけたほうがいいという提案なのである。ディケンズはその提案に反対しながらも(*Letters* 12, 222)、しまいには友人らの助言に従った。ここに大きな問題がある。

ディケンズは当初用意した朗読台本に三ページ半の原稿を追加して、サイクスのその後の恐怖と不安と、ついに追っ手に迫られて死にいたるまでを補足した。これによって全体の色調が大きく変わり、女の殺害から、殺人を犯した男の心理へと焦点が動く。結末は因果応報のオブラートに包まれることになるが、それが果たしてディケンズの本意であったろうか。終始サイクスに付きまとい、彼の自由を奪い、行動をしばってしまうのは殺した女の「眼」である。しまいにはとうとうこの眼につかまって果てるわけだが、あれだけの暴漢がかくも卑小な情けない姿に一変してしまうかと、当時の人びとはむしろ安心したのかもしれない。しかしディケンズの本心はそれとは別のところで激しく動揺していたのではないか。たとえばここに、犬の存在が注目される。なぜこんなところに犬が登場するのか。犬はナンシー殺害の直後にいきなり作中に立ち現れ、“The very feet of his dog were bloody.”(*Suzannet* 41)と言及され、しかもディケンズの手書きで同文には三重のアンダーラインが施され、末尾には四つの感嘆符が付けられている。この一文は、ディケンズとして最大級の強調を置いたものといえよう。犬の名が“Bull's eye”ということからして、犬は殺害の一部始終を監視していたとも考えられ、その犬が今ではナンシーの血にまみれ、サイクスの心に痛く食い込む存在と化しているのだ。犬が次に現れるのは、サイクスがジェイコブズ・アイランドの悪党どもの棲家にもぐり込んだときである。小説ではその前に、犬がサイクスの殺意を感じて逃げるくだりがあり、主人にたいする憎悪の感情が醸成されるように布石が打たれている。しかし朗読台本における犬の扱いははなはだ雑駁で、ひたすら罪を犯したサイクスの怯えに結びついていく。そうして末尾のくだりでは、犬はどこからかまた現れて、憎しみのありったけをぶつけるように、ロープに首を吊った主人めがけて跳びかかる。最も身近の者が、愛情のかわりに憎悪の牙をむくという図式は、そのままナンシー殺しにも重なるわけだが、そこにディケンズは凄惨な人間の一面を浮き彫りにしたと考えられまいか。さらに犬は標的を外して落下し、これまた無惨な最期となる。恐怖の「眼」も、憎悪の権化も、ここできれいさっぱり始末をつけられるというものだ。結局、改訂版の裡側にディケンズの本音が隠されているのだろうか。明らかなことは、対人関係（犬も含めて）のうちに流れるうるわしい和合の感情がことごとく蹂躙され、懐疑と憎しみと、怨念と仕返しの濁流のなかに身を沈めるという不幸な人間模様がここに色濃く描かれたということだ。これを朗読キャリアの最終盤に高々と掲げねばならなかったディケンズとは、なんと悲しい、なんと孤独な「藝術家」であったことか(7)。

ところで、この追加部分は小説四八章のつづきのページと、五〇章のあちこちが巧みに取捨選択されているのだが、ディケンズはこれを三週間のうちにととのえた。十二月は上旬からクリスマスの前までスコットランド巡業に明け暮れたが、エジンバラからウィルキー・コリンズに宛てた手紙によれば（*Letters* 12, 235）、多忙のうちにも「サイクスとナンシー」の一件が頭から離れず、「恐怖にとり憑かれた虚脱感から一挙に激しく燃え立つ結末へと盛り上げたいのだが、毎日稽古しながら、まだ巧くいかない」と訴えている。このような文面からも、ディケンズはこの演目に、これまでにない激越な人間感情の発露をもとめていたらしいことが了解されよう。そうして翌六九年一月五日にロンドンは聖ジェイムズ公会堂にて一回目の朗読「サイクスとナンシー」が披露され、二回目はしばらく間をおいて、一月半ばにダブリンでこれを朗読して、ディケンズはいよいよこの演目を新しいレパートリに加える決心をした。フレデリック・ウーヴリィに宛てた手紙には怪しいまでに高揚した自信のほどがうかがえる。「昨夜、オリヴァ・トウィストからの女を実に巧く、血に飢えた手つきで殺してやったよ」（*Letters* 12, 272）。側近のドルビーとしてはこれを喜ぶわけにいかなかった。「先の二度の朗読が好評だったのは悔やむべきだろう。もし逆の評判であってくれたなら、ディケンズ氏は途方もない苦労と疲労から免れることができたのに。なにしろ、持ちこたえられるわけはないのだ。私の意見でもあり、親友の皆さんの意見でもあるが、彼はあれによって死期を早め、苦しみを大きくしてしまった。自分ではそんなふうに思わなかったようだが」（Dolby 351-352）。

試行朗読会における別の感想として、女優キーリィ夫人の話に、人びとはこの半世紀のあいだセンセーションを追いもとめてやっとそれなりの作に出遇った、というのがある（Fields 194）。もちろん

「サイクスとナンシー」を擁護する側の感想になるわけだが、人びとの好みの反映として、ここでセンセーション小説なるものを一旦確認しておこう。

いわゆる"Sensation Novels"と呼ばれて十九世紀六〇年代に一世を風靡した小説群があるが、その代表作としてはウィルキー・コリンズの『白衣の女』、エレン・ウッドの『イースト・リン』、メアリ・エリザベス・ブラッドンの『オードリィ夫人の秘密』の三作がたびたび挙げられる。センセーション小説というからには、読者のセンセーション感覚に強く訴える小説ということになるが、それはどういうものかといえば、たとえば恐怖、スリル、犯罪、暴力、そのほか既成の道徳観念や社会規範を壊してしまうような事件なり話題なりを含みもつ小説となろう。ヴィクトリア朝時代の生真面目な庶民生活、ホーム・スウィート・ホームに代表される安らぎの場としての家庭、その家庭をがっちりと支える天使のような妻、夫婦の情愛、親子のうるわしい関係、そのようなものに揺さぶりをかける。かくて読者を興奮させ、夢中にさせ、最後まで引っぱっていく作品がセンセーション小説だ、とまずは押さえておきたい（Hughes 45）。こういうものが当時飛ぶように売れた。初めは雑誌に連載されたから、安く入手できて、後に単行本になってからも、その頃流行った貸本屋などで頻繁に貸し出されて評判になった。こういう現象はいったい何を物語るか、ということを考えさせてくれるのがセンセーション小説の流行というものである（中村80-83）。

ウィルキー・コリンズが『白衣の女』を書いて、これは当時の小説の新しい分野を切り拓いたとして注目された。前代にあって、ヴィクトリア朝時代の典型的なモラルに裏打ちされた「家庭もの」(domestic saga) が主流をなしていたところへ、時代情況が移り、そんなものとはまた別の小説への期待が人びとの胸中にふくらんできた。それに応えたのが『白衣の女』であった。この小説の始めで、人通りの絶えたロンドン郊外の夜道に白ずくめの女が立っていて、いきなり声をかけてくる。この女、どうも言動が尋常ではない。精神病院から逃げてきた女であることが、あとでわかる。この異様な小説背景から、やがて話が進行して財産をつけ狙う悪者が出てきて、手練手管をつかい、暴力をふるい、悪事のかぎりを尽くすのだが、最後には悪事が露見して滅びるという勧善懲悪の話となる。大枠としては古くからの物語形式を踏んでいるわけだが、プロットや背景の細部にセンセーションなる要素をもち込んでいるあたりが斬新とされたようだ。

『イースト・リン』もだいぶ騒がれた作品で早くから舞台化され、のちには映画化もされた。お屋敷の先代が死んで、若い夫婦の代に引継がれ、ねじれた愛があったり嫉妬があったり、いっしょになった若夫婦のあいだに亀裂が生じてどうのこうのと、冗漫な話がつづく。後半では家庭の崩壊につながるようなとんでもない展開となり、残酷な、また悲しい話も出てくるが、後世のセンセーション小説批判で指摘されるように、何しろ言葉そのものが味気ない。それに較べると、三番目の『オードリィ夫人の秘密』は棄てがたい一作である。

メアリ・エリザベス・ブラッドンは「センセーションの女王」(Queen of sensation) などと呼ばれ

てもてはやされたが、彼女自身の言によると、ウィルキー・コリンズこそが自分の文学の生みの親なのだそうで、『オードリィ夫人の秘密』はコリンズの『白衣の女』に負うところ甚大であったようだ。確かに共通項としては、精神病がある。最後に追いつめられたオードリィ夫人の口から頻発するのが「気ちがい」(mad)の一語であり、これはどうやら、作品の締めくくりとして重要なキー・ワードになっていると考えられる。それから秘め事があり、悪事がある。他人の死体とのすり替えがある。金や地位がからみ、恋愛や結婚がある。このように共通項も少なくないのだが、しかし両書のあいだに決定的なちがいがあるのもまた見逃せない。すなわち『白衣の女』では女性が被害者の側に置かれているのだが、『オードリィ夫人の秘密』では女性が加害者となり鬼の面貌をむき出しにする。恐ろしい女を、しかも女流作家が描くという、この『オードリィ夫人の秘密』はそれだけでもセンセーショナルであり、読者の興味をそそらずにはおかない。

センセーション小説は謎や秘密でもって読者の興味を引っぱっていくものだが、ここに人生の、あるいは人間の本当の謎があらわれているだろうか。つまり、答のない底なしの謎というものが作品の中枢にしっかりと根を下ろしているだろうか。もしもその種の謎をかかえた主人公が作中に生きていれば、その人物にはもっと強い性格が際立ってくるはずだ。[8] その意味でオードリィ夫人には性格らしい性格がなく、最後には狂人という、たいへん解りやすい範疇に収められ、無難にまとめられてしまっている。解りやすいから、一般の読者にも受ける。読者は最後の一ページまで読んで、安堵のため息を洩らすというものだろうが、これの対局にはおそらくハムレットの狂気がある。『ハムレット』を読んで、何もかもが明らかになり、読後のカタルシスに満足を覚えるような読者が果たしてどれだけいるだろうか。

とにかく、センセーション小説はずいぶん流行った。社会学の観点からすれば、こんな読物が流行るには、それなりの社会情況というものがあって、十九世紀六〇年代の世相というような話にまで発展しそうだ。たとえば、こういう煽情的な小説を流行らせる要因として、一説によれば、雑誌、貸本屋、鉄道駅の読み物屋台の繁盛がそれだという（Mansel 217）。時代情況に重きを置けば、そんな見方が成り立つかもしれない。しかし特定の時代を超えて、人間本来の性状という点に注目するならば、また別の見方があるはずだ。センセーションの要素をもつ作品となると、事実、六〇年代になってはじめて栄えたわけではない。それ以前にもゴシック・ロマンスとかニューゲイト・ノヴェルとか、一般読者の興味を煽るような一連の作品群があって、それらも皆たいへんに流行った。五〇年代、六〇年代と世のなかが割合に安定して、生活水準が上がり、人びとの心が暇になって刺激の強い酒をもとめるようになったのかといえば、そうとは思えない。事実、生活が楽でもない時代にあってさえ、人びとはなお血わき肉躍る興奮をもとめたのである。(9) 十九世紀前半にも十八世紀にも、もっと古いシェイクスピアの時代にあっても、センセーショナルな作品は大衆の人気をがっちりと捉えていた。「センセーション・ノヴェル」は同時代にセンセーション・ドラマと呼ばれて演劇界の人気を集めた一大流行にそって台頭したわけだが、少なくとも芝居や小説などの虚構空間のなかで、その種の濃厚な人間ドラマが展開してくれることを人びとはいつも待っていたとさえいえるのである。

センセーショナルな出来事に目をおおいながら、一方ではまた御しがたい好奇心にかられる人びとが多いのも確かであろう。これをどのように理解したらよいか。人は新しいもの、珍しいものに惹かれる。それがために、おのれの関心や欲望がときに反秩序の方向へ傾いたり、有害なものに転じようが厭わない。この反理性的傾向、自滅への欲望もまた人間として避けがたい本性の一つなのだろう。そうとなれば、人間本性の底辺に横たわって事を為さんとする中枢機関とはいったい何なのか。唐突かもしれないが、ハムレットの絶望に瀕した台詞、「人間とはいったい何だっていうのか」（*Hamlet* 2.2.301）とやらが思い出される。いうまでもなく、科学の分野とはまったく別種のアプローチがここに浮上してくるはずだ。

人間は渇望する生き物だという考え方がある。現状に永く止まっていることができず、今ある状況に不満をもち、失望を感じて、この狭い枠をつき破ってとび出したいと願う。非日常的なもの、異常なもの、ここに無いもの、あちら側にあるものを切に望む。日々あくせくしながら生きて、食うや食わずの毎日を送りながらも、ブロードサイドのどぎつい記事に目を耀かせたり、中央刑事裁判所の傍聴席に上品なご婦人方に混じって詰めかけ、公開処刑の日ともなれば、大人も子供も色めき立って刑場へと赴く。十九世紀のその当時、精神病院などでは入場料まで取って、見学者の好奇心を満足させていた。このような人間の一面を社会学や哲学の方面から迫るのも可能だろうが、これを文学にあってはどう扱うか。心の闇をそのまま抱えた人間をどのように描くか、ということになる。それを思えば、『オードリィ夫人の秘密』は筋運びが素直で、結末も簡明で、グロテスクな色合いなどはぐんと弱められている。人間存在の深い謎という、ハムレットの煩悶にからむ、答の見出せぬ謎などが作中に扱われているわけではないのである。

『ハムレット』にまで遡らなくてもよい。十九世紀の同時代にあってセンセーション物を書いたディケンズもまた、人間の情念、謎、秘密、犯罪という類を作中にちりばめた。『大いなる遺産』のミス・ハヴィシャムはウィルキー・コリンズの白衣の女に重なり、『エドウィン・ドルードの謎』で主人公が失踪するのは、さながら『オードリィ夫人の秘密』でのジョージ・タルボーイズではないか。この六〇年代が過ぎて八〇年代から世紀末ともなれば、R・L・スティーヴンソンの怪奇趣味が、オスカー・ワイルドの倒錯趣向が登場し、さらに虚構ならぬ現実の世にあっては、切り裂きジャックが夜のイーストエンドを徘徊する時代となる。それらにはどれほど人間の割切れない心の闇が表出しているだろうか。それらはただ浅いレベルにおいて読者を興奮させるような作品や事件にすぎぬものなのか。思うに、真の文学は言葉のあらゆる力を駆りたてて、人間のかかえる闇の真実を表現しようとするものだろう。そこに言葉との格闘があることは、敢えていうまでもない(10)。

「サイクスとナンシー」にふたたび戻ろう。ディケンズが所持したと思われる朗読台本（Suzannet

copy）の欄外書き込みのト書には、所々に「身ぶり」（Action）とあり、撲殺のくだりでは朗読者ディケンズが幻の棍棒を力いっぱい振りおろす瞬間が目に見えるようである。その場面を克明に思い浮かべながら想像のディケンズ朗読を現出せしめようとするマルコム・アンドルーズの叙述には、さながら小説における「全知の語り手」の趣がある。殺しの場面が、こうである。

「……一方の手でナンシーの首根っこをつかみ、もう一方のあいた手でピストルを握り、それを振りおろす――そしてもういっぺん――上向きのその顔に振りおろす。女は両手を合わせたままくずおれる。それを見て奴は後じさりし、はっと息をのんで顔に手をやり、太い棍棒を手さぐりするなり、上向きの女の顔めがけてそいつを打ちおろす。夜会服姿のディケンズは汗をしたたらせながら、恐ろしい形相で空中やら机やらをたたきのめす。くり返し、くり返し、またくり返し。そうして、ついに終った。

会場内は恐ろしい沈黙に閉ざされ、やがてゆっくりと、人びとは顔を覆った手を除ける。演壇を見つめる目は、心なしか血の澱みでもさがしているかのようだ。しかし観客が目にするのは、一人の男が赤い机に寄りかかり、こうべを垂れたまま息を荒げている様なのだ。このときディケンズが観客のうちに見たのは、まるでこっちが本当に凶事をなした男であるかのように、すっかり怯えきっている顔また顔である……。」（Andrews 223）

一八六九年一月二七日、トーキィからディケンズが長女メアリに宛てた手紙がある。ときどき引合いに出される手紙だが、いささか問題を含む一例でもあるので触れておきたい。ディケンズはその二日前にクリフトンで朗読を行い、「聴衆のなかに次々と失神する人たちがあった。云々」と伝えていて、この異常事態はナンシー撲殺の衝撃的な場面を聴かされたためとの説が専らであるが、フィリップ・コリンズは早くからこの誤りを指摘している。二五日のクリフトン公演は「サイクスとナンシー」ではなくて、「コパフィールド」と「裁判」であったという（*TLS*, 11 June 1871）。「サイクスとナンシー」の朗読は二十日水曜日なので、それとこれとを混同せぬようにとコリンズは注意を喚起するのだが、大方は聞く耳をもたず、後年コリンズはふたたび思い立って『ディケンジアン』誌にユーモアと皮肉まじりの手紙を寄せた（*The Dickensian*. 93, Summer 1997, 136.）。当該の演目は「コパフィールド」であって、ご婦人方が気を失ったのは換気が悪かったせいだというのである。しかしながら、ピルグリム版『書簡集』の編者ゲレアム・ストーリィは別の解釈を書簡の注に付した。「手紙の日付は一月二十日の明らかな誤り。この日に『サイクスとナンシー』が読まれた。まさか『コパフィールド』や『裁判』で気絶する女性などいまい」というのである。いずれが真なりや。ディケンズの誤りか、コリンズの誤りか。

聴衆の衝撃はともかく、朗読する側のディケンズとしては、「サイクスとナンシー」公演の過重な負担は否めなかった。最初に動けなくなったのが六九年二月十五日ロンドンでのこと、同十五日以降の公演三件がキャンセルされた。ディケンズが抱えた挫折感と自己嫌悪については、察するに余りある。それにもかかわらず、一週間ほど養生したあと、今度は不屈の構えでスコットランド各地へと出向き、ドルビーがはらはらするほど「サイクスとナンシー」を幾度も演目にのせている（Dolby 387-388）。そうして二度目に倒れるときが来た。ウェールズ近辺の工場地帯を巡業している最中、心身の力も尽きて、友人かつ主治医のビアド氏をプレストンまで呼びよせ診察を願った。同夜の公演が間もなく始まろうというときで、時間ぎりぎりにキャンセルが決せられ、ついにこの四月二二日をもってディケンズの《さよなら公演》にドクター・ストップがかかったのである。

医学博士トマス・ワトソンとF・カー・ビアド医師、この二人の連名による診断書がほどなく作成され、ディケンズは医師の診断に従うほかなかった。事態はまことに深刻であった。ディケンズは弁護士ウーヴリィに遺言書の作成を依頼した。それから八ヶ月余りの静養となったわけだが、その年の夏には新しい次の小説について想を練り、暮れまでには月刊の二回分を書き終えている。そうして翌二月には出版の契約をむすぶのだが、その頃にはもう、最終の「さよならロンドン公演」（十二回）がすでに始まってひと月ほど経っていた。朗読で倒れてからは小説執筆で盛り返し、活力をとり戻し、捲土重来とばかりにまた朗読に就く。しかしこの最後の企ては、先の挫折によってチャペルに与えた損失を埋める意味合いもあったことだろう。ディケンズは朗読にいよいよ終止符を打つ考えで、次の仕事を、すなわち本分である小説執筆をぼつぼつ始めていたのである。しかしそれも契約どおりに果たせず、『エドウィン・ドルードの謎』は道半ばにして作者その人を喪った。
ある友人の語るところによれば、ディケンズは死ぬ一日か二日前にギャッズヒルの庭で撲殺の場面を演じていたということだ（*Dickens and Crime* 271）。そうとなれば、作家ディケンズの心内には小説と、朗読と、あるいは演劇とが渾然一体となって、たがいに分かち難い文目《あやめ》を成していたと考えられようか。おのが心を何処かへ拉し去る力に身をゆだねたいという、これは自分自身への、あるいは自分をつつむ現実世界への一つの挑戦であったか。ディケンズの謎は複雑にして錯綜の感をまぬがれず、朗読「サイクスとナンシー」はそのようなディケンズの深い謎を象徴するような一作であることは間違いない。さて、次はいよいよこの作家の渦をなす謎の中心点へ、すなわち最晩年の小説へと降りていくときである。

注

（1）マクリーディから「マクベス二人分」と褒められてディケンズはよほど嬉しかったらしく、フォスターをはじめ（23 January, 1869）、諸方への手紙にこれを伝えている。
（2）金山亮太、八―九ページ参照。さらに金山氏は、ディケンズがこの頃夢中になった催眠術との関連を指摘している。
（3）ディケンズの朗読の声に不満をもらす人もあった。「サイクスとナンシー」のダブリン公演を聴いたパトリック・マレイ教授などは「明晰さと力と抑揚に欠ける」朗読だと酷評している

(*Letters*. 12, 275注)。

(4) Wilson, Edmund, "Two Scrooges" (1939), および House, Humphry, "The Macabre Dickens" (1947. *All in Due Time* 所収), "An Introduction to *Oliver Twist*" (The Oxford Illustrated Dickens, 1949) 参照。

(5) ディケンズが愛好した若き俳優ヘンリー・アーヴィングも「ユージン・アラム」を二度朗読した（1871, 1876）。奇しくも「サイクスとナンシー」の台本はアーヴィングの所有するところとなった。Collins, *TLS*（11. 6. 71）参照。

(6) 試行朗読は同年十一月十四日に行われた。（Dexter, ed. 231）それに至るひと月半のあいだに十七回の朗読がなされ、その多忙の日々にあって台本が作成されたとは考えにくい。フォスター宛ての手紙（10-15 October）から、十月中旬には台本が完成していたようである。コリンズによれば、ディケンズは夏のあいだに台本原稿を出版社に送ったそうだ（Suzannet copy, Introduction v）。

(7) 試行朗読のあとにディケンズはフォスターに宛て、「なにか激しく躍動する出し物をやって思い出を残したかった。藝術が許すテーマを、技巧に凝ることなくね」と伝えている（*Letters*. 12, 220）。

(8) センセーション小説の一般的特質を思えば、これは無理な注文かもしれない。Altick, p.151参照。また同書によれば、「もっとも一貫して『センセーショナル』である当代の作家」はディケンズだという（146）。

(9) R・D・オールティック『ヴィクトリア朝の緋色の研究』p.14-15参照。

(10) Hughes, Ch.2. センセーション小説を軸に据えて、当時の文学の推移とその意味するところを明示した一章は、はなはだ示唆に富む。

引用・参考文献

Ackroyd, Peter. *Albion*. New York: Anchor Books, 2002.

Altick, R. D. *Victorian Studies in Scarlet*. New York: Norton, 1970.（邦訳：オールティック、R・D・『ヴィクトリア朝の緋色の研究』（村田靖子訳）国書刊行会、一九八八年）

——. *Deadly Encounters*. Philadelphia: University of Pennsylvania Press. 1986.（邦訳：オールティック、R・D・『二つの死闘』（井出弘之訳）国書刊行会、一九九三年）

Andrews, Malcolm. *Charles Dickens and His Performing Selves*. Oxford University Press. 2006.

Collins, Philip. ed. *Charles Dickens; Sikes and Nancy and Other Public Readings*（The World's Classics）. Oxford University Press, 1983.

——. *Dickens and Crime*. The MacMillan Press Ltd., 1994（First edition 1962）.

——. 'Letter to the Editor', *The Dickensian*. 93（Summer 1997）.

——. '"Sikes and Nancy" Dickens's last reading', *TLS*（11.6.71）.

Cox, Philip. *Reading Adaptations*. Manchester and New York: Manchester University Press, 2000.

Dexter, Walter . ed. *Dickens To His Oldest Friend*. New York: Haskell House Publishers Ltd, 1973.

Dickens, Charles. Collins, Philip. ed. *Sikes and Nancy*（A Facsimile of a Privately Printed Annotated Copy）. London: Dickens House, 1982.

——. House, Madeline. Storey, Graham. Tillotson, Kathleen. Eds. *Letters*. Vol. 12. Oxford: Clarendon Press, 2002.

———. *Oliver Twist.* The Oxford Illustrated Dickens. Oxford, New York, Toronto, Melbourne: Oxford University Press, 1982.

Dolby, George. *Charles Dickens As I Knew Him.* London: T Fisher Unwin, 1887.

Gager, Valerie L. *Shakespeare and Dickens.* Cambridge University Press, 1996.

House, Humphry. *All in Due Time.* New York: Books for Libraries Press Freeport, reprinted 1972 (first published 1955).

Hughes, Winifred. *The Maniac in the Cellar.* Princeton, New Jersey: Princeton University Press, 1980.

Mangham, Andrew. ed. *The Cambridge Companion to Sensation Fiction.* Cambridge University Press, 2013.

Mansel, Henry. “Sensation Novels”, *Quarterly Review*（April, 1863）および *Letters, Lectures and Reviews.* London:Murray, 1873.（reprint, Tokyo: Kinokuniya, 1990）所収。

Watt, Ian. “Oral Dickens,” *Dickens Studies Annual.* vol.3, 1974.

Wilson, Angus. Introduction to *Oliver Twist.* Penguin Books, 1966.

Wilson, Edmund. ‘The Two Scrooges’, *The Wound and the Bow.* London: W.H. Allen & Co. Ltd., 1952 (first published 1941).

金山亮太「ディケンズの公開朗読におけるテクストの問題（1）」『人文科学研究』第一二〇輯、新潟大学人文学部紀要、二〇〇七年。

中村隆「メドーサの肖像：公開朗読のナンシーとセンセーション・ノヴェルのヒロインたち」『英文学研究』Vol.LXXXI、日本英文学会、二〇〇四年。

八　『エドウィン・ドルードの謎』における謎

一八七〇年三月十五日、セント・ジェイムズ・ホールでの一夜、ディケンズは多年の朗読公演をいよいよ閉じるにあたって一言弁じた。「……今から二週間もすれば、みなさんのご自宅にあって別の朗読が始まるでしょう。その節にはまたお手伝いさせていただきます」。いささか含みのある言辞だが、これは新作を出版する旨の予告であった。事実このとき『エドウィン・ドルードの謎』は原稿の一部がすでに仕上がり、出版の契約も済んでいた。実のところ、公開朗読のほうは最終の十二回を「さよなら公演」と定め、その後はまた作家ディケンズに立ち返る意向を、本人としてはもう八ヶ月ほど前から固めていたらしい。八ヶ月前といえば、折しも公開朗読の巡業による疲労がたたり、しばらくの養生を余儀なくされていたときであった。同年の五月には、ディケンズとして憂うところ少なからず、遺言書までも作らせた。

ディケンズが新作の着想をフォスターに知らせたのは一八六九年七月半ばのこととされている。「こんなのは、どうかね。とっても若い男と女がいて、二人の気持は離れていながら、何年も経つうちにとうとう結婚するはこびになる――小説の最後でね」。しかしこのフォスターの伝えるところを鵜呑みにするわけにはいかない。ディケンズの「メモ帖」を仔細に調べたエドガー・ローゼンバーグや、ジョン・ビアによれば、フォスターがここに紹介する記述は六九年七月どころか、その九年前のものであったという。(1) フェリックス・エイルマーも同様の指摘をなし、フォスターのいう七月半ばの手紙とは、実際、一八六二年八月以前にディケンズが「メモ帖」に記した文言をそっくり写し取ったものだとしている（Aylmer, 201）。フォスターの真意のほどはわからない。

さらにフォスターが伝える同年八月六日の手紙には、「こないだの思いつきは捨てよう。実に興味ぶかい、新しいアイデアが湧いたのでね。それについては、ちょっといえないが……」とあるそうだが、この「新しいアイデア」は「ちょっといえない」としながら、そのすぐあとでディケンズは新作のプロットをフォスターに開示したという。まことに不思議な飛躍である。以下のごとし。「その直後に私（フォスター）はこう聞いた――これは叔父が甥を殺す話になるはずだ。独創的な点は、結末で殺人犯がおのれの経歴を披露し、その際に、殺人の誘惑を感じたのがあたかも自分ではなく、ほかの誰かであったかのように語られるところだろう。最後の数章は死刑囚監房のなかで書かれることになるが、そこへぶち込まれたのは、まるで他人事のように述懐された悪事をまさに為したからであり、犯人は殺人を犯した直後に、殺人が当初のねらいからすればまったく無意味であったことを悟る。しかし犯人が誰なのかは最後になるまでわからない。生石灰のなかに屍体を投げ込んだものの、その腐食作用に抗して金の指輪が残った一件から、被害者の身元ばかりか、犯行現場も犯人も割り出されることになる。……」(Forster, vol. II, 452)。このフォスターの伝聞をどこまで信用すべきか、それについては慎重を要するところだろう。

六九年九月下旬にはこの新作の表題が決まり、いよいよ書き出したのが同年十月であった。早くも十二月には分冊二号分までを書き終えたつもりでいたのだが、どうしたものか、ディケンズは十二ページ分の原稿が不足していた事実に気づかなかった。彼として、これほどの誤算は異例のことである。どうしても衰弱の兆候は否めない。結局、三号分の一部を補塡するなどの弥縫策をもって事なきを得て、本作第一号は予告どおり七〇年四月初めに刊行され、これは五万部を売り尽くし、『ピクウィク・ペイパーズ』の人気絶頂期における四万部をさらにしのぐ売行きとなった。小説家ディケンズの人気ときては、いまだ衰えの兆しすらみせなかった。

『エドウィン・ドルードの謎』は当初十二分冊を発行する予定であったが、その半分の第六号をもって作者死去のために未完に終わった。六号のうち三号までが生前に出て、後の三号分はジョン・フォスターの監修による作者死後の出版となった。従って、本作の後半部分には多少ともフォスターの意図が混入していることを確認しておきたい。実は生前未刊行の後半部三号分について、ディケンズは第二一章までの校正刷りにみずから手を入れ、かなりの箇所を削除している。しかしそれにもかかわらず、フォスターは削除箇所もふくめて元の原稿どおりに戻した上で発行したのである。フォスターの真意は不明だが、今日普及する『エドウィン・ドルードの謎』はフォスターの編集をそのまま踏襲しているために、ディケンズが最後に意図したものとはやや異なるといわねばならない。むろん何をもってディケンズの意図と捉えるかについては、実際そう簡単な話ではないのだが。

ロバートソン・ニコルはヴィクトリア&アルバート博物館に所蔵されるディケンズの校正刷りと、刊行本『エドウィン・ドルードの謎』とを入念に照合して両者の差異を明らかにしている（Nicoll, 4–13）。ニコルの調査によれば、ディケンズの削除箇所が皆無である第十九章、四行のみの削除がみられる第二十章、また第十七、十八、二一章についてはかなりの削除がみられ、一ページ分がまるまる削られている箇所さえある。もしやディケンズがダッチェリーの言動（第十八章）を敢えてぼかそうとした件にフォスターは賛同できず、独断でその削除箇所を復活させたものか。あるいは、もっぱらオリジナル原稿を保存しようとの計らいがあったものか。このような問題は本文校訂の常に突き当たる宿命ともいえるが、とにかく複数のテキストを前にして、個々の差異を確認しながら、いずれを採りいずれを捨てるかという厳しい取捨選択が求められるわけだ。作者の真意に迫ろうとすればするほど絶望的にならざるを得ないのは、充分に納得されるところである。ロバートソンよりもさらに綿密なテキスト研究をなしたマーガレット・カードウェルによれば、「現存する校正刷りの先に、また別の校正刷りがあったかもしれないのだ。その可能性は常にある」という次第で、作者の意図をめぐる判断はかぎりなくぐらつくものなのだろう。

それに加えて、未完作『エドウィン・ドルードの謎』をどのように読むかという問題がある。本作は未完に終ったが、これを一個のトルソに喩えて称揚したカミング・ウォルターズにならうなら、小説が未完成でもこれは実に無駄のない、高度な制作技法に貫かれている。とりわけドラマ性を重んじたその文体は、簡潔と省略の妙によって謎が一段と深まり、本作のモチーフとみごとな調和を保っている。

表題からすれば、小説の核心を成すのはエドウィンの「謎」であるはずだが、その謎の焦点をどこに求めればよいのか。いったい何が、この小説の謎なのか。カミング・ウォルターズの指摘によれば、本作に内包される謎として、（一）エドウィンは殺されたか、否か、（二）話の途中で唐突に現れるダッチェリーとは何者か、（三）アヘン窟の老婆はなぜジャスパーを憎むのか、という三点が挙げられるようだ。それらを柱として、他の登場人物の言動やエピソードに各種各様の謎がからんでくるという小説構造になる。

作中早々に（第十四章）エドウィンは姿を消してしまうが、いったいなぜ消えたのか、何があったのか、というところに一つの大きな謎があるのは否めない。この一件をめぐって謎解きの興味が刺激されることになるわけだが、その興味の核心には、エドウィン殺害または失踪という事件性がある。それはついに書かれずじまいになった後半部の、その空白を埋めんとする読者側の誘惑もはたらいて、爾来さまざまな議論がくり返されてきた。ある意味で答のない謎こそが真の謎であり、作品を未完成で終えることがその真価を保障し、皮肉にも作者死去という一件が、謎をかぎりなく謎たらしめることに一役買っている。いうなれば『エドウィン・ドルードの謎』は、半分がディケンズの作品、あとの半分が《神の作品》といってもよい。

ディケンズが遺した「制作ノート」(2)にも「エドウィンは死んだか、生きているか」のメモ書きがあり、作者自身からして、いずれの方向へ舵をきるべきか苦慮したとも読めるし、生死については不明のままにしておこうとの意図を暗示しているようにも読める。ともあれ、エドウィンの生死はこの小説の重要な鍵となっていることは間違いない。もしエドウィンが殺されたとすれば、犯人の疑いのもっとも濃いのは、いうまでもなく叔父のジャスパーである。作中にそれを暗示する箇所は少なくない。ディケンズが六九年八月にフォスターに洩らしたところでは、「ストーリーは叔父による甥殺しということになる」という。さらにディケンズは長男に〈殺害〉を断言したとのことだが(3)、これなどはやはり看過しがたい発言であろう。では、ジャスパーはなぜ甥を殺したか。二十世紀初頭までの研究者たちが考えるように、ローザをめぐる三角関係による恋の嫉妬をもって殺人の動機とするのが一番わかりやすいのかもしれないが、そこまで簡単に割切ってよいものだろうか。

そもそも登場人物たちの過去には何があったのか。それについて作者は多くを語らない。エドウィンとジャスパーについては、叔父と甥の関係である事実を除いて何もわからない。後見人たるジャスパーは相応の責任感をもってエドウィンに接しているのだろうが、二人のあいだにこれまで何があったのか、まったくわからない。ディケンズは敢えてわからないように書いている。ミステリー物であるかぎり、当然の筆法というべきかもしれない。エドウィンとローザの関係にしても、両方の亡き父親どうしの了解で将来の結婚が約束されたというが、ここへきて互いにうんざりしてしまっている。実際何があったのか不明である。わずかに、ローザは三ヶ月前からジャスパーの音楽個人レッスンを受けていて、このレッスンが心の重荷になっているという。パーティの場面でも、ジャスパーの異様な視線に恐怖を覚えて、歌の最中に具合が悪くなってしまったことさえある。ジャスパーとローザとエドウィン、彼ら相互の関係には、どうしても曖昧模糊たる皮膜がかかっていて判然としない。人間の愛だの憎しみだのが、いかにも不鮮明な輪郭をもって捉えられ、読者の前に放り出される。作者はそれ以上の読者サービスを避けているかのようである。

作者の死後しばらくは、この未完作をなんとか前後の辻褄が合うように語り尽くそうとする読者側の動きが目立った。真剣に原作とむき合って、ついに書かれなかった後半部分に光を当ててみせたのが、まずR・A・プロクターであり、それに触発されるようにアンドルー・ラング、カミング・ウォルターズ、ヘンリー・ジャックソン、ロバート・ニコル、またG・K・チェスタトンなどがそれぞれの「読み」を展開してみせた。要するに、存在しなかった後半部分を一つの大きな謎とみて、彼らはその謎解きに魅了されたわけである。「〈謎解き〉に没頭する人たちは、刊行された作品の言葉そのものを超えてしまった」というカードウェル女史の言は、冷徹な学究の眼を失うまいとする立場からの厳しい指摘であろう。以下、「作品の言葉」から大きく逸れぬように用心しながら、本作に宿された謎について再考したい。

この小説には、人物やプロットにからむ謎が多いのだが、まずは表題からして一つの謎である。エドウィン・ドルードなる若者は第二章で叔父の住まいを訪れ、歓待を受け、第三章では同じ町の女塾にいる許婚《いいなずけ》と語らう。読者はエドウィンの人となりや境遇をわずかながら知ることになるが、いったい彼のどこに謎があるというのか。これほど存在感の希薄な青年はいないだろう。第八章でネヴィルと口論になり、周りがさわぎ出して着々と何かが準備されていくようだが、エドウィンの謎とか秘密と呼ぶべきものは皆無といってよい。そうして、第十四章の決定的場面をもってエドウィンは作中から忽然と姿を消してしまう。何がエドウィン・ドルードの謎かと問いたくなるわけだが、もしこの表題にディケンズの制作意図が隠されているとすれば、エドウィンの秘密は書かれなかった後半部においていよいよ顕現するはずであったと考えねばならない。

ここに、エドウィンは実は生きていたという作品末尾の憶測が浮上してくることになる。エドウィンはジャスパーに首を絞められながらも息を吹き返し、叔父の犯行の確証をつかむために（ハムレットよろしく)、老人ダッチェリーに変装して再登場するという憶測が一つある。これはR・A・プロクターがいち早く唱えた説であり、ディケンズが用いる常套パターンの「死者による監視」(watched by the dead) を当てはめた読みである。プロクターによれば、ディケンズのほとんど全作品のなかに(『オリヴァー・トウィスト』のみ例外)、被害者が加害者を監視するという構造が存在する。その極端なあらわれこそ、死者(実は生存)が殺害者を監視するというパターンになるが、ここですぐに思い浮かぶのが「追いつめられて」("Hunted Down", 1859) のごとき復讐ものだろう。過去にこうむった被害が復讐の執念をよぶ。被害者は燃えるような憎悪と怨念を胸に隠して敵の身辺を監視し、朝に夕につけ狙う。そうやって機が熟するのをじりじりと待つのである。エドウィン・ドルードの場合にも同じパターンを踏んでいるというわけだが、プロクターのこの説は大胆にしてスリル満点であるにはちがいない。またチャールズ・コリンズがディケンズに指示されるがまま描いたという分冊の表紙絵からしても、エドウィン生存説を支持する読者は少なくないようだ。表紙絵のなかで最も興味深いのは、中央下部に描かれた二人の人物、とりわけ左側に帽子をかぶって佇む人物である。これはエドウィンその人であり、その姿に灯をかざして見入っているほうがジャスパーであろうという見方がある。しかし二人の正体はコリンズにさえも作者から知らされることがなかった。コリンズのスケッチに手を加えたルーク・ファイルズの表紙絵を見ると、謎はさらに深まる。闇のなかに佇むくだんの人物は、どこか女性めいて見えるではないか。これはエドウィンに身をやつしたヘレナ・ランドレスだろうという解釈があって、そうとなれば、エドウィンはやはり殺されていたとも考えられる。

ディケンズ亡き後にオーガスティン・ダリーが本作の劇化を企て、エドウィンの生死をめぐってファイルズとコリンズに事の真相を問い合せた。作者と交渉があった挿絵画家ならば真実を知っているはずだと思ったにちがいない。そのときのコリンズの回答によれば（一八七一年五月）、「エドウィン・ドルードはジャスパーに殺され、二度と現れることはない」とディケンズが語ったそうである（Aylmer, 208）。しかしゲヴィン・ブレンドが疑義をかざしているように、まことしやかなエピソードなどというのは、仔細に観察すればあちこちに人為的な綻びが見えるものなのだろう。(4)

あらゆる角度から作品を精細に読み込んだカミング・ウォルターズの解釈によれば、エドウィンはどうしても死なねばならない。ディケンズの身内の証言からも、それは疑う余地がないという（*Complete*, 224–227）。(5)さらにウォルターズは、ダッチェリーはヘレナ・ランドレスが、ジャスパーを監視するために変装して登場したという興味ぶかい主張をなしている。女の身でありながら老人に化けて、その声も、言葉つきも、食欲さえも男なみに装うという藝当がヘレナには可能であることを、ウォルターズは作中の証拠を挙げて示している（*Complete*, 236–239）。ダッチェリーが折々手を隠すような挙動をみせるのも、女である事実が発覚せぬように用心したためだという。これは一つの卓見と評さねばなるまい。

G・K・チェスタトンなどは、ダッチェリーの正体をめぐってR・A・プロクターを始めとする諸家の説を紹介したあとで、それらのいずれにも与しない。何なら、ダッチェリーはミス・トインクルトンだろうとまでいってみせる。チェスタトンとしては、一つの正解よりもさまざまな解釈を誘発する謎そのものに興味があり、謎のふくみもつ多様性こそが、作品の尽きせぬ魅力を保証しているとでもいいたいようだ。

チェスタトンは「エヴリマンズ・ライブラリー」にディケンズの作品論を書き（一九〇七年、一九〇九年）、その一つに『エドウィン・ドルードの謎』を扱っているが、その後、ジョン・ジャスパーは有罪か無罪かを法廷の場にて裁くという芝居仕立ての模擬裁判にまで参加している。この「裁判」は一九一四年一月七日、ロンドンはコヴェント・ガーデンのキングズ・ホールにて開催されたが、もちろん小説中の人物を現実世界に引っぱり出して、罪状の当否を裁判のなかで議論するというものである。いわばフィクションの母親から生まれたもう一個のフィクションであって、これを成立せしめているのは、親元のフィクションの〝解釈〟にほかならない。当裁判では原告側も被告側もたがいに言い分があり、ついに真実はいずこに在りやという結論なき結論をもって終るが、ここでは真相を究明するよりも、謎をダシにして作中人物を法廷の場に登場させ、原作のパロディを展開させてみせたというべきか。このユーモアあふれる模擬裁判は、公開朗読の演目としてディケンズが愛読した『ピクウィク裁判』の、あの痛快な場面を想わせる。

この「裁判」はまた、多くの読者の興味の在りどころを示すものとして貴重な参考資料でもある。

これはディケンズ・フェロウシップの企画により、フェロウシップ会員のみに有料で入場を許されたが、各種新聞による前宣伝が賑やかであったせいか、広く世間一般の関心までも惹きつけた。早くも暮れの三一日から、もう陪審長の判決を公表してしまった新聞さえあり（*Daily Chronicle*・他）、年末から年始にかけて人びとを期待と興奮の渦に巻き込んだのであった。なにしろ、その筋の学者や文人を集めて、有名作家が遺した最後の謎に真っ向から取組ませようというのだから、世間が大騒ぎするのも無理はない。

会場の様子や「裁判」の過程から結論までが翌日の新聞を賑わせ、当イベントの評価についても、以後一ヶ月にもわたって大小の新聞がとり上げた。お膝元の『ディケンジアン』誌にもさまざまな評が寄せられ、この催しがかき立てた反響のほどが察せられる。のちに「裁判」の一部始終を記録して公刊したJ・W・T・レイは、『ディケンジアン』誌に偽らざる当日の感想を述べて、当裁判の結論には失望した旨を記している(6)。レイによれば、そもそもこの企画は、文学作品の解釈にからむ深刻な試みであり、陪審員を務めるべき熱烈なディケンズ愛好家たちが勢ぞろいしていながら、ひとり陪審長のG・B・ショーだけが宜しくない態度であったらしい(7)。原告側の弁護士カミング・ウォルターズも、被告側のセシル・チェスタトンも存分に自説を披瀝し、また裁判長を演じたG・K・チェスタトンもいわゆるチェスタトン流の御家藝を見せてくれたとレイは評価している。もっとも、この裁判長、五時間近くにもわたった裁判の途中でときどき居眠りをしていたようだ、と付加えているあたりは微笑を禁じ得ない。聴衆は熱心に耳かたむけ、法廷の環境設定も、役者たちの着付けや演技も申し分がなかったようである。

裁判長以下、原告側と被告側の弁護団、並みいる陪審員たち、廷吏、警官などに加えて、作中からおどり出たジョン・ジャスパーその人があり、証人としてのダードルズ、クリスパークル師、ヘレナ、バザード、そしてパッファー王女様ことアヘン窟の女までが登場して「裁判」を盛り立てた。あらかじめの取り決め事項として、証人の誰と誰は小説中の事実を超えて語ってはならず、また誰々は辻褄が合うならば原作にないことでも申してよいなどと、虚実相交わる裁判の展開を許している。

この「裁判」を茶番劇にすぎぬとして、たとえば米国フィラデルフィアの音楽学校において当地のディケンズ・フェロウシップ支部がなした試み(8)（一九一四年四月二九日）や、カナダのディケンズ・フェロウシップ・トロント支部による入念な試み（一九二一年十一月）が先例の欠陥を補うべく実行された。英米ともに作品の謎をめぐる議論に多大の関心が集まったわけだが、いずれも作中にうずくまる犯罪と事件の真相に焦点があてられていて、要するに、これもまた作品の解釈の多様性を示す事例にほかならない。

ついでながら、もしジャスパーがエドウィン殺害を図ったとすれば、殺害の手口は何であったろうか。これは作中の暗示と、挿絵画家ルーク・ファイルズの証言(9)からも察せられるように、どうやら長いネッカチーフで絞殺したらしい。むろんこれについても、高所から突き落としたなどの異説があるのも事実だ。死骸はどう処理したか。『コーンヒル・マガジン』誌（一八八四年）に載った匿名の記事によれば、生石灰を使って跡形もなく消滅させたのだろうという推理になるが、実際、これについては生前のディケンズがすでにフォスターに語っていたらしい（本論一八三ページの引用参照）。ジャスパーは生石灰に溶けない時計とタイピンは取りはずして川に捨て、後で発見されたときの捜索撹乱に役立てようと図ったものか。折しも、クリスパークル師が堰のはしに光る物をみつけて拾い上げたところ、エドウィンのくだんの品物であったというから、まさに筋書きどおりである。生石灰に関しては、ジャスパーが墓石工のダードルズに異常なほど接近しているあたりからも、殺害後の証拠湮滅にこの恐ろしい薬物が用いられたらしいことは大いに考えられよう。しかしファイルズの証言にせよ、フォスターの記述にせよ、それをもってディケンズの制作意図と断定するには不十分である。ジョン・ビアが説くように、「ディケンズは分冊の発行途上というより、そもそも計画の段階にあって、プロット上に大幅な変更を加えたとも考えられる」のだ(10)。こうなると、すべてが不分明の闇にすっぽりと包まれてしまう。

しかし右とはまったく別の意味で、この作品の謎は深い。ジャスパーという人間そのものの謎が、プロット進行の要所要所に立ちあらわれ、一例がアンガス・ウィルソンの指摘にあるごとく、ジャスパーの情熱に世紀末の不条理を読み取ることさえできるのである（Wilson 292）。事実、そのように主要人物のキャラクターを問題視する作品の読みは、多くの読者がなびきやすい「事件」の謎解き以上に、もっと広く入念に議論されてよさそうに思う。

作中誰よりも謎めいている人物は、もちろんジョン・ジャスパーであるが、その謎は犯罪のプロットにからむよりも、むしろ彼の性格の暗闇にふかく根を下ろしているはずだ。この特異なキャラクター造型に、心身の衰弱おおうべくもない晩年のディケンズが、渾身の力をふりしぼって挑んだのであった。後世のわれわれの見るところ、この小説はディケンズの有終の美をかざる野心作と呼べるものだろう。

ジャスパーの言動については実に不可解な部分が多い。エドウィンの叔父ジャスパーこそが謎のなかの謎である。まずは書出しのアヘン窟シーンに注目してみよう。妖しげな薄闇の空間にうごめく謎めいた人間ども、その口から洩れる不可解な（unintelligible）つぶやき、このアヘン窟の真っ只中にジャスパーが登場する。第二章で甥のエドウィンを大歓迎するジャスパー、第四章ではサプシーと、また墓石工のダードルズと会談して、第八章でのネヴィルとエドウィンの口論を唆しておきながら、そのあとではクリスパークル牧師に彼ら二人の先々の不安を訴え、かたやグルージャス弁護士と後見人としての話を交わしたり、第十二章ではダードルズに霊廟の奥を案内させたりと、ジャスパーはあらゆる場に登場して、あらゆる事柄に関与し、そのつど謎めいた言動を示す。第十四章を境にして、ジャスパーの存在感はますます高まるが、同時にその謎はますます深まる。

ある意味でジャスパーの秘密に最も近い位置にいるのは、アヘンふかしの王女様（Her Royal

Highness the Princess Puffer）ではないだろうか。彼女と『マクベス』の魔女との類似は否定できない。アヘン窟の女は『マクベス』の魔女よろしく、この小説の象徴的な意味合いを担っているといえよう。女はまず第一章に登場して、作品の聖と俗の混じり合う雰囲気を創りあげるのに加担する。古い町クロイスタラムの聖なる雰囲気から一転して堕落と頽廃にまみれるロンドン・イーストエンドのアヘン窟へと移り、その中心にジョン・ジャスパーがいて、くだんの王女様がいるという構図である。「商売がふるわんのじゃ、ふるわんのじゃよ」、「胸がくるしい、胸がつらい」とくり返すこの女は後の章にも現われて、どこかジャスパーの運命につよく作用してくる気配がある。しかし核心にふれるような事柄は巧みにぼかされ、《ちんぷんかんぷん》（unintelligible）という一言で片付けられてしまうのだ。

ところでアヘン窟またアヘン吸引は、当時として真に堕落と頽廃の象徴であったのだろうか。事実アヘンは十九世紀半ばを越すまで医薬品として重宝され、市販されていた。その取扱いに制約が加えられるのは一八六八年の薬餌法（the Pharmacy Act）によるが、それ以前はド・クィンシーの告白にもあるような、「人間の聖なる特質がますます際立ち、愛情は曇りなく澄みわたり、なべて堂々たる知性の光につつまれる」（De Quincey, 47）など、アヘンの長所を称揚する言論さえもあった。ディケンズが『エドウィン・ドルードの謎』を書いた当時は、アヘンに寄せる一般の態度がちょうど分岐点にあったときであり、奇しくも聖と俗の要素を併せもつこの作品の書出しにそのまま合致する時代でもあった[11]。

さて、冒頭のあと、次にアヘン窟の女が現れるのは山場の第十四章である。ここでジャスパーとエドウィンとが、それこそ『マクベス』の魔女さながらの、女の恐ろしい予言に、定かならぬ謎めいた言葉によって固く結びつけられるのだ。「そりゃ呪われた名前だね、危険な名前だよ」。そのあと女は二三章に、アヘン窟でジャスパーをあしらう商売女として、また聖なるクロイスタラムの町の聖なる職に従事するジャスパーを指弾する女として登場する。女は他の作中人物たちの知らない裏事情まで知っているようだ。「牧師さま方をみんな集めても、あたしゃ、もっとあいつのことを知ってるさ」とは、ジャスパーの隠れた一面を暗示してみせた言であるが、小説のなかでは語られない事柄が多くあって、おそらくは小説のおしまいで驚くべき秘密が明かされるというディケンズお馴染みの流儀とも取れる。ついてはこのあたり、読者の想像力を大いに刺激するとみえて、なかには大胆にも女はジャスパーの母親であるとか、ジャスパーに穢され捨てられた娘の母親だとか推察するむきさえある[12]。いずれも作中にひそむ微細な感触から生れた読みであり、ディケンズの言葉の域をとび超えてしまった感なきにしもあらずだが、とにかく確かな事実としては、女はジャスパーをとことん追跡し、必ずや恨みを晴らしてやろうとばかりにジャスパーを心底から憎んでいる。しかしジャスパーとのあいだに実際何があったのか、それは謎である。思えば、この小説が「夜明け」という、ジャスパーとアヘン窟の女の相交わる章に始まり、奇しくも「ふたたび夜明け」という、やはりジャスパーとアヘン窟の女が複雑にからまる章をもって中断しているのも、何か不思議な因縁を感じさせる。

アヘン窟の女は『マクベス』の魔女のように超然と人間界の上に立つのではなく、どういうつもりか、ジャスパーから秘密を嗅ぎだそうとする。万事を知り尽くしているという女ではないのだ。女はアヘンの効力でジャスパーの意識を眠らせ、心の底に押し隠している秘密を口走らせようと目論む。そうしてジャスパーは、口にしてはならぬことを呟いてしまったようだ。女はジャスパーに強い関心をもつ。こうして女の追跡が始まる。ジャスパーの身元が知れる。なんと、アヘン窟でのジャスパーとは別のジャスパーが、古い町の聖なる場所で高らかに歌っているではないか。女はその姿を見つめたあとに「柱の陰から拳を振りたてる」という展開になるが、さて、その仕草はいったい何を意味するものか。「ジャスパーのことなら誰よりもよく知っている」らしいこの女は、小説に書かれていない場面でジャスパーと深く関わっているようだ。しかしそれ自体が、また謎である。

ジョン・ジャスパーとは何者か。ジャスパーは大なり小なり小説の到るところにその影を引きずっている。話の前景にあらわれて活躍するときもあれば、他人の噂にのぼったり、恐れられたり警戒されたりしながら、小説の背後にうごめいていることもある。たとえば第十三章で、エドウィンとローザが散歩しながら語らい、とうとう婚約を破棄することに合意するくだりがある。この婚約はもともと双方の親どうしが取り決めたものであり、若い二人はむしろ自分らの判断を重んじたいと考えるのだが、このときの二人の様子を遠くから監視する目があった。ジャスパーの目である。

妙なことに、自分らが尾行され監視されていることに気づくのはローザでなくて、エドウィンのほうである。

「今、ふり返っちゃいけないよ。ジャックじゃないか」
「まあ、いやだ、どこに？」
「樹の蔭だ。われらが帰ろうとしたときに、こっちを見ていた」(151)

ジャスパーの不可解な行動にローザは怯えてしまうが、エドウィンのほうはさして気にかけるでもなく、このたびの婚約破棄が叔父のジャスパーを失望させるだろうなどと頓珍漢な心配をしている。エドウィンの鈍感にして楽天的なところが強調され、かわりにローザの深刻が増すというわけだ。ローザは別れぎわに「ああ、あなた、わかっていないのね」と、重い一言をぶつけて口を閉ざすが、次の章ではもう当のエドウィンは姿を消してしまうのである。

ローザは早くからジャスパーの真意を見ぬいていた感がある。この音楽教師の目の異様な圧迫力、ローザはその目にじっと見つめられて気分が悪くなったことさえあった（第七章）。

「あの目で、わたしを金しばりにしてしまったのよ。一言もいわないで、自分の気持を理解するようにと押しつけてくる。脅しをかけるわけでもないのに、他人に漏らすなと迫る。わたしがピアノを弾けば、彼はわたしの手からいっときも目を離さない。わたしが歌えば、わたしの唇から目を離さないの。誤りを正したり、音やコードをたたいたり、旋律を弾いてみせたりするときには、その音にそってささやくのよ。好きだ、追いかけてやるぞ、誰にもいうな、と」(68)。

けれどもローザは、そんなジャスパーの胸内に燃える本当の秘密をつかんでいたのだろうか。作者は彼女にそこまでの炯眼を与えなかったようなのである。ジャスパーとローザが、というよりも二種類のキャラクターが、互いにぶつかって火花を散らすあざやかな場面が第十九章に見える。エドウィンの行方捜索に明け暮れたのち、ジャスパーがローザを寄宿舎に訪ねて、庭の日時計のかたわらで愛の告白をするくだりだ。エドウィンが消えてしまった今、ジャスパーはいよいよ胸の裡をぶちまけるという次第だが、それにしてもなんと野蛮な、狂おしい、悪魔じみた感情の吐露であることか。当のローザからすれば、脅迫ともいえる告白である。「君が好きだ、好きだ、好きだ。今、僕を避けたつもりかもしれんが、そうはいかないぞ。僕を追っ払うなんて、絶対にできない。もはや介入してくる奴なんざ、いやしないんだから。君を死ぬまで追いかけてやる」(220)。あれだけ甥エドウィンを慕い、その幸せを願っていた者の口から、この奇妙な暴言がとび出すのだ。ジャスパーはローザにむかってエドウィン殺害の事実さえちらつかせるのだが、そうなると、事の発端は一人の女への激しい恋心ゆえというところへ帰着してしまいそうだが、果たしてどうか。ジャスパーの心の秘密は、それほどわかりやすい黒か白かの論理構造をなしているようには思えない。

ジャスパーは激しい恋情をむき出しにしてみせて、いったい女に何を伝えようというのか。ローザとしても、さすがにそこまでは感取できない。彼女は戸惑い、怯え、一刻も早くその場を去りたいと願うばかりだ。しかしジャスパーはそんなローザを押しとどめて逃がさない。ジャスパーの真のねらいは何なのか。ここではっきりいえることが、ジャスパーのふるまいには、微塵もおのれの思いを理解してほしいなどという甘い気持がないという事実だ。理解してもらおうなど、はじめから期待しない愛の告白が、そもそも愛の告白といえるのだろうか。実はこのあたりにジャスパーの特異な性格と、この小説のいかにもユニークな特性が秘められているとも考えられる。

ここで、『われらが共通の友』に登場するブラッドリー・ヘッドストーンに目をむけてみよう。ジャスパーとヘッドストーンを類似のキャラクターに分類する評家もあるが、どちらも狂的な一面を備えているというほかに、実際この二人はちっとも似ていない。人間としての本質がそれぞれ逆方向をむいているのである。その意味では、ブラッドリーを観察すれば、ジャスパーの個性がますます際立って見えることになるだろう。

ブラッドリーがリジーに愛の告白をする場面が第二巻第十五章にある。ブラッドリーは学校教師で、世間一般の目には尊敬すべき人物かもしれないが、そのあたり、ジャスパーの身分や世間受けに類似したものがうかがえよう。しかしブラッドリーの愛の告白たるや、なんと自信のない、哀れな、忸怩たるものであろうか。リジーの弟の仲介を通したり、いざ当の女性を前にしては言葉が力を失い、自己卑下やら自己弁解やらに傾いてしまう。まことにもって、ジャスパーとは正反対である。何よりも大きなちがいとして、ブラッドリーはリジーに結婚なんぞ申込んでいる。安定した身分と収入をもち出して、これから二人で幸せな家庭を築こうという話である。しかしこんな淡い希望はジャスパーには皆無である。ジャスパーはローザをとことん追いつめ、ローザに嫌われ恐れられることでむしろ快感を覚えている。ブラッドリーの場合には、リジーに嫌われては困るのだ。どうにかしてこっちの気持を理解してもらい、好きになって結婚してほしい。ところがリジーは結婚申込みを断る。するとどうだろう。ブラッドリーは乱心におよび石におのれの手を打ちつけて血を流し、女の気持をますます遠ざけ、その失恋の敗北感が嫉妬心に火をつけ、恋のライバルであるユージーン・レイバーンへの抑えがたい憎しみに転ずる。ついにはレイバーン殺害へと激化するのだが、それからの展開は水門番ライダーフッドとのやりとりのうちに進行していく。最後にはこの生まじめな、小心翼々たる学校教師の格闘と死をもって閉じるわけだが、こうしてブラッドリーの一連の行状をたどってみれば、ジャスパーとのちがいが歴然とするだろう。ジャスパーは恋にのぼせて足場を失うことなどなく、恋のライバルを消すにしても、決してわかりやすいシナリオなぞつくらない。ブラッドリー・ヘッドストーンはその行動から心情から、すこぶるわかりやすいキャラクターとして作中に生きているが、かたや、ジャスパーの謎ははるかに深い。

ふたたび問う。人間ジャスパーとは何者か。発表された分の内容に照らして考えるなら、エドウィンの謎というよりも、むしろ叔父ジョン・ジャスパーの心情と行動のほうに謎の比重が大きくかかっているのは疑うべくもない。ディケンズの次女ペルギニー夫人の証言に、こうある。「(父) が興味と新鮮味を作品構想のなかに求めたのは、ただ《謎》だけではありません。父本人が語ったように、殺人犯がまるで他人事のように自分の誘惑や気質や性格を述懐してみせるというような、まあ、いわば心理的叙述といったところに作品の新しさがありましょうか」(Walters, *Complete*, 225)

「殺人犯の誘惑や気質や性格を心理的に叙述する」とやら、ここにこそディケンズの関心があったとの指摘は一考に値するものと思われる。ジャスパーは叔父とはいえ、エドウィンよりもわずか数年の長にあり、ここにはやや特殊な二人の若者の交わりがあるといってよい。親のないエドウィン青年の庇護を引受けながら、ジャスパー自身にもまた若者としての悩みや憧れがあったはずだ。その心内にはうかがい知れぬ影と屈折とがあり、ジャスパーは一筋縄ではいかぬ人物として登場する。「苦しみが――悩みがあってね、ときどき潰されそうになる。それでアヘンにすがってきた」(15)。ジャスパーは悪びれることなくエドウィンにこう打明けるのだが、その悩みとはいったい何なのか。「とりとめのない野心というか、憧れ、不安、失意というか、何と呼ぶべきかね」。こんなぐあいに、本人でさえもはっきりしない模糊たる感情が心中にくすぶっているようなのだが、要するにジャスパーは不幸な男として生きている。そうして早々と、何かとんでもない方向へ暴走していくような予感さえ覚えてしまうのだ。エドウィンとの会話のなかでは、「警戒」(warning) という一語をもって、何やら危険信号のごときを送っている。

「僕はプッシーを学校から引っぱり出して、さっさとエドウィン・ドルード夫人にしてやろうと思うんだよ」とエドウィンがいえば、「それなら、警戒することにはならんな」(18) とジャスパーが返す。彼は何を警戒せよといいたいのか。エドウィンはまた、叔父があまりにも愛しすぎるから離れたいという。あとの所では (第十三章)、叔父がちょっと恐いとまでいう。いったいジャスパーの愛とは、どういう性質の愛なのか。極端なまでに爛熟へ傾き、やがては危険な色調さえ帯びて当事者を脅かすまでになる、その種の愛のあらわれとしては、オスカー・ワイルドの『サロメ』に一つの類型を見るが、その危険の只なかには同時に世紀末の妖艶な華が咲いているはずである。聖歌隊長ジャスパーの朗々たる歌声のなかに、ヨカナンの唇を執拗に求めるサロメの声音が混じってはいないだろうか。ヨカナンを近づけ、ヨカナンと唇を重ねようとするのは、畢竟、自己の歪んだ愛欲充足にほかならず、はげしい愛情とはすなわちエゴイズムの一形態にすぎまい。ジャスパーの愛情はもっぱら自己の欲望に固く結ばれ、裏を返せば、危険の要素をふんだんに含みもつ毒物そのものである。「甥は安らかに、気持よさそうに眠っている。ジョン・ジャスパーは火のついていないパイプを手にして、しばらくのあいだ、甥の寝姿をしげしげと見下ろしていた。それから足音を忍ばせて自室へ入り、パイプに火をつけ、夜更けに立ちあらわれた幻にわが身をゆだねたのであった」(48)。

ジャスパーが吸うパイプとはアヘンに他ならない。エドウィンの寝姿を見ながら彼は何を思案していたのか。アヘンがもたらす幻とは何か。それはおそらく危険な像を結んでいたであろうことが、ずっとあとに、ロンドンのアヘン窟で漏らす話(第二三章)のなかに明かされることになる。ジャスパーはアヘンがもたらす夢幻のなかで幾度となく、ある一つの事をくり返していたそうだが、その幻はついに現実のものとなり、「やってしまえば一瞬のこと、わざわざやるまでもなかったようだ」というわけだ。それが何であったのかは自明である。

「じたばたするわけでもなく、真っ青になったり、哀願するのでもない。それにしても、あんなものを見たのは初めてだ」ここでハッとする。

「何を見たって? おまえさん」

「ほら、ご覧よ。なんて哀れな、卑しい、情けないやつなんだろう。幻じゃないさ。やってしまったんだ」(264)

ジャスパーの内奥にわだかまる感情とは、いったい何なのか。エドウィンとローザの許嫁関係にしつこく介入しないではいられない。しかしそうかといって、恋愛物によくある三角関係のもつれかといえば、ただそれだけに止まらないところがある。ジャスパーが甥のエドウィンを慕っていたのは仮に疑えない事実としても、その甥がかねて約束のローザと結ばれる一事については喜んでいたものかどうかわからない。おそらく喜んではいまい。それならジャスパーはエドウィンを手放したくなかったのか、と考えてみる。女と結婚して離れていってしまうのはやりきれないというのなら、相手の女を憎んでも不思議はないはずだ。しかしジャスパーはローザを憎んでいたのだろうか。音楽レッスンにあってローザがジャスパーに感じた恐怖とは、ジャスパーの深い憎悪の念に端を発したものだろうか。もしそうであるならば、後の章でローザに愛を告白するジャスパー（第十九章）とは何なのか。

チェスタトン流に簡明に捉えるなら、ジャスパーははじめからエドウィンのことなどちっとも愛していなかった、となる。つまり偽っていた。本心ではエドウィンを憎んでいたのである。いつかこの憎しみを晴らしてやりたいと思っていた。何がそんなに憎いかというのは、そう単純ではなさそうだ。女にもてて、明るい性格で、人生街道を楽々と闊歩しているような若者に嫉妬していたのかもしれない。ちょうど『オセロー』のイアーゴーのように、とにかく《奴》が憎いのである。あるいはリチャード三世が毒づくように、ありとあらゆるこの世の平安を呪ってやるぞというものだろうか。要するに、憎しみの権化としてジャスパーを登場させ、彼がこの先何をやらかすかというところに小説の主眼が置かれ、ストーリーが着々と肉付けされていく。そんなふうに考えられなくもない。

ジャスパーは要するに悪い人間である、いったい作中のどこに善人たるジャスパーがいるか[13]、とはフィリップ・コリンズの率直な見解である。善人と悪人とを行き来する二重人格者だなど、とんでもないという。アヘンに惑溺するかたわら、真面目な聖歌隊長を務める、そんな人間ならザラにいるだろうというのだ。コリンズの冷めた眼がとらえるところ、斯界の注目を集めたエドマンド・ウィルソンのディケンズ理解などが、どれほど大袈裟で、どれほど牽強付会の説と映ったことか(14)。

たしかにジャスパーは悪党にはちがいない。「君を死ぬまで追いかけてやるぞ」というような烈しい、歪められた愛の告白に恐怖を覚えたローザが、ときを措かずして後見人のもとに避難するのは、むしろわかりやすい行動である。ジャスパーは愛を絶叫しながら、その仮面の下で憎しみをつのらせていたのだ。この恐ろしいまでの愛の告白は、女をちぢみ上がらせ、恐怖の底へ突き落とす。ジャスパーはエドウィンが消えてしまったあとでこの暴挙に出た。あたかも、早くからローザに恋い焦がれ、その恋する一人の女のために、エドウィンの婚約からエドウィンそのものの存在までが、すべて排除すべき敵であったかのように。実際、そもそもローザに恋心など抱いていたかどうか。ジャスパーの関心は色恋沙汰などよりも、まったく別のところにあったように思われてならない。

また、こうも考えられる。エドウィンに寄せるジャスパーの愛情が当初から偽りであったと考えるより、偽りなきままに殺人へと発展したと解するほうが、小説の味わいとしては勝るのではないか。ディケンズが「新しいアイデア」というとき、その種の効果を狙わなかったとは思えない。愛するから殺すという、この人間の心の不条理、その闇の領域には三十年前からすでにアラン・ポウが切り込んでいたし、怪しげな無意識のはたらきまでを導入して、その力に動かされる人間の様態ともなれば、十年前にウィルキー・コリンズの『月長石』が出ている。ディケンズがそれらの先例を意識しなかったはずはない。ディケンズは一八四二年のアメリカ旅行でポウと会談して少なからぬ興味を覚え、コリンズの一作は、そもそもディケンズの編集になる『オール・ザ・イヤー・ラウンド』のページを飾ったものであった。

ジャスパーはエドウィンを愛しつつ、同時にまたローザを愛する。そうしながらもエドウィンは遠からず国を去り、ローザもまた自分を拒否することぐらい始めからわかっている。そんなジャスパーの心に何が起こったか。愛だの恋だのを超えて、ジャスパーが凝視していたものは何なのか。この謎に満ちた人物の形象を、どのような言葉でもって表わし得ようか。ここには現代文学にも通じる大きな課題があるはずだが、ディケンズはその課題にどう対処したかとなれば、それこそ、この作品が未完に終ったために解釈上の限界がある。遺された前半部分にわれわれが読み取るのは、ジャスパーなる特異な人物の執拗なまでの愛情表出と、その屈折した心情が恐ろしい方向へと脱線していく様だけである。それがどんな意味をもつかという作者の思索の様相が、ついに書かれなかった本作品の後半部分に何がしかの跡をとどめるはずではなかったか。

ジャスパーがローザを圧迫したように、眼がものをいい、眼の魔力が相手を恐怖に陥れるという話になれば、これはディケンズの最後の朗読レパートリ「サイクスとナンシー」の構造に直結する。夜道を急ぐナンシーはスパイに監視され、悪党どもの眼を恐れながらも、サイクスに撲殺されたあとはみずから恐ろしい眼の幻となってサイクスを恐怖のどん底に突き落とし、ついには死に到らしめる。

この種の眼の働きに依拠する構造は、『エドウィン・ドルードの謎』にあってはさらに大きな意味をもってあらわれ、ストーリーの謎を保証しながら、同時にプロット解明の上で少なからぬヒントを投げかけている。イーストエンドのアヘン窟に働く女の言動が、まずそれである。ジャスパーはアヘン吸引の半睡状態から「わけのわからぬこと」を口走り、女はそれに異常なまでの関心を示してジャスパーを追跡することになる。なぜ女はジャスパーに関心をもったか。それは謎である。とにかく女はエドウィンが消える前と後との二度にわたり、ジャスパー追跡を決行して、二度目にはジャスパーの素性をつきとめ末尾の意味ぶかいくだりへとつながっていく。

「女から見られているとも知らずに、ジャスパーは高らかに歌う。その声が最高潮に達するなり、女はニヤリと笑い、そうして、――ダッチェリーはたしかに見た――女はほの暗い柱の蔭から、ジャスパーにむけて拳を振りかざしたのだ」(273)。ここで女がジャスパーを監視しているのと同時に、その女をダッチェリーなる謎の人物がまた監視しているという二重構造に注意されたい。一つの眼の働きが、また別の眼の働きを誘うのだ。

たしかにダッチェリーの監視も、さまざまな議論を呼ぶところである。ダッチェリーは町の人びとを観察して、とりわけジャスパーに関わることとなれば只事ならず、部屋の板壁にチョークで筋を引いて一定の価値評価なりを記録する。このダッチェリーの監視もまた、じりじりと獲物を追いつめていくような暗示をたたえながら、小説を謎の衣につつんでいるのだ。ジャスパーとダッチェリーの関係はいったい何なのか。これも謎である。

弁護士グルージャスの一件もまた謎の例外ではない。エドウィンとローザの婚約破棄についてジャスパーがはじめて知るのは、ローザの後見人グルージャスを通してである。ジャスパーとしては寝耳に水の話であり、後悔やら罪悪感の入り混じった複雑な想念に襲われたであろうことは、その言動に明らかである。第十五章の末尾に、はなはだ意味ぶかい、実にみごとな叙述がある。グルージャスがジャスパーにローザとエドウィンの婚約が破談になった旨を伝えた直後のこと、「そのときグルージャスは恐ろしい叫び声を聞いた。おぞましい男の姿は、椅子の上にも、どこにも見えなかった。ただ床の上に、ずたずたの、ぼろぎれの塊が見えたばかりだった。それでもグルージャスは、相変らず掌をひらいたり閉じたりしながら、暖炉の火に手をあたため、ぼろぎれの塊をじっと見下ろしていた」(175)。

「ぼろぎれの塊」――ジャスパーの姿は、それに近づく者までも謎めいた色に染めてしまうかのようだ。グルージャスはその好例ともいうべきで、彼の心の裡もいつしか謎につつまれ、いったいグルージャスは何を考えているのか判然しないところがある。明らかな一事としては、ジャスパーを疑い、憎み、そしてローザを心から愛していることぐらいだ。かくて、謎はいよいよ深まる一方である。

右の例にうかがえるように、ひたすら「見る」という行為の裡に万事を封じ込めてさっさと切り上げてしまう、このような簡略と凝縮の文体が、後続のプロット展開に大きく貢献していることはいうまでもない。

ジャスパーの言葉そのものからして簡潔と暗示に富み、極端な場合には言葉をひとつも発していないのに多くを語るという、いわば言葉の逆説的機能さえうかがえる。先に触れたローズが歌いジャスパーがピアノ伴奏をする場面（第七章）がそうであり、さらにはジャスパー本人が登場しない場面であっても、その存在は常にどこかに感じられ、周囲の目の構造に支えられて、ますます謎を深めながら闇のなかに埋没していくのである。

だがそうでありながら、作者はこの人物の不可解な核心部にあえて触れようとはせず、なべて明みに出すやり方とは逆の方向へむかうのである。すなわち、プロットの流れにそのまま身をゆだねて、謎はむしろ謎のままに留めおくのだ。こんなところにも演劇の性質が見えるわけだが、その観点からすれば、『エドウィン・ドルードの謎』こそがディケンズの全作品中もっとも徹底して劇的文体を発揚しているといえよう。ほかの作品はいずれも、こうまでドラマの醸成に徹することはなく、それよりもむしろ、劇的効果をそぐ饒舌体が頻繁に躍り出てくるのである。

ジョゼフ・ハットンによれば、ディケンズは早くから『エドウィン・ドルードの謎』を芝居化する意向であったらしい。その遺志を引継ぐつもりでハットンはディケンズの長男の協力を得ながら脚本を仕上げたが、舞台監督ハリー・ジャックソンの反対によって上演はならなかった(15)。ディケンズ自身が本作をどのように芝居化しようと考えていたか知るすべもないが、半年ほど前には「サイクスとナンシー」の暴力と恐怖のドラマを朗読して、その恐ろしい反響にみずから酔いしれたものだ。もしも最後の小説が完成していたならば、「サイクスとナンシー」につづくセンセーション物の朗読台本がもう一篇作られたかもしれない。そう考えたくなるほどに『エドウィン・ドルードの謎』は、プロットから対話から、また人物の相互関係や、人目をあざむく変装、日記、告白に至るまで、いずれをとっても演劇的効果に彩られている。ディケンズの演劇志向という点で、この最後の一作は、初期の『オリヴァ・トウィスト』に内包される演劇性が晩年の朗読「サイクスとナンシー」に結実した例とともに、ディケンズ文学の際立つ特質を明示してくれるはずである。

もう一つ、プロットの進行を助ける要素についても無視できない。セイロンからの二人の孤児、ネヴィルとヘレナが慈善の救いによってクリスパークル牧師のもとへ寄宿することになるが、これは作中の人間関係を重層化し、話のはこびを活性化するためには欠かせない筋立てである。この筋が入り込むことによって、ネヴィルとエドウィンが出会い、つまらぬ言葉の応酬から二人の関係がこじれ、それに乗るようにしてジャスパーが動きだす。行き着く先として、クリスマス・イヴとその翌朝の状況を描いた第十四章こそは、この小説の行方を決定づける極めて重要な一章であろう。

クリスマス・イヴの夕べにはエドウィンとネヴィルをよんで、二人の仲直りパーティを催すはこびとなる。ネヴィルは気が進まぬながらにジャスパーの家の前までやって来て、ためらいがちに往ったり来たりしたあと、ようやく裏口の階段を上っていく（And *he* goes up the postern stair.）。"*he*" がイタリックで強調されている点に注意されたい。つづいてエドウィンの叙述に移るわけだが、ここではアヘンを吸う老婆が近づいてきて、ジャスパーにちなんだ不吉な話を吹き込む。エドウィンは女と別れたあと、橋を渡り、川のへりを歩いていると、風がつのり、空が荒れ、川の水が騒ぎ、稲妻が光って、老婆の言葉がまた聞こえてくる。あんたの名前は呪われた名前だ、危険な名前だ、と。エドウィンはジャスパーの家のアーチウェイをくぐり、"And *he* goes up the postern stair." となる。

次は三人目として、ジャスパーの一日が記述される。この日はこれまでにない完璧な美声をふるって教会の仕事に努めてくれたとか何とか、クリスパークル牧師はジャスパーを激賞する。このあたりの二人のやりとりにも注意しておきたい。ジャスパーの明るい、いつになく屈託のない態度がかえって異様に感じられないだろうか。さて、ジャスパーはクリスパークル牧師と別れる。ひとり家路をたどりながら、小声でまた歌いだす。寸分狂いのない歌である。こんなことは、かつてなかった。家の入口のアーチにさしかかる。このあとが瞠目すべき一瞬だ。「ジャスパーは覆いの下でふと立止まり、例の黒い大きなスカーフをとって、腕に輪を作って引っかけた。このわずかのあいだだけ、キッとなり、硬い表情をみせた」（164）。それからまた歌いだして、"And *he* goes up the postern stair." という話になる。三度くり返される右のリフレイン「裏口の階段を上っていく」は、どうしても何か起こりそうな、不気味なひびきをもって迫るではないか。イタリックの“he”なども、三人めいめいを指しながら、先のほうで特定の一人に重なっていくような凶々しいニュアンスさえ感じられる。

このあとは一同が集うパーティのひとときとなり夜もふけていくはずだが、パーティの内容については一切触れられず、嵐が刻々と激しくなっていく外の様子だけが一ページ近くにわたって描写され、次はもう嵐が過ぎた翌朝の場面となる。嵐の一夜のどこかしらで、恐ろしい事件が起きていたはずなのに、事件そのものは裏側の見えない所に押し隠されてしまっている。これはちょうど『マクベス』の最重要場面であるダンカン王殺しが、観客の目にふれぬ舞台裏で、奇声を伴いながら実行されてしまうのにも似ている。そしてこのあとの、ジャスパーの動転ぶりと、甥の行方を捜索するひたむきな行動もまた、王殺しのあとのマクベスの挙措にすこぶる近いものがある。

ネヴィルの存在はかようにジャスパーの行動に弾みをつけ、プロットの骨格づくりに寄与しているのは確かだが、双子の妹のヘレナも同断である。ヘレナはローザの側に付いてジャスパーと対峙し、エドウィンの失踪後は兄ネヴィルを擁護しながら背後に退いていく。影の存在のようでありながら、ヘレナは作中どこかにしっかりと生きている。先述したように、クロイスタラムの町に突如現れるダッチェリーなる老人が、実は変装したヘレナであるという見方さえある。そう考えれば、いきおいヘレナの存在は大きくなる道理だが、これも端倪すべからざる謎である。ディケンズの原稿の末尾が、このダッチェリーによるジャスパー監視の一事をもって終るのも興味ぶかい。「ダッチェリーは部屋の隅の戸棚をあけて棚からチョークのかけらをつまみ出し、扉の上から下へ太い得点ラインを追加した。それから、いかにも旨そうに朝めしを食べ始めた」(274)。

ダッチェリーの立居振舞いからして、一つ一つが謎である。ディケンズの筆は謎から謎へと駆けめぐる。謎を小説構造の要石とするからには、謎は最後まで謎のまま温存しておかねばならない。すべての手札を明るみに出してはならぬ。暗示と削除を旨として、語らぬことをもって多くを語り、謎の中心をそのまま永劫の闇底に沈めてしまうにかぎる。ディケンズ作品の一大特徴をなす饒舌体が、この作にあってはそれとは正反対のヴェクトルをもつ凝縮文体のうちに稀有のかたちを形成しているのが、「謎」が生みなす力学の裡に看て取れよう。『エドウィン・ドルードの謎』はその意味でも特異な小説であり、ディケンズ最晩年の試みとしてひときわ注目に値する一作といえる。

『エドウィン・ドルードの謎』は『マクベス』や『オセロー』の趣を濃厚に宿しながら、図らずも予定の半分をもって中断してしまったことで、解答なき永遠の謎が、ちょうど『ハムレット』の謎を思わせるほどに深いものと化している。もちろんディケンズとしては小説の最終章にジャスパーの告白を用意して、ここですべてを明るみに出すつもりであったらしいが、実際その告白がどこまでジャスパーの謎を正確に、余すところなく表出し得たかはまた別の問題である。ハムレットの独白は主なもので劇中に七つあるが、それらにハムレットの真意がどれほど表れていようか。本人の口からとび出す言葉が、みな真実を伝えているとはかぎらないのである。その意味でも、ジャスパーの告白場面にこそ作者の真の力量が問われるところであり、それに接する機会が永久に失われてしまったことは残念でならない。

しかしジャスパーの告白に幾ばくかのヒントを投げかけるものとして、ディケンズの最後の完成作品に『ジョージ・シルバーマンの弁明』（一八六八年）がある。ここでは主人公が過去の汚名をすすぐようにしてわが身に襲った昔の〝事件〟を回顧する。この一人称による告白体は、自己の原点を失うまいとする揺るぎのない信念に裏打ちされているが、かたやアヘンに逃避することで辛うじて心の安寧を保っているようなジャスパーが、信ずるに足る自己のありのままなどをどこまで語ることができただろうか。ジャスパーの言葉はあまりにも韜晦と、暗示と、イヤーゴーばりの策謀に傾きすぎている。

もう一篇、ずっと早い時期に、『マスター・ハンフリーの時計』に発表した「チャールズ二世治下の獄中に発見された告白書」（一八四〇年）という短篇がある。これは生涯の最後の夜にかつて犯した罪を告白するというもので、小説の大枠がポウの「黒猫」にたいへん近い。幼い甥を殺害した男の告白であるが、殺された甥の母親の眼がしつこく迫ってくるあたりは、ちょうどナンシー撲殺後のサイクスを怯えさせたあの〝眼〟を想起させる。しかしこの一作もまた、センセーショナルな事件性という一点に告白の焦点が結ばれていて、その背後にあるべき人間の心のうかがい知れぬ闇の底にまで言葉のメス先が届かないのである。

ディケンズは人間の心の闇を、個人の胸の裡なる秘密を、どのように小説化しうるかという、小説の新しい可能性を模索していたように思われる。いや、その前に、人間ほど不可解な生き物はなく、言葉ではどうすることもできぬ人の心というものを、彼は日ごとに痛感していたはずだ。家庭内のいざこざ、妻との不和・離別、友人、知人、愛人を引きずる感情のもつれ、これらはみな言葉の力のおよばぬ域にあるものだろう。それを一方で痛感しながら、一方では言葉のまだ残された可能性を探っていたのではなかったか。言葉の力の限界を知りながらも、さらに言葉を駆り立てて一個の作品を書くことはできまいか。ディケンズはそのことを考えつづけたのではなかったか。演劇趣味に走ったり、雑誌の編集に没頭することはあっても、それらさまざまな試みを貫いて、終始変わることなく、言葉による新しい表現を、新しい虚構空間の発見をディケンズは常に切望していたのだろう。ジョン・ジャスパーという特異なキャラクターを小説構造の中心に据えたことこそが、その事実を証明しているはずである。

注

（1）Rosenberg. *The Dickensian*（1890）pp.42-43. 及び Beer, *Dickens Studies Annual*（1984）p.144. 参照。

（2）「制作ノート」のオリジナルはヴィクトリア&アルバート博物館のフォスター・コレクション

(No.167) に収められている。ディケンズの制作意図、または執筆プロセスを検証しようという際にかならず引合いに出される資料である。

（3） Nicoll, p.34. このエピソードのオリジナル出典はディケンズの次女による回顧録、'Edwin Drood and the Last Days of Charles Dickens', *The Pall Mall Magazine* (June 1906) にある。同回顧録のなかで、ペルギニー夫人は叔母ジョージーナの証言も紹介する。ジョージーナがあるときディケンズに、エドウィンを殺さないようにと願ったら、この小説はエドウィンの「生涯」ではなくて、「謎」という題だとの答えが返ってきたそうだ。その答えがまた謎めいている。

（4） Brend, *The Dickensian* (1955) 参照。

（5） エドウィンの生死については諸説紛々であり、ゲヴィン・ブレンドはそれらを二グループに分けて「葬儀屋」と「復活屋」の二種に区別している。上掲資料参照。

（6） Ley, J.W.T. 'The Trial of John Jasper', *The Dickensian*. 33-41 (February 1914). 本文中には当日の裁判光景を写した写真がたくさん収録されていて興味ぶかい。

（7） ただしショーの言い分もあって、後日の手紙によれば、彼自身がこの企てにさしたる意義を覚えていなかったふしがある。(Cf.) 'Letter to Frank S. Johnson' (12 January 1914), *Shaw on Dickens*, pp.73-74.

（8） 当イベントの盛況ぶりについては『ディケンジアン』誌（一九一四年六月）にも詳しく紹介され、三〇〇〇人の観客を集めて真夜中までつづいたとか、「裁判」当日の三日前にはもう小説『エドウィン・ドルードの謎』は書店の棚にみつからず、公共図書館ではみな貸し出されてしまっていたということである。

（9） 本作品の挿絵は当初チャールズ・コリンズが担うはずであったが、健康上の理由から叶わず、ルーク・ファイルズがその任についた。本作品の内容にからむディケンズとの重要なやりとりを、ファイルズはずっとあとになって*TLS*（27 October,1905）に書き送った。同様の話がHughs, W. R. *A Week's Tramp in Dickens-land.* p.140にも紹介されている。

（10）Beer, *Dickens Studies Annual*（1984）p.153.

（11）Robert, *Dickens Studies Annual*（2009）参照。また*All The Year Round*（12 May 1866）には‘Lazarus Lotus-Eating’と題してロンドン・イーストエンドのアヘン窟探訪記が載っている。当エッセイは『エドウィン・ドルードの謎』書出しの数ページに通じる趣がつよい。

（12）Jackson, p.60. フィリップ・コリンズの説によると、アヘン窟の女のモデルは老婆ではなく、Sallyという二六歳の女であるそうだ。そこから類推して、アヘン窟の（若い）女はかつてジャスパーに穢されていたのではないかという。しかし当人の述懐によると、「この商売を始める前にゃ十六年間の酔いどれだった」（*Edwin Drood*, p.4）というから、そう若くはないはずである。Collins, ‘Inspector Bucket visits the Princess Puffer’ 参照。

（13）ジャスパーを善人とみる論者はフェリックス・エイルマーを含めて、シドニー・ルイス（*Nottingham Guardian*, 9 January 1912）、キャサリン・ケリー（*The Dickensian*, January 1925）、リチャード・M・ベーカー（*The Drood Murder Case*, 1951）などが挙げられる。Aylmer, p.12参照。

（14）Collins, *Dickens and Crime*, XII. コリンズのエドマンド・ウィルソン批判についてはpp.304-312参照。

（15）Nicoll, pp45-53. にこの脚本（四幕物）の末尾が紹介されている。ジャスパーは甥を殺したあと警察に逮捕されるはこびとなるが、その終局場面で発作を起こして死ぬ。これも一つの「解釈」

に支えられたアダプテーションの例である。

引用・参考文献

＊テキスト：Dickens, Charles. *The Mystery of Edwin Drood*. Vintage Books: London, 2009. これに加えて Clarendon 版、Oxford World's Classics 版、Penguin English Library 版を参考に供した。引用文のページ表記は Vintage Books の版による。

Aylmer, Felix. *The Drood Case*. London: Rupert Hart-Davis, 1964.

———. 'John Forster and Dickens's Book of Memoranda', *The Dickensian*. December, 1954.

Academy of Music, Philadelphia, USA. *Trial of John Jasper for the Murder of Edwin Drood*（April 29, 1914）.

Baker, M. Richard. *The Drood Murder Case*. University of California Press, 1951.

Beer, John. '*Edwin Drood* and the Mystery of Apartness', *Dickens Studies Annual*. vol.13, New York: AMS Press, 1984.

Brend, Gavin. '*Edwin Drood* and The Four Witnesses', *The Dickensian*. Winter, 1955.

Cardwell, Margaret. *Edwin Drood: A Critical and Texual Study*. Ph.D Thesis, 1969.

———. Introduction to *The Mystery of Edwin Drood*. Oxford World's Classics, 1982.

Collins, Philip. 'Inspector Bucket Visits the Princess Puffer', *The Dickensian*（May, 1964）.

———. *Dickens and Crime*. The Macmillan Press, Third edition, 1994.

De Quincey, Thomas. *Confessions of an English Opium-Eater and Other Writings*. Penguin Books, 2003.

Dickens, Charles. *Letters*. Vol.12, Eds. Madeline House & Graham Storey, Oxford: Clarendon Press, 2002.

———. *George Silverman's Explanation*: Alma Books Ltd, 2015.

———. *Our Mutual Friend*. Oxford World's Classics. Oxford University Press, 2008 (first published 1989).

Dickens Fellowship, Toronto Branch. *Trial of John Jasper* (November, 1921). *The Dickensian* (January–June, 1914).

Forster, John. *The Life of Charles Dickens*. London: Chapman & Hall, 1899.

Forsyte, Charles. *The Decoding of Edwin Drood*. London: Victor Gollancz Ltd., 1980.

Hughes, R. William. *A Week's Tramp in Dickens-land*. London: Chapman & Hall, 1891.

Jackson, Henry. *About Edwin Drood*. Cambridge at the University Press, 1911.

Jacobson, Wendy S. *The Companion to The Mystery of Edwin Drood*. London: Allen & Unwin, 1986.

Kaplan, Fred. *Dickens and Mesmerism*. Princeton University Press, 1975.

Lang, Andrew. *The Puzzle of Dickens's Last Plot*. London: Chapman & Hall, LTD., 1905.

Ley, J.W.T. *The Trial of John Jasper for the Murder of Edwin Drood*. London: Chapman & Hall, 1914. (Vintage Books, *Edwin Drood* 巻末にも収録)

Morford, Henry (formerly attributed to Charles Dickens, the Younger and Wilkie Collins). *John Jasper's Secret*. New York: R.F.Fenno & Co., 1905.

Nicoll, W. Robertson. *The Problem of 'Edwin Drood': A Study in the Methods of Dickens*. Hodder and Stoughton: London, New York, Tronto, 1912.

Pakenham, Pansy. 'The Memorandum Book, Forster & *Edwin Drood*' , *The Dickensian*. Summer, 1955.

Proctor, Richard A. *Watched by the Dead*. London: W.H.Allen & Co., 1887.

Rosenberg, Edgar. 'Dating *Edwin Drood*' , The Dickensian. 1890.

Tracy, Robert. 'Opium is the True Hero of the Tale: De Quincy, Dickens, and *The Mystery of Edwin Drood*' , Beer, *Dickens Studies Annual* (1984). vol.40, New York: AMS Press, 2009.

Walters, J. Cuming. *Clues to Dickens's "Mystery of Edwin Drood"*. London: Chapman & Hall, 1905.

———. *The Complete Mystery of Edwin Drood*. London: Chapman & Hall, 1912.

Wilson, Angus. *The World of Charles Dickens*. London: Martin Secker & Warburg Ltd., 1870.

(付) 明治期のディケンズ翻訳

翻訳小説が、いつの頃からか時流に乗って世にあふれ、これを読みこれを語れば、いわゆるハイカラ人士とされるような一般の風潮が生れた。いかにも粋でおしゃれで、人目を惹くこと少なからずというわけで、本好きの新しがり屋などは我も我もと飛びついた。そうなると、一方ではまた、訳業に手をそめる者も多く出て、世は翻訳書の花ざかりと相なったわけだが、しかし表向きの壮観には必ずや裏がある。木村毅は明治時代における胎成期の翻訳をかえりみて、「当時に於ては翻訳は直ちに文壇の脈管に生血を通はす酸素吸入の如きものであつた。だから又翻訳がこの期の如く尊重せられた事はなく、翻訳のみを以て優に文壇の大家となり得た(1)」とまとめている。これも表と裏の一面に触れた評言といってよいだろう。

翻訳にまつわる往時の風潮は、なにも明治の一時期だけに限られたものではなく、その後もずっと尾を引いていたように思われる。中野好夫の随想（『迷訳ばなし』）によれば、支那事変にかけての昭和初年代、ずいぶん出鱈目な翻訳書が出まわったそうだ。それでも大勢の読者がついたというから情ない。流行の風に押されて、翻訳ものの大量生産が進み、しまいには悪貨が良貨を駆逐するというあんばいであった。

ともあれ翻訳小説なるものが、早くから日本人の心を捉え、魅了し、ときに人びとを振り廻してきたことは否めない。もちろん時代の勢いの蔭に、個々人の胸をゆさぶる確かな実感があったことも事実である。たとえば川村二郎が少年時代を追慕して、子供用に翻訳された外国作品を読むたびに、みずみずしい感動を覚えたと書いている。ワイルドの「幸福の王子」、トルストイの民話、ドーデの田園ものなどを読んだそうだが、それらと比べると、「日本の『名作』は何かくすんで光沢に乏しい」と、その頃の印象を回顧しているのは興味ぶかい（「翻訳の日本語」、『日本語の世界一五』所収）。

外国ものはどこかしゃれている。夢がある。新しい世界がひらけて見える。こういう感覚は、一方で土着ものを嫌い、古臭い型や凝り固まった様式から解放されたいという切なる願望をよび醒ました。なにも子供や若者だけに限らず、誰にでも、いつの時代にもあることだ。日々の営みから遠く離れた未知の世界へ、この世ならぬ珍しい土地へと人びとの夢は駆けてゆく。私たちはそれを嗤うわけにはいかない。ただ、これを一種のロマンティシズムの熱病と解するなら、日本のある時代は疑うべくもなく、その種の熱にうかされていたといえる。たとえば江戸末期からぼつぼつうごめき始めて、明治におよんで世間を沸かせたあの文明開化の風潮などは、一つの時代相の顕著なあらわれとして、右の事例に当てはまるだろう。

むろんこの近代日本の開化が、漱石の説く「外発的な開化」、つまり外からの圧力による強引な開化であったという一面も無視するわけにはいかない。それまでつづいた封建時代の自足せる体制に亀裂が走り、そこへ欧米文化の新しい価値が押し寄せて、幕末の開国から明治維新へとつながった。このままではならぬ、国を建てなおさねばとの烈しい危機意識から、大急ぎで西欧文明の摂取なり、学習なり、模倣がなされた。まことに性急な、突貫工事まがいの、外から迫られ突つかれた挙句の開化であったわけである。しかし同時に、人びとは洋服だの椅子テーブルだの、煉瓦通り、ウイスキー、ダンス・パーティなどを笑い草にしながら、なおひそかに心惹かれる感覚があったのではなかったか。新しい世の、香わしい春風が頬に吹きあたるのを心地よく感じていたのではないか。こんな所にも、人間通有の免れざる一片の真実がのぞいていよう。

明治の初めから次第に活気づいていった翻訳のさまざまを考える際にも、当時の情勢と、その蔭に揺曳する人びとの心と、二つながら念頭に置いてかからねばならない。

明治初年にあって外国語の読める者は、医者、科学者、外国業務に携わる専門家ぐらいであったから、西欧事情に通じるためには、どうしても翻訳に頼らざるを得ない(2)。翻訳がいきおい求められるようになった。どんな翻訳が歓迎されたかといえば、それは何といっても建国の精神に資すべき翻訳であった。新しい体制づくりのために即効力をもたらしてくれるような翻訳でなくてはならない。文学だの芸術の類は、おのずから後まわしになる。そのころに出たベストセラーに、『学問のすすめ』と『西国立志編』があって、前者は翻訳書ではないが、何よりも実学を強調して、焦眉の急たる富国強兵に努めるべきことを説くあたり、やはり時代の声を代表していたといってよい。後者の訳者、中村敬宇もまた、この有名なスマイルズの著作を翻訳しながら、激動の時代では文学なんぞに耽る暇なしと考えていた。福沢も中村も、実学から遠く離れた文学の価値を疑っていたようである。

しかしつらつら思うに、文学は役立たないとされながら、一方では庶民の不満や悦びを、日々の喜怒哀楽を、それとなく代弁してくれていたに相違ない。その意味では、文学こそが現実の生活の側にぴったりと付き、人びとの具体的な生活感情に寄り添っていたことになる。いくら実学が肝要とはいえ、人びとは前向きの実学だけを信奉して生きてゆけるはずもない。明があったというべきか、板垣退助などはそのあたりをよく承知していて、明治十年代の政治小説の繁栄を後押しすることにもなった。すなわち、政治的あるいは道徳的意味合いの強い小説を多く読ませて、国民の意識と時代精神の高揚を図ろうというわけであった。

そういう一方の動きのなかで、文学作品の翻訳が現れるべくして現れた。斎藤了庵訳「魯敏孫全伝」(明治五年)、村上俊吉訳「天路歴程意訳」(明治九年)、それからシェイクスピアの作品として、仮名垣魯文訳「『葉武列土』筋書」（明治八年）、訳者不詳「胸肉の奇訟」（明治十年）などが出た。柳田泉著『明治初期翻訳文学の研究』に付された年表によると、明治十年までの文学系翻訳はせいぜい十点ほどに止まる。その後、翻訳文学の草創期にあっては、イギリスもので最も多いのがシェイクスピアの翻訳であり、次いでブルワー・リットン、それからスコット、ディズレリーとつづく。シェイクスピア作品では、先の「ハムレット」や「ヴェニスの商人」に加えて、「リア王」、「ジュリアス・シーザー」、「ロミオとジュリエット」が早くから翻訳の対象とされ、またラムの「シェイクスピア物語」の数篇なども翻訳されている。ほかには丹羽純一郎訳「奇想春史」（明治十二年、Bulwer-Lytton, *The Last Days of Pompeii*）、小川漁史訳「白浪艶話」（明治十二年、Bulwer-Lytton, *Paul Clifford*）、片山平三郎口訳「鷲瓈皤回島記」（明治十三年、Swift, *Gulliver's Travels*）、上田秀成訳「昔ゆうぜん荒夢物語」（明治十四年、Bulwer-Lytton, *Eugene Aram*）、井上勤訳「良政府談」（明治十五年、Thomas Moore, *Utopia*）、訳者不詳「毒婦欧士勒小伝」（明治十五年、Braddon, *Lady Audley's Secret*）、宮崎夢柳訳「竜動塔話」（明治十六年、Ainsworth, *The Tower of London*）、関直彦訳「春鶯囀」（明治十七年、Disraeli, *Coningsby*）、丈山居士「王子羅西拉斯伝記」（明治十九年、Johnson, *Rasselas*）、牛山鶴堂訳「梅蕾余薫」（明治十九年、Scott, *Ivanhoe*）、渡辺治訳「政海之情波」（明治十九年、Disraeli, *Endymion*）、等々が明治十年代を飾った。それに加えて、さらに注目すべきは次の三つの翻訳であろう。

翻訳小説の第一号と目される『花柳春話』は明治十一年に刊行された。これをバネとして、この先翻訳小説の出版点数が目立って増えることになった。さらに『春風情話』が十三年、『繋思談』が十八年に出て、とりわけ後者は翻訳文体に画期的な変革をもたらし、やがて明治二〇年代の翻訳文学全盛期を迎えることになるのである。

当時の翻訳小説とはどういうものであったか。ここで、右に挙げた代表作三点について、簡単におさらいしておくのも無駄ではあるまい。まず『花柳春話』だが、これはブルワー・リットン作『アーネスト・マルトラヴァース』(*Ernest Maltravers*, 1837)、および続篇『アリス』(*Alice; or, the Mysterious*, 1838) を丹羽純一郎が訳した。原作の忠実な翻訳ではなくて、ところどころを削ったり、つないだり、訳者が巧みにあんばいしながら、そのころ流行の漢文直訳体でまとめている。とくに『アリス』は物語の一部をざっと伝えたのみである。片仮名まじりの文章で読みづらいが、訳者自身の後年の弁に、「此書は英人李頓氏の著にして英国近世の風俗人情を写して剰す所なく政治家の内秘、党派の密情、親子の親、夫婦の愛、貴賤の別、貧富の差其事は皆人の見て而して未だ見ざる所を載せ人の知て而して未だ識らざる所を記す」とあるように、原作の野心的な捉え方がうかがえる。翻訳をとおして何か珍しいものを伝えようとする意欲のほどが察せられるのである(3)。

この作品の内容としては、主人公がドイツへ留学して、そこから帰国の折にアリスなる娘と出遇い、恋に落ちる。しかし、いろいろな障害にじゃまされて事は円滑に進まず、恋人は互いに別個の道を歩む羽目になる。それぞれ別の恋人ができたり、結婚したり、その上ひょっこり再会してみたり、とにかく人生の浮沈が甚だしい。西欧人情の一面が、こんな作品を通して紹介され、世の読書子のあいだで大いにもてはやされたようである。原作者のブルワー・リットンは再版（一八四〇年）の序文のなかで、これはゲーテの『ウィルヘルム・マイステル』に触発された作品であると述べているが、主人公の精神成長の物語となれば、もちろん明治の時代精神に合致するものとして歓迎されたにちがいない。

次は『春風情話』だが、先の『花柳春話』の反響に誘われたらしく、題名がいかにも似ている。こちらはウォルター・スコット作『ラマムーアの新婦』（*The Bride of Lammermoor*, 1819, in *Tales of My Landlord*）を訳したもので、訳者は学生時代の坪内雄三（逍遥）である。但し、学生の身分で本名を掲げるわけにもいかず、表向きだけ橘顕三訳となっている。逍遥は橘顕三の弟を大学の同窓として知っていたので、その関係から名前を借りたにすぎない。顕三氏自身は一介の会社員で、文学に縁のある人ではなかったという。訳文は馬琴ばりの七語調や八九調が主流で、ほとんど原作の翻案のようなものだが、このころ逍遥は、岡倉覚三や高田早苗らと英文作品を読む喜びに埋没して、スコットの作品なども愛読書の一つであった(4)。

同書巻頭に付された「春風情話附言」によれば、「その物語因果応報のことわりにもとづき人情のこまかなるふし〴〵世の手ぶりのさま〴〵なるけぢめをもあはれにをかしく取なし心ゆくばかりに書き写していとも〴〵おもしろき雙紙なり」とあり、「かつその書ざまもすこぶる我国にてもてはやす

図1　『春風情話』（明治初期翻訳文学選・雄松堂・1978）

伝記小説に似たればこれを読み見ん人は八重の汐路をへだてよろづのさまことなる国にても物のあわれのいたりふかきくまはなほたがへることなくてそをうつせる小説の類もじねんにおもむきをおなじくせるを知りぬべし」とつづく。この一節を読めば、ここにもまた、訳者なりの西洋小説の捉え方が現れていて興味ぶかい。逍遥はこれを日本の作物に引きつけて捉え、双方の共通点を強調しているのである。そうしながらもなお、「僕この書を訳すに原書のまゝにてはなか〳〵にきゝにくゝさとりがたきふしはたおほければその大意をのみ訳しとりたるもかつ〳〵あり」と断っている。登場人物は「阿朱遁《アシュトン》」であり「瑠紫《ルーシイ》」であり、「令門土《レイモンド》」、「獰夜奴《ネイヤド》」というぐあいで、その挿絵なども、昔の武家風俗をそのまま援用している(図1)。西洋の材料を使いながら和風の製品をこしらえてみたという、そんな趣が感ぜられよう。これは若者の恋にからむ憎悪だの裏切りだの、失意というがごとき濃厚な情念の渦巻く悲話の一つである。

つづいて『繋思談』に注目したい。ここに至って翻訳意識の大きな変化が認められるわけだが、まずその「例言」を見よう。初めの一項に、これはブルワー・リットンの最晩年の作 KENELM CHILLINGLY; HIS ADVENTURES AND OPINIONS であって、その冠字二個の英音を表題に当てはめたという説明があるが、それよりも次の一項に示された主張が意味ぶかい。

「稗史ハ文ノ美術ニ属セルモノナルガ故ニ構案ト文辞ト相待テ其妙ヲ見ルベキモノナルコト論ヲ待タザルニ世ノ訳家多クハ其構案ノミヲ取リテ之ヲ表発スルノ文辞ニ於テハ絶テ心ヲ用キルコトナク全ク原文ノ真相ヲ失フモ肯テ顧ミザルハ東西言語文章ノ同ジカラザルニモ因ルベシトハ雖モ美術ノ文ヲ訳スルノ本意ヲ亡失セルコト之ヨリ甚シキハナシ……」

文中の「美術」は、今日の「芸術」に置き換えて読めば解りやすい。とにかく、大意を酌むような、骨組だけを伝えるような翻訳であってはならぬといっているのだ。言葉による表現そのものに意を用いるべきだといっている。そうして、このたびの自分の試みが、「一種ノ訳文体ヲ創意シ語格ノ許サン限リハ務メテ原文ノ形貌面目ヲ存センコトヲ期シコレガ為メニハ瑣末ニ渉レル邦文ノ法度ノ如キハ寧ロ之ヲ破ルモ肯テ顧ミル所ニ非ズ」という主旨のもとに結実したことを訴えているのである。ここにいう「一種ノ訳文体」が何を目ざしたものであるか、もはや贅言を要しまい。一口に約めるなら、原文尊重である。日本の風土文化に引きつけるよりも、原作の味わいを壊すまいとする姿勢がありありと見える。

いわゆる「周密文体」の萌芽がここに認められるわけだが、このスタイルはのちの翻訳文の主流をつくり、また、敢えてこれとは対極の道をゆくような翻訳文のかずかずを生むに至った。翻訳についての意識が徐々に深まりゆく、その動きがこのあたりに明らかにうかがえるのである。

ところで『繋思談』の訳者に二人の名（藤田茂吉・尾崎庸夫）が冠せられているが、真の訳者は、明治のジャーナリズム界に名を馳せた朝比奈知泉である。この書を出版するとき朝比奈はまだ学生であったために、逍遥の例にも似て、本名を掲げるのが憚られたようだ。

『繋思談』は要するに人生遍歴ものといってよいが、ここに描かれている人生もろもろの局面、いや、それらを描く筆づかいが生彩に富む。例を一つだけ挙げるなら、主人公が大学の休暇で帰省して、鱒釣りの釣糸を垂れながら父親と語りあう件り（第十三回）、あれなどは、今日の読者でも興味を覚えるのではないだろうか。親子のやり取りにとび交う双方の情味、思惑、そのズレから立ち昇るユーモア、それらには明治の読者も少なからず驚いたにちがいない。その当時、高級な文学と目されたのは、内容に政治思想を含み、漢文調で綴られたものであったが、それに比べると、イギリス渡来の『繫思談』はまるで趣を異にしている。新しい文学の胎動という点でも、この一作は注目に値するはずだ。もちろん、丁寧な訳文でありながら、原文のユーモラスな感触が充分に伝えられていない憾みが無きにしもあらずだが、それはまた「藝」の至難という方面から扱うべき問題かもしれない。

翻訳小説もさることながら、西欧文学全般について、当時の読者のなかでも特に文学を強く意識した人たちはどんな考えを抱いていたものか。ここでどうしても、明治十八年刊行の『小説神髄』に目を向けなければならない。「想うに我が国にて小説の行はるる、此明治の聖代をもって古今未曾有《ここんみぞう》といふべきなり。——（中略）——小説といひ稗史とだにいへば、いかなる拙劣《つたな》き物語にても、いかなる鄙俚《いやし》げなる情史にても、飜案《やきなおし》にても、飜訳にても、飜刻にても、新著にても、玉石を問はず、優劣を選ばず、みなおなじさまにもてはやされ、世に行はるゝは妙ならずや」。

逍遥はこういう小説繁栄の時代を好ましいものとは考えず、今こそ我らとして為すべきことを綿々と述べているわけだが、その情熱のほどは、「我が小説の改良進歩を今より次第に企図《くはだ》てつゝ、竟《つひ》には欧土の小説《ノベル》を凌駕し、……」や、「嗚呼《あゝ》我が文壇の才人、雅客、いたづらに馬琴を本尊とし、あるひは春水に心酔し、あるひは種彦を師とし崇《あが》めて其糟粕《さうはく》をばなむることなく、断乎として陳套手段を脱し、我が物語を改良し、美術壇上に列しつべき一大傑作を編み給へ」などの烈しい言辞の裡に看て取れよう。新しい傑作を産まんとするこの意気軒昂たる叫びのむこうからは、西欧小説を読み、広く学ぶ意義なども遠く聞えてくるようだ。

明治初年にあっては、「開国文学」と称して江戸の戯作調を引きずった作品が出まわった。これにやがて外国ものの翻訳や翻案が色を添えてすこぶる賑やかになったものの、もはや『春風情話』の訳者の域を脱した逍遥としては、内心大いに不満であったにちがいない。

『小説神髄』には「欧土の小説」をことのほか意識し、それと張り合おうとする意気込みが見える。明治初期の政治家たちが近代日本の建国に腐心したように、文学者もまた、新しい日本の文学を樹立しようと強く志したのである。そこに西欧の作品が、一つの模範となり、刺激剤となり、ライバルともなった。——「作者たらむ人は東西古今の稗史を閲してみづから其得失を考ふべし」と。(5)

以上のような文学風土、時代相をざっと確認したところで、いよいよディケンズの作品の翻訳について考察することにしよう。明治期にあって、ディケンズは我が国の読書子にどの程度知られ、またどのように受けとめられていたか、そのあたりを明らかにしたい。

明治期におけるディケンズ作品の翻訳に、ある種のかたより、ある種の傾向のごときがうかがえないものだろうか。最初の翻訳として登場するのが、明治十五年の『西洋夫婦事情』である。これは *Sketches of Young Couples*（1840）の抄訳で、ディケンズの作品としては余り注目されないマイナーな一作といってよい。訳者の加勢鶴太郎は、なぜこれを選んで翻訳したのか。あるいはその表題に、あるいはその中身に惹かれて、西洋人の夫婦とはどんなであろうかと興味をそそられたものか。

この訳書は、「相惚《あいぼれ》夫婦」「懶惰《なまけ》夫婦」「野合《なれあい》夫婦」「貧乏夫婦」「いさかひ夫婦」の五章からなる（原典は十一章）。こういう夫婦のタイプとなれば、もちろん西洋だけに存在するはずもなく、その意味で、これは東西共通の地盤の上に立つ一書といえる。さまざまな夫婦の例をここに挙げて、世人の意識を高め、世の啓蒙に役立てようというものだろう。道徳的な趣が甚だ強い。訳文は当時のごく自然な日本文に引きつけて、日本的情味にしっかりと根を下ろした文章である。たとえば、

「世の夫婦たるもの互いに輔け共に勉むるの道を尽さゞれは真の夫婦たるの道にあらざるを悟り彼は城是夫《じょうぜふ》夫婦の如く共に職業を勉めなば今日嚢裏《のうり》一銭なきの身なるも数十万円の身代となるべき年を期して待つべきなり勉めよや励めよや」（相惚夫婦）

「女房を娶るハ第一に性質の沈着にして小言まで気の付くものを撰み第二に其娶らんと思ふ女の家風が奢侈《おごり》に流れたるか否やを見定むべし若し其母親が家事の取締綿密なるときは娶りてもよし若し又然らざるときハ決してこれを娶るべからず」（懶惰夫婦）

こういう調子の翻訳である。先述した『春風情話』の二年後、『繋思談』の三年前に、このディケ

ンズ翻訳第一号が出たのであった。これを皮切りに、その後、「池の萍」（明治十八年、訳者不詳、*Oliver Twist*）や無腸道人訳「船遊」（明治十九年、"The Steam Excursion" in *Sketches by Boz*）が、また『ニコラス・ニクルビー』のヨークシャー校のくだり（渡辺松茂訳）や、竹の舎主人こと饗庭篁村訳『影法師』（明治二一年、*A Christmas Carol*）や、子供向けの小篇の翻訳などが、あるいは森田思軒訳「伊太利の囚人」（明治二三年、"The Italian Prisoner" in *The Uncommercial Traveller*）、内田魯庵訳「黒頭巾」（明治二四年、"The Black Veil" in *Sketches by Boz*）、若松賤子訳「雛嫁」（明治二五年、*David Copperfield*, ch.44. 抄訳）、内田魯庵訳、「酔魔」（明治二九年、"The Drunkar's Death" in *Sketches by Boz*）あたりが、明治三十年ぐらいのところまで目立つ。この一連の翻訳ものに、何か明らかな特徴のごときが認められるだろうか。作品の選択については、ディケンズ初期の作が多く、内容としては、夫婦だの肉親だの、その他人間関係のセンセーショナルな一面にとりわけ注目されているようだ。

「欲《よく》、人間《にんげん》になくて恊《かな》はぬ性情《せいじやう》の一《ひとつ》なれど有過《ありすぎ》てハとんだ厄介《やくかい》の物《もと》となるなり爪《つめ》に火《ひ》を點《とぼ》す油町《あぶらちやう》通《とほ》りに佐平次《さへいじ》といふ男《をとこ》あり又兵衛《またべゑ》といふ者《もの》と二人組合《ふたりくみあ》ひて一軒《いつけん》の店《みせ》を出《だ》し互《たがひ》に励《はげ》み合《あひ》て稼《かせ》ぐうち又兵衛《またべゑ》は病死《びやうし》したり……」。これは「影法師」の書出しだが、Scroogeは「佐平次」、Marleyは「又兵衛」と、和名に変換してある。原作の『クリスマス・キャロル』はいうまでもなく、出版当初からイギリス読者の笑いと涙をさそった人気作であるが、それが翻訳されて右のように和風の作物に転じた。先の『繋思談』が出た三年後のことでありながら、これを見るに、和洋たがいの壁はそう簡単には解消されなかったようだ。

それなら、『繋思談』の翻訳意識の延長線上にあるべき森田思軒訳の「伊太利の囚人」はどうか。その訳文の一部を以下に示そう。

「余はまッ直に進みゆくに程なく右に折るへき第一の角に来れり此を折るれば一條の狭きサミしき街上なり余はトある戸辺に一個の壮丈夫の身材長く容貌武なるが大なる外套を纏ふて佇立せるを見たり其の門口に進み近づくに余は是れ一個の小さき酒店の門口なるを認めぬ余は薄アカリによりて猶ほジオワンニカルラウェロの状相を覧ることを得しなり

余は彼の外套を纏ふたる姿に向て吾が帽子に手をかけ会釈し内に入りて凳兒を引きつ一個の小さき卓子のホトリに坐せりラムプ（恰も是れポムペイの地中より掘り出たせるが如きもの）はッキをれり去乍らソコには一個の人もあらず彼の外套を纏ふたる姿は余に随ふて内に入り余の前に来て立てり

『主人歟』

『然り、貴下』

『請ふ余に当地の酒を一杯持ち来れよ』」

今日の眼からすれば、いささか堅苦しい訳文に見えるのは否めない。片仮名の使用法や句読点を一切用いない点なども『繋思談』に通じる一つの特徴であろう。しかし、その二年後に出た無名氏こと内田魯庵訳の「黒頭巾」となると、ずっと読みやすい口語文に発展している。

「……此訪問者は異常に丈の高い女で丁憂の服を着て顔が硝子に触《さは》る計りに戸近く立ッて居た。体の上部は丸で隠さふ為めの様に要慎深く黒の肩掛《ショール》を纏ふて顔は地厚の黒色の覆面《ヴェール》で包まれた。轟然と突立ッて充分に体を延ばし、覆面《ヴェール》の下からヂツト医者を視詰めたが、彼が次第に進み来《く》るを丸で知らん様に、少しも動かないで突立ツたまゝ何の動作をも現さなかッた。

「診察を御依頼ですか」戸を開きながら少し躊躇《ためら》ッて尋ねた。戸は内の方へ開く故訪問者の地位を変じはせぬが、矢張同じ場所に動かずに在ッた」

さらに翌二五年、次のような翻訳文が読書子の目を驚かせた。名訳の誉れ高き『小公子』の訳者、若松賤子による「雛嫁」である。

「アレ、此坊やは、額にあんな見ともない皺をよせて、といひつゝ、ドラ子は、尚ほ余が膝の上に在りたるを幸ひに、彼の鉛筆にて、余が額なる八の字を頻りになどり居たりしが、墨色を尚一層黒くせんとや、其薔薇めきたる唇に鉛筆を濡ほしつゝ、殊更仔細らしくもてなせる様子振りの可笑しく、我ながら得堪へずなりぬ。

ソラ、好子《いいこ》になつてよ、笑つてる方が、坊の顔がどんなに好《い》いかしれないもの。

併し、おまへ……

嫌〳〵、御性子《ごせう》、……（といひさして、余に接吻し）細君《およめ》いぢめするもんじやなくつて、どうぞだから、真面目《まじめ》にならないで頂戴、子。

コレサ、さういつても、折によつては真面目にならなければならん時もあるよ。サア、こゝへお掛け、ズット僕の側へ、その鉛筆を僕に貸して頂戴。サアそれで好し。これから冗談除けて、少し尤もらしい話しをして見よふ、（余が執りし手の如何に小さく、指に鉗めし結婚指環《ウェヂングリング》の如何にさゝやかなりしよ）、おまへ一寸と考へて御覧、御膳を食べずに済ますといふことは、余り心持の好いことではあるまい、好と思ふか子。」

「雛嫁」は、『デヴィド・コパフィールド』の一章「われらが家庭」の抄訳だが、こういうまま事じみた新婚世帯の一景を見せつけられて、明治の読者は何を思っただろう。訳者の序文によれば、「ふと此一篇を選んで訳を試みることに致しました」というが、実際これを選ぶにあたっては「玩弄《もてあそび》にあらぬ終生の同伴者は、品性上の発達が同様でなければならぬと共に、主たる夫の事業の上に、真の内助者でなければならぬ」という美徳に照らして、「夫妻間の関係に於ける風俗が我国のと大ひに相違して居ります……」というあたりに惹かれたのではなかったか。「小説界の大家チャアルス・ヂッケンス翁」その人が愛情を注いだ主人公の話でもあり、こんな夫婦の戯れも裏を返せば学ぶべきことありやと、これを選んだのかもしれない。序文の蔭に、微かながらそんな気配がうかがえるのである。

秋山勇造は「世にいう良妻型の女よりも、世間知らずで実用向きではないが、世間の常識や通念に支配されない自然児ドラの中に訳者は自分の分身を見たのであろう」（『翻訳の地平――翻訳者としての明治の作家』）と踏み込み、加えて相馬黒光の感懐、「実にしっくりと実感が出ていて、私は読みながらカパフィールドとドラ夫人であることを忘れ、大胆な女子新教育の理想を勇敢に実行に進めて華々しく立っていた当年の新夫も、最高の教育を受けて巧みな訳筆をふるう新婦も、若さは若し、やっぱりこんなことだったろうなあと深く微笑させられるのであります」（「明治初期の三女性」）を引いている。作中の夫婦が本のなかから躍り出て、訳者の現実生活と重なり合うがごとき評といえよう。しかし若松がこれを訳しながら、果たして作中人物を「自分の分身」にまで惹きつけたいと願ったかどうか。

若松賤子は婦女子の啓蒙に力を尽くしながら、旧弊にとらわれぬ新しい女性像を切に求めていたようだ。賤子の夫は、明治女学校と『女学雑誌』の経営に携った巌本善治であり、その巌本は結婚の数年前、『女学雑誌』創刊号（明治十八年）にこう書いた。「専ら婦女改良の事に勉め、希ふ所は、欧米の女権と、吾国従来の女徳とを合せて、完全の模範を作り為さんとするに在り」。この夫婦が、私生活の面ではドラとコパフィールドのようであったとはどうしても考えにくいが(6)、西洋女性の立居振舞にことのほか関心を抱いていたことだけは間違いなさそうだ。

若松賤子の口語訳については森田思軒が絶賛して、人も知るとおりだが、みずから理想とする孤高の翻訳文に出遭った森田の感動もまた、たしかに一つの時代の空気を伝えるものであった。明治二〇年代の半ばにあって、翻訳小説はいよいよ大きな一歩を踏み出した観がある。「……之を原文に参じ考へるに、敢て一字を増さず、敢て一字を損せず、只忠誠に謹勅に原文を模せるなり。……世間の謂ゆる言文一致体に由る者にして余が心より服せるもの唯だ「浮雲」ありしのみ。今日此書を獲て二となれり(7)」。

つづいて内田魯庵訳「酔魔」の甚だリズミカルな訳文を味わっておこう。「雛嫁」のあの豊潤な口語訳から四年を閲し、今度はまた文語調の力と拍節に富むこの訳文が現れた。こうして見ると、翻訳文のたどった道すじは、一点の灯をめざして真っ直ぐに進んだというよりも、途中でさまざまに屈折して、それなりの形と味わいを加えていったような趣が強い。以下は、話の最後の場面で、万策尽きた酔いどれがテムズ河に身を投げるくだりである。

「汐《しお》は満《み》ちて水《みづ》は足下《あしもと》に流《なが》れぬ。雨《あめ》は歇《や》み風《かぜ》は凪《な》ぎ四辺《あたり》は寂然愴然《せきぜんそうぜん》として彼方《あなた》の岸《きし》に繋《もや》へる小船《こぶね》の舷《へり》を洗《あら》ふ水音《みづおと》まで手《て》に取《と》る如《ごと》く聞《きこ》えたり。水《みづ》の流《ながれ》は穏《おだや》かにユッタりとして、奇怪《きくわい》の隠形《いんけい》は水面《すゐめん》に髣髴《はうふつ》とし、黒《くろ》く輝《かがや》ける眼《め》は水中《すゐちう》より覗《のぞ》きて其の決心《けつしん》を促《うな》かし、背後《うしろ》よりは頻《しき》りに前《まへ》に進《すす》めと私語《つぶや》くものあり。急《には》かに悚然《そくぜん》として数歩《すうほ》却走《きやくさう》したりしが、忽《たちま》ち思返《おもひかへ》す間《ま》もなく高《たか》く飛《と》んで水《みづ》烟《けぶり》の下《した》に隠《かく》れぬ。

五分ならずして再《ふたた》び水面《すゐめん》に浮上《うきあが》れり。他《あた》し心《こころ》は復《ま》たもや起《おこ》りて再《ふたた》び生命《いのち》惜《お》しくなりぬ。生命《いのち》、生命《いのち》、生命《いのち》あつての物種《ものたね》なり。貧《まづ》しきも餓《ひも》じきも飢《う》ゆるも厭《いと》はじ、唯《た》だ生命《いのち》だにあらば如何《いか》なる憂目《うきめ》も厭《いと》はじと、頭上《づじやう》にかぶり来《きた》れる水《みづ》と闘《たたか》ひて苦《くるし》み悶《もが》き悲鳴《ひめい》を挙《あ》げて救助《すくひ》を呼《よ》びぬ、……」

この文語調のひびき、力あふれるリズムには胸打たれるものがあるではないか。これもまた棄てがたい訳文である。

さて明治三〇年代、四〇年代と、なおも『クリスマス・キャロル』や『ピクウィック・ペイパーズ』、そして『ボズ・スケッチ集』に『ニコラス・ニクルビー』がくり返し登場する。それに加えて、『骨董屋』のネルが死ぬ場面や、『デヴィド・コパフィールド』の嵐の海の場面なども翻訳されるようになるが、これらもまたセンセーショナルな話題の選択といえそうだ。

さらに明治の終りごろには『クリスマス・キャロル』と『オリヴァ・トゥイスト』の二作品が、ときに訳者を替え、ときに形態を替えながら立ち現れる。人情や道徳の味をまぶしながら、人間が生きる姿を簡明に写したこれらの作品に、当時の読者の関心のありようが反映しているように思われる。

ところで、明治期にあって、実際ディケンズは我が国にどの程度知られて、またどのように受けとめられていたのだろうか。

無腸道人こと磯野徳三郎は、明治十九年に『ボズ・スケッチ集』の一篇「船遊」を翻訳しているが（初めの数ページのみ）、その短い序文に「デヰケンス氏は、十九世紀の文壇の大将軍」と記し、それに対する訳者自身を非力な「木の葉武者」と称して恐れ入っている。明治二一年に「影法師」（「クリスマス・キャロル」）を訳した饗庭篁村は、「此影法師は英国有名の小説家チャーレス・ヂッケンス翁の作クリスマズ、ケローといふを翻訳せしなり」といい、これの巻末に付した中井錦城の「チャーレスヂッケンスの畧伝」には「近世第一の小説家チャーレス、ヂッケンス……」の文字が見える。このように、明治二〇年前後にあっては、ディケンズの存在の大なることを諸家が意識し、吹聴するかのような調子さえうかがえるが、それはしかし、どの程度の深い認識に基づくものであったか判然しない。

明治二六年の無腸道人著『依緑軒漫録』には、やや詳しいディケンズ紹介の一文がある。しかし、これとてもディケンズの初期から晩年に及ぶ作品を並べながら、その幾つかの中身に少々立ち入っているにすぎない。まだまだ大づかみの紹介なのである。「ボズ漫筆は龍動繁昌記なり、其罪悪憂苦、其歓楽快活、――（中略）――之を書くの筆は一種の新機軸を出して、従来曾て其比を見ざるの文章なり」。あるいはまた、「ピリウヰックは言ふべからざる新鮮快爽の気を帯べり、是れ人心を収攬したる所にして、実に当時の強壮剤滋養品となりしなり」、「オリヴァルトウヰストは悲惨的小説なり、此書亦頗る有名なるものなれども、（氏の作にて有名ならざるは実に殆どなきなり、）其の趣向は甚だ簡単なり」といい、「ニコラスニックルビー」の作中人物については、「特にニックルビー夫人の理論の常に矛盾する、ヨルリシヤイヤの農夫ヂヨーンブローデイーの真率にして木強なる、実に小説中の人物とは思はれず、吾も人も幾度か何処かで面晤せいことあらん」というぐあいである。「古物店」のネルについては、「氏が情感的思想を始めて筆にせるは古物店なりき。此書の主人公は少女小子ルなり。氏は実に小児を書くに妙を得たり」と評し、つづいて「マーテインチヤツズルウヰットは、デイッケンスの一大著述なり」とか、「衆口皆な旨しと称するクリスマスカロルなり。此書は氏が最上の傑作なるのみならず、英文学中一等の地歩を占むるものとす」と讃嘆したあと、「ドムビーエンドサン」に及んでは、「其最も余の心を得たるものは、フローレンスの孝愛能く頑父を化して慈親たらしめるの始末是なり」と感心している。しかし「ダヴヰツドコッパルフヰールド」については意外にもつつましく、「余は此大著述につきては一二の評を試みざるべし若し之を試みる時は却りて野暮の評を受くべし」と収めてしまう。さらに「大希望」（*Great Expectations*）と「吾人相互の友」（*Our Mutual Friend*）に及べば、「両書共に別に記する程のことなし」と片づけ、「相互の友の如きは非常に錯雑なるものにて其の主意すらも分明ならず、氏の如き強健快活なる脳力も、過劇なる積年の勤勉によりてこゝに漸やく疲労を来せしものか」とやら、ますます味気ない。ところが最後の「エドウヰンドルードの不思議」となるや、「此書は上乗の小説にて、前二書とは違ひ、文章頗る斬新にして活気を帯び、心力の衰朽は毫も其痕跡を見ず」と評価を回復させているところが面白い。

むろん当時としては、これでも英国の大作家の外貌なりを伝えて資するところ大であったように思われる。本文の書出しにあるように、「渋面の老爺も笑はん、厳格なる法官も笑はん、況や快活なる少年をや、絶倒せざらんと欲するも豈に得べけんや」だの、「孝子忠僕の艱難辛苦に処するを見れは、冷澹なる禅僧も泣かん、鬼を欺くの武士も泣かん、況や多情多血なる女児に於いておや《ママ》、断腸せざらんと欲するも豈に得べけんや」などと聞けば、人びとは少なからず興味をそそられたにちがいない。それにまた、「ディッケンスの小説は皆世話ものなり、上等社会即ち貴族に関するものは更にあらず、人情小説なり、政治歴史等に関するもの一もあらず」と紹介されてみれば、当時の読者としては、目的志向の強い文明開化期の読み物から脱した一種新鮮な興味を覚えたのではなかったか。すでに明治十八年の『小説神髄』において、坪内逍遥が「小説の主脳は人情なり、世態風俗これに次ぐ」と打ち樹てたことなども、ここで併せて思い起こすべきだろう。

それにしても、この「大作家」を我が国に紹介するにあたって、なぜ数多《あまた》ある作品のなかから、多くは初期のスケッチだの『ピクウィック・ペイパーズ』、『オリヴァ・トゥイスト』、そしてクリスマス物、等々にばかり力点が置かれたのだろうか。作品を選んで翻訳する際の、その選択の根拠はどこにあったものか。

たとえば明治二二年に、『無商旅人』のなかの一篇「伊太利の囚人」を訳した森田思軒は、冒頭の挨拶で、「西文小品は余か暇餘自から楽しむ所を訳するものなり」と記している。新聞の読者は忙しいから、ゆっくり読んでもらえるように雑誌へ発表するのだといって、これは『国民之友』に出た。そのあたりから推察すれば、綾に富んだ長篇などを持ち出すよりも、むしろ小粒ながらに新鮮で、なおかつ訳者の興味に訴えるものを採るべし、ということだろうか。

明治三〇年代の翻訳で興味を惹くものに、国木田独歩訳「童児の星の夢」（明治三〇年、"A Child's Dream of a Star" in *Household Words*, 6 April 1850）、山縣五十雄訳「婿選び」（明治三六年、"Horatio Sparkins" in *Sketches by Boz*）、大谷繞石訳「従兄弟」（明治三八年、"Mr Minns and his Cousin" in *Sketches by Boz*）などがある。こういう小編によくぞ注目したものだと感心させられるが、おのおのの訳文の感触を、ここで少し味わっておこう。

「嘗《かつ》て一人《ひとり》の童《わらべ》ありけり、彼処此処《かしここゝ》と徘徊《はいくわい》して様々の事を思《おも》ひぬ。此童に一人の姉《あね》ありて、これも亦た稚《をさな》く、童が何時《いつも》の侶《とぎ》なりける。二人は終日《ひねもす》、逍遥《さすら》ひて暮らすを慣《ならひ》とはなしぬ。二人《ふたり》は百花の美《うるは》しき裡《うち》を徘徊《はいくわい》し、大空《をうぞら》の高《たか》くして碧《みどり》なるを徘徊い、輝ける水の深《ふか》きを徘徊し、此愛《あい》らしき世界を造《つく》り玉ひし神《かみ》の善と力との裡を徘徊《はいくわい》せり。

二人は常《つね》に言いかはして曰く、地《ち》の上の童等すべて死失《しにう》せなば、花《はな》や、水や、大空や、定めて悲《かな》しき事に思ふなるべしと。……」（「童児の星の夢」）

「『真実《ほんと》に良人《あなた》彼《あ》の人は此前の集会の晩にそれはそれはお照の機嫌《きげん》を取つたのですよ」と丸田《まるた》の内君《おくさん》は、町で一日働いて帰ってから、今しも頭の上に絹の手巾《はんけち》を被《かぶ》せ、足を煖爐《ストーブ》の網《あみ》に載せかけて葡萄酒を飲んで居る良人《つれあい》に話しかけた、『それは大変に機嫌を取ったのですよ、それで私は出来るだけ彼《あ》の人に水を向けなくちゃあならないといふのです、よ、是《ぜ》ツ非家《ひうち》へ招待《よば》なくちゃなりません』

丸田氏は問ふやう『誰をさ』

『いやですよ、良人《あなた》は、誰のことを言つて居るのか分つてるくせに、つい近頃集会へ出て来るやうになつた人で、娘達が皆噂《うわさ》して居るあの黒い口髯のある白い頸巾《ゑりかざり》をつけて居る若い人でさあ、……』」（「婿選び」）

「バッドンは犬《いぬ》に『ア、コイツ、貴様《きさま》！ミンスさん、コイツ、私《わたし》の様《やう》に、いつも無遠慮《ぶえんりょ》でね、——ナア、さうだナ——ア、熱《あつ》い〳〵。腹《はら》が素敵《すてき》に減《へ》った！今朝《けさ》スタンフォード、ヒルから、此処《ここ》までヅッと歩《ある》いたからねエ』

ミンスは『朝御飯《あさごはん》は御済《おすみ》ですか』かう尋《たづ》ねた。

『イ、エまだです――お前《まへ》さんと一所《いつしよ》に食《た》べやうと思《おも》つてね。失礼《しつれい》だが、ベル鳴《な》らして下《くだ》さいな。それから、コールド、ハムと珈琲《こうひい》一《いつ》パイ御付合《おつきあひ》なさいな。どうも例《れい》の遠慮《えんりよ》無《な》しで』と、ナプキンで長靴《ながぐつ》の埃《ほこり》を砕《はた》きながらバッドンは『ハ、ハ、ハ――どうも実《じつ》に腹《はら》が減《へ》つた』

ミンスはベルを鳴《な》らした、そして力《つと》めて笑顔《ゑがほ》を造《つく》らうとした。……」（「従兄弟」）

これらがざっと明治三〇年代の風趣を伝える翻訳文である。十年、二十年と経つうちに、訳文の味わいもずいぶん深まってきたように見受けられる。四〇年代に入ると翻訳発行はさらに増え、「オリヴァー・トウィスト」、「ニコラス・ニクルビー」、「ボズ・スケッチ集」の小話、クリスマス物、等々に訳者それぞれの関心が向かってゆく。明治四四年の細香生（堺枯川）訳「小桜新八」(8)は、このような文章で始まる。

「小桜新《こざくらしん》八は或年《あるとし》の或日《あるひ》、小桜町《こざくらまち》の養育院《やういくいん》で此浮世《このうきよ》に生《うま》れ出《で》た。産《さん》が余程《よほど》重《おも》くて、ヤット生《うま》れ落《お》ちはしたもの丶、迚《とて》も是《これ》はと見《み》る人毎《ひとごと》に云《い》はれたほど、弱々《よわよわ》しい赤坊《あかんぼ》であッた。それで若《も》し其儘《そのまま》育《そだ》たずに死《し》んで了《しま》ッたら、こんな長物語《ながものがた》りの伝記《でんき》も書《か》かれずに済《す》んだであらう。……」

図２　『ディケンズ集』
（明治翻訳文学全集《新聞雑誌編》６・大空社・1996）

これはもちろん『オリヴァ・トゥイスト』の書出しである。小桜新八やら千葉多吉（ドジャー）、山銀親爺（フェイギン）、お夏（ナンシー）というぐあいに、まるで翻訳の草創期に戻ったかのように、和風に引きつけた翻訳方針が目立つ。挿絵からして、そうである（図２）。明治期の翻訳は、基本的な翻訳観において、すなわち外国ものに接する基本態度において、往ったり来たりをくり返していたように見える。この点は一つ、強調しておきたい。

さて時代が下って明治末ともなると、明治四五年二月発行の『英語青年』が、ディケンズ生誕百年を記念して特集号を編んだ。『オリヴァ・トゥイスト』や

『ニコラス・ニクルビー』の一節をとり出し、原文の語義に訳注を施したものや、ディケンズの表現の特徴に触れ、また魅力に触れた論述などが掲載された。これらはいずれもディケンズ紹介の色あいが濃厚である。世の読書子のあいだに益々ディケンズをひろめようという、そんな時代の動きが感ぜられるものの、同時にまた、草創期から二十年三十年が過ぎても、基本的な受容態度にはさして変るところがなかったように思われるのである。

平田禿木のディケンズ紹介、およびイギリス斯界の随想のごときを見ても、やはりこの時代の動きと、動かざるものとの二面性が感じられて興味ぶかい。禿木の文章は次のようなぐあいである。

「……今かく長々と Dickens の御話をする自分なども、余り其作を面白ろくは読めない連中の一人で、その作物の一々に就いて中々詳しいお話は出来ないのですが、壮年の作では、やはり Pickwick などが一番面白ろいものではありますまいか。——（中略）——文章といふ点から見ても、David が Dover 街道を旅する一節の如きは、叙事体の文として、最も優れたものではありますまいか。それから、あの Our Domestic Life と題した一章の如き、多少 Dickens の家庭の風波の実際をほのめかしたのでしやう《ママ》が、諷刺に流れず、感情に落ちず、実に一字一句もぬきさしの出来ない完璧の文字と思ひます。……」。

前半と後半とが、なんだか首尾一貫しない。Dover 街道、云々はギッシングの『チャールズ・ディケンズ論』（*Charles Dickens, A Critical Study*, 1898）Style の章にそのまま述べられている事柄である。

またディケンズの文章について述べた鹽谷榮の論を見れば、ディケンズは「文章家としてはその声価甚だ低い」としながら、「Dickens の English は往々品がないが直接で、明晰で、又多く張がある男性的である。そしてこれを遣るに一種の陽気な元気を以てする」と、ディケンズをいささか擁護する方向へ傾いている。次号（同年二月十五日）につづく一文で鹽谷氏は、『ピクウィク・ペイパーズ』について「全篇 fun と humour とに充ちて居る」と褒めつつ、『骨董屋』の Quilp の行状を例に引いては、「そこに一段の妙味があって、文が活躍するとともに立派な美術品となるのである」と感心している。

また、同誌二月一日号末尾の「片々録」には、『クリスマス・キャロル』の翻訳に三、四種あって（実際は六種あり）、なかでも浅野和三郎訳が最もよく読まれているなどと記してあるのは面白い。『クリスマス・キャロル』は、明治の昔からディケンズの代表作とされてきたわけである。

しかし、このような明治期のディケンズ受容の背景に、漱石の影がちらつくのも見逃すわけにはいかない。漱石は早くからイギリス十八、十九世紀文学に親しみ、明治三十年「トリストラム・シャンデー」にはディケンズの名が見えて、さらに三二年の「英国の文人と新聞雑誌」には「面白い噺」として次の一件が紹介されている。

「『モーニング、クロニクル』に時々『ヂッキンズ』の投書が出たが原稿料が安過ぎると云ふので『ヂッキンズ』が不平を鳴し出して其極は断然投書を廃《や》めて自分で一つ新聞を発行して見様かと云ふ気になった。『ヂッキンズ』と云へば当時名代の文人である。其『ヂッキンズ』が主筆と云ふ振込《ふれこみ》ならば成功は槌を以て地を撃つよりも慥《たし》かな事である。――（中略）――夫で一八四六年正月二十一日に愈《いよいよ》『デイレー、ニウス』の初号が発刊になった。其論説欄には主筆『ヂッキンズ』自ら筆を執って読者諸君に告ぐと云ふ題目で吾《わが》新聞の目的は天下の弊風を一洗し社会の害毒を掃絶して万民の幸福を鞏固《きょうこ》にするにありと滔々と大した勢で述べ立てた」

漱石が「面白い噺」というのは、実はこのあとである。ディケンズの意気込みは上記のとおりであったが、それは十日間だけつづいたにすぎず、「万民の幸福を鞏固にするといふ意気込の大将が辟易《へきえき》降参の体《てい》で社主の処へ辞職届を出して自分は到底主筆は務らない是非今日限り御免を蒙る」と尻尾を巻いて逃げてしまった。漱石の文章のおもてに大作家ディケンズを揶揄する感触があるのは見過せない。

漱石が英国に留学したのは翌三三年秋から三五年末までだが、留学中には文学書を読み漁り、入念にノートをとり、神経衰弱に陥るほど勉学に没頭したことはよく知られている。漱石がそのころに読んだ多くのイギリス小説のなかに、ディケンズの作品も含まれていたはずである。(9)

創作第一号の「吾輩は猫である」がいよいよ「ホトトギス」に登場したのは、漱石が留学から帰ってのち、明治三八年のことであり、作中の迷亭の言に「ニコラス・ニックルベー」の語があるのは周知のとおりだが、この場の悪ふざけにディケンズの真面目な作品が引き出されているあたり、ここにも漱石のディケンズ評価がそれとなく察せられるのである。

ディケンズばかりではない。イギリス小説全般が、他国の翻訳小説をしのいで耀いていた一時期も過ぎて〝ひとまず〟第一線から退くことになるのが、やはりこの明治末期であった。

＊引用文中の旧字体は新字体に変えた。

注

（1）木村毅「翻訳文学雑考」、『早稲田文学』第二三三号（大正十四年七月号）七一頁。

（2）すでに江戸末期には幕府直轄の翻訳機関「蕃書調所」があり、欧化政策が動き始めていた。

（3）松村昌家「何故ブルワー・リットンだったのか」（『明治翻訳文学全集一四』巻末、大空社・二〇〇〇年）参照。訳者の丹羽純一郎はイギリス留学中に、折しも人気絶好調であったリットンの小説を「鉄道文庫」で見つけて、これを翻訳することに決めたのではないかと松村氏は推論する。

（4）学生時代の逍遥の文学傾倒については、「回憶漫談」（『早稲田文学』第二三三号、大正十四年七月号）に回想されている。また、『ラマムアの花嫁』は漱石の『幻影の盾』（明治三八年）に明らかな影をとどめる。詳しくは松村昌家『明治文学とヴィクトリア時代』八七―一〇四頁参照。

（5）ただし「回憶漫談」によると、逍遥は昔日を顧みるに「一種の苦痛」を覚えたらしい。「無自覚な、甚だ不見識な、浮ツ調子の気持で駄作ばかりしてゐた」というのだ。『小説神髄』もその一つに含まれていた。

（6）若松賤子の生涯については、山口玲子『とくと我を見たまえ』（新潮社、一九八〇年）参照。また古い岩波文庫『小公子』（初版昭和二年）の巻末に、巌本善治による亡き賤子の小伝が載っている。

（7）上記巌本の文中にも紹介されているが、原典は森田思軒「小公子を読む」『郵便報知新聞』（明治二四年十一月十三日）。

（8）これは「都新聞」に連載されたのち、翌四五年五月に単行本（公文書院刊）となり「小桜新吉」と改題された。

（9）漱石が留学中に購入した書籍については、その書名一覧を記したノートが東北大学図書館に保管されている。但し、リストの番号がNo.180から始まっていて、それ以前の書名を記した「西洋紙」の所在は不明。角野喜六『漱石のロンドン』二二三―二二九頁参照。また漱石蔵書のなかには、ディケンズの原書として *The Picwick Papers, A Tale of Two Cities, Martin Chuzzlewit* の三点がある。『漱石全集』第二七巻（岩波書店、一九九七年）参照。

あとがき

ディケンズの風貌といえば、やはりあの顔、あの挑みかかるような大きな眼が一大特徴をなす。若い頃の肖像画のいくつかを見ても、後年にひげを蓄えて反り返ったような写真を見ても、つよく迫るのは、異様なばかりに張りつめたあの眼である。それはもちろん、事物事象を浅く観察するような眼ではない。ディケンズの眼の奥には、どこかこの世ならぬ風景がありありと映っていたのかもわからない。本書は、作家ディケンズの初期から中期、そして最晩年に至るまでの試行と試練を粗けずりに辿ったものである。ディケンズの特異な眼のはたらきなども、各章の端々におのずと表れていることを希う。末尾の付録では、明治期におけるディケンズ受容の実態を翻訳文の推移とかさねて概観した。みずから思うに本書は、ディケンズ文学の全般を精細に論及したものとはほど遠く、いうなれば、一班をもって全豹を卜する類であろうか。

以下に、各章の初出を示す。とりわけ早い時期に書いた文章には、このたび相当に手を入れた。注を全部削ったものがあれば、残したものもある。

《初出一覧》

一　作家の誕生

「ボズの眼」早稲田大学『英文学』第七九号（二〇〇〇年）、および『イノック・アーデンの悲劇・他』第二部、大阪教育図書（二〇一八年）

二　ピクウィク旋風

『英国紳士サミュエル・ピクウィク氏の冒険』訳者あとがき、未知谷（二〇〇五年）

三　クリスマスの霊力

『「クリスマス・キャロル」前後』序、大阪教育図書（二〇一三年）

四　『デヴィド・コパフィールド』について

本論の原形として「『デヴィド・コパフィールド』に就て」、跡見学園女子大学『ゆべにりあ』第十三号（一九八四年）

五　ディケンズと公開朗読

早稲田大学大学院文学研究科紀要、第五五輯（二〇一〇年）

六　公開朗読の一背景

「ディケンズ・公開朗読の一背景」早稲田大学大学院文学研究科紀要、第六〇輯（二〇一五年）

七　朗読「サイクスとナンシー」の謎

早稲田大学大学院文学研究科紀要、第六一輯（二〇一六年）

八　『エドウィン・ドルードの謎』における謎

「最期の一作」早稲田大学『英文学』第一〇三号（二〇一七年）、および「『エドウィン・ドルードの謎』における謎」早稲田大学大学院文学研究科紀要、第六三輯（二〇一八年）

（付）明治期のディケンズ翻訳

早稲田大学『比較文学年誌』第四七号（二〇一一年）

本書の出版にあたっては、早稲田大学出版部の武田文彦氏に多大の励ましと助言をいただいた。武田さんの勧めがなかったなら、過去に書きつらねたこのような文章を一本にまとめる気力は湧かなかったものと思われる。ここに改めて心からの御礼を申し上げたい。

二〇二〇年早春

梅宮創造

著者紹介

梅宮 創造（うめみや・そうぞう）

早稲田大学文学学術院教授。
1950年生れ。埼玉県在住。19世紀イギリス文学を専門とするかたわら，シェイクスピアや日本近代文学にも多大の関心をもつ。
主な著書 『子供たちのロンドン』（小澤書店，1997年），『拾われた猫と犬』（同，2000年），『はじめてのシェイクスピア』（王国社，2002年），『シェイクスピアの遺言書』（同，2018年），『ブロブディンナグの住人たち』（彩流社，2018年），『英国の街を歩く』（同，2019年）など。
主な訳書 T. L. ピイコック『夢魔邸』（旺史社，1989年），S. タートルドブ『じじバカ——世界でいちばん孫が好き』（サンマーク出版，2002年），C. ディケンズ『英国紳士サミュエル・ピクウィク氏の冒険』（未知谷，2005年），A. テニソン『イノック・アーデンの悲劇・他』（大阪教育図書，2018年）など。

ディケンズの眼——作家の試行と試練

2020年3月30日　初版第1刷発行

著　者　梅宮 創造
発行者　須賀 晃一
発行所　株式会社　早稲田大学出版部
169-0051　東京都新宿区西早稲田 1-9-12
☎ 03-3203-1551
http://www.waseda-up.co.jp/
装　丁　三浦 正已
印刷・製本　精文堂印刷株式会社

ISBN978-4-657-20008-2